뢰제의 나라

(주)푸른책들은 도서 판매 수익금의 일부를 초록우산 어린이재단에 기부하여
어린이들을 위한 사랑 나눔에 동참합니다.

푸른도서관 1

뢰제의 나라

초판 1쇄 / 2003년 7월 30일
초판 8쇄 / 2020년 1월 30일

지은이 / 강숙인
펴낸이 / 신형건
펴낸곳 / (주)푸른책들
등록 / 제321-2008-00155호
주소 / 서울특별시 서초구 양재천로7길 16 푸르니빌딩 (우)06754
전화 / 02-581-0334~5 팩스 / 02-582-0648
이메일 / prooni@prooni.com 홈페이지 / www.prooni.com
인스타그램 / @proonibook 블로그 / blog.naver.com/proonibook

글 ⓒ 강숙인, 2003

ISBN 978-89-88578-94-0 03810

이 도서의 국립중앙도서관 출판시도서목록(CIP)은 e-CIP홈페이지(http://www.nl.go.kr/ecip)와
국가자료공동목록시스템(http://www.nl.go.kr/kolisnet)에서 이용하실 수 있습니다.
(CIP제어번호 : CIP2012004119)

뢰제의 나라

강숙인 지음

푸른책들

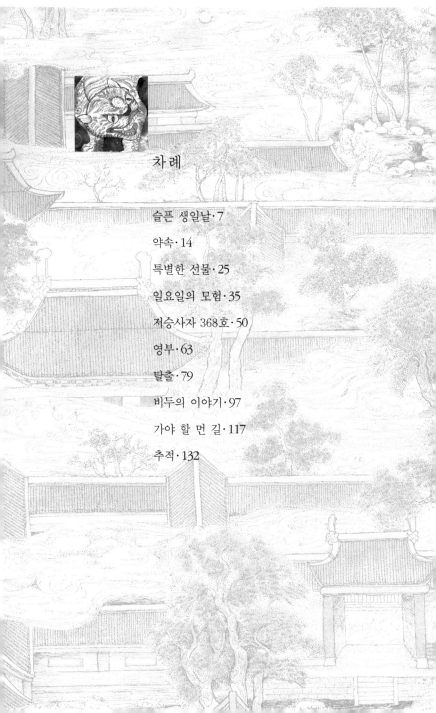

차례

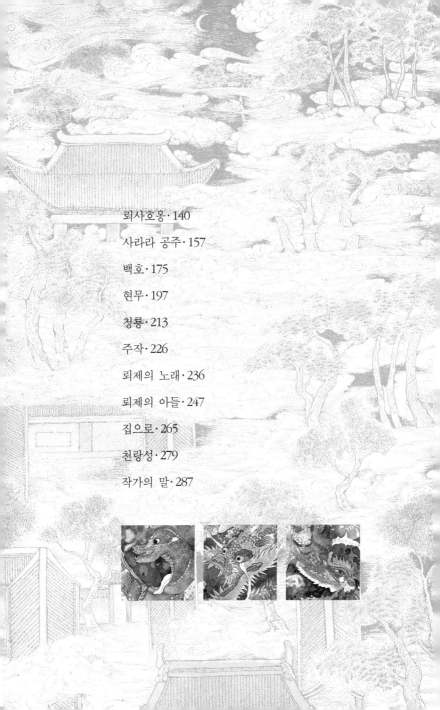

슬픈 생일날

"우리 다함이 열두 번째 생일, 축하한데이."

외할아버지와 외할머니가 입을 모아 말했다. 다예도 생긋 웃으며 거들었다.

"생일 축하해, 오빠."

동그란 케이크에 꽂힌 큰 초 한 개와 작은 초 두 개. 살랑거리는 불꽃 위에 언뜻 엄마의 얼굴이 어른거렸다.

지난 해 생일날이 생각났다. 그땐 엄마가 곁에 있었다. 엄마는 외갓집에 내려와서 처음 맞는 생일이니까 식구들끼리 오붓하게 지내자고 했다. 그날은 마침 일요일이어서, 오전에 식구들끼리 여기 거실에 모여 앉아 생일 잔치를 했다.

오후에는 엄마랑 다예랑 경주 시내까지 나갔다. 시내에 있는 큰 서점에 들러 책도 사고, 극장에 가서 재미있는 만화영화도 보았다. 그날 엄마는 무척 즐거워했고, 별로 피곤해하지도 않았다. 그런데 그로부터 한 달 뒤 엄마는 쓰러졌고, 그날 밤 병원 중환자실에서 영원히 눈을 감고 말았다.

"뭐해? 얼른 촛불 꺼."

다예가 재촉했다. 다함이는 슬픈 생각을 몰아내듯, 입김을 후 불어 촛불을 껐다. 다예가 작은 폭죽을 팡 터뜨렸다. 모두 박수를 쳐 주었다.

"친구들도 불렀으면 좋았을 낀데……."

할머니가 아쉬운 듯이 말했다. 할머니는 오후에 친구들을 불러 생일상을 차려 주고 싶어했지만 다함이가 반대했다. 엄마도 없는데, 떠들썩하게 생일을 치르고 싶지 않았다. 이렇게 온 식구가 한 자리에 모인 저녁때 조촐하게 생일을 치르는 것이 더 마음 편했다.

"자, 이거 생일 선물이다."

할머니의 선물은 운동화였다. 언젠가 다함이가 신고 싶다고 한 운동화였는데, 경주 시내에 나갔을 때 백화점에서 미리 사둔 것이라 했다. 다예는 엽기토끼 인형을 선물로 주었다.

"오빠가 동물을 좋아하니까 동물 인형도 좋아할 것 같아서 샀어."

다함이는 엽기토끼를 받으면서 속으로 웃었다. 다함이가 동물을 좋아하는 건 맞는 얘기지만 인형은 다예가 좋아했다. 다예는 지금도 잘 때 꼭 인형을 안고 잔다.

"할아버지는 바빠서 우리 다함이 생일 선물 준비 못 했다. 대신 뭐든지 갖고 싶은 거 있으면 말해 봐라. 부산이나 대구 갈 때 사 오꾸마."

"아녜요, 할아버지. 저 갖고 싶은 거 없어요."

"그럼 나중에라도 갖고 싶은 거 있으면 말해라. 사실 이번 생일에는 할아버지가 우리 다함이한테 특별한 선물을 줄라꼬 생각하고 있데이."

"그게 뭔데요, 할아버지?"

다예가 궁금하다는 듯 물었다.

"니 오빠한테 꼭 필요한 거다. 정 궁금하거든 이번 토요일 밤까지 기다리거라. 선물은 그때 줄 거니까."

할머니가 케이크를 잘라 작은 접시에 담아 주었다. 달콤하고 부드러운 케이크 조각을 입에 넣는 순간 다함이는 또다시 엄마 생각이 나서 목이 메었다. 할아버지 할머니가 눈치챌까 봐 다함이는 케이크를 꿀꺽 삼키고는 물을 마셨다.

9

밤이 깊었다. 다함이는 일기장을 펼쳐 놓고 일기를 썼다.

-오늘은 내 생일이다. 슬펐다. 엄마가 없는 생일이어서.

더 이상 쓸 거리가 없어서, 다함이는 멍하니 일기장만 들여다보았다. 엄마랑 다예랑 서울에서 살던 때가 아스라이 떠올랐다.

아빠는 없었지만 세 식구가 오순도순 행복했다. 엄마는 방송작가였다. 엄마는 텔레비전 다큐멘터리 원고를 썼는데, 주로 역사와 전통문화에 대해 많이 썼다.

그러다 다함이가 초등학교 이 학년이던 겨울 방학에 엄마는 큰병이 났다. 엄마는 무슨 병이라고 말하지는 않았다. 다만 수술을 하면 낫는다고 했다. 엄마는 병원에 입원했고, 다함이와 다예는 외삼촌 집으로 갔다. 수술이 끝난 다음 외숙모랑 병원에도 여러 번 갔다. 외삼촌 집에 있을 때 시골 할아버지, 할머니가 자주 전화를 했다. 외삼촌은 수술이 잘 끝나고 회복도 잘 되고 있으니 걱정마시라고 했다. 그런 말을 들을 때면 다함이도 마음이 놓였다.

겨울 방학이 끝날 무렵, 엄마는 퇴원했다. 다함이와 다예도 집으로 돌아왔다. 엄마는 한 달에 한 번씩 병원에 갔고, 약도 계속 먹었다. 방송국 일도 그만두고 집에서 쉬었다.

봄이 오고 다함이는 삼 학년이 되었다. 다예는 새로 초등학생이 되었다. 그 봄이 다 가고 여름이 다가올 무렵, 엄마가 말했다.

"애들아, 우리 곧 외갓집으로 이사갈 거야. 의사 선생님이 시골에서 살면 건강이 더 좋아질 거래. 너희들한테도 서울보다는 시골이 더 좋을 것 같고. 할아버지 할머니도 자꾸 내려오라고 하셔. 넓은 집에 두 분만 사시니까 쓸쓸하시대."

그러고 나서 보름쯤 뒤에 다함이와 다예는 엄마와 같이 외갓집으로 내려왔다. 다함이와 다예는 그곳 분교로 전학을 했다.

외갓집은 경주시에서 시외버스로 한 시간 정도 거리에 있는 농촌 마을이다. 행정지명으로는 석정2리인데, 옛날부터 부르는 토박이 이름으로는 꽃내골이다. 늦은 봄이면 마을 앞을 흐르는 냇물에 꽃이파리들이 떠내려오는 풍경이 유난히 아름다워서 마을 이름이 꽃내골이 되었다. 옆마을 석정1리의 토박이 이름은 돌샘골인데, 그 이름을 한자로 고치다 보니, 돌우물이라는 뜻의 석정리가 되었다.

꽃내골 외갓집은 옛날 집을 살기 편하게 고친 개량 한옥으로, 사랑채와 안채가 있었다. 할아버지는 주로 사랑채를 쓰기 때문에, 안채에는 안 쓰는 방이 두 개나 있었다. 그 중 건넌방이 다함이와 다예 방이 되었고, 그 옆에 있는 작은 방을 엄마가 썼다.

하지만 다예는 공부만 건넌방에서 했고, 여느 때는 엄마 방에서 지냈다. 그때 다예도 무언가 예감했던 것인지, 한시도 엄마 곁을 떠나려 하지 않았다. 그리고 그 방은 지금 다예 방이 되었다.

엄마는 외갓집에서도 한 달에 한 번씩 경주 시내에 있는 대학병원에 다녔다. 약도 계속 먹었지만 엄마의 표정은 밝았고, 전보다 덜 피곤해하는 것 같았다. 다함이는 엄마의 병이 정말 다 나아간다고 믿었다. 엄마가 서울에 있을 때보다 건강하고 행복해 보여, 다함이와 다예도 외갓집에서 사는 것이 행복했다.

그러나 그 행복은 길지 않았다. 일 년, 외갓집에 이사 온 지 꼭 일 년 만에 엄마는 다함이와 다예 곁을 영원히 떠나 버린 것이다.

다함이는 일기장을 덮고 책상에서 일어났다. 벽에 걸린 사진 액자가 얼핏 눈에 들어왔다. 2년 전 가을, 엄마랑 다예랑 경주에 놀러 갔을 때 찍은 사진이었다. 동산만한 큰 고분 앞에서 엄마도 다함이도 다예도 활짝 웃고 있었다.

갑자기 코끝이 찡해지면서 눈물이 핑 돌았다. 다함이는 눈을 깜박거렸다. 다행히 더 이상 눈물이 나지 않았다. 엄마는 다함이가 울거나 슬퍼하는 것을 바라지 않을 것이다. 엄마가 없어도 씩씩하게 잘 자라고 다예에게 좋은 오빠가 되어 주기를 바랄 것이다.

다함이는 잠옷으로 갈아 입고 침대에 걸터앉았다. 침대 머리맡에 엽기토끼 인형이 생뚱한 표정으로 앉아 있었다. 내일 다예한테 인형을 줘야지, 생각하면서 다함이는 피식 웃었다. 다예가 생일 선물로 준 거여서 오늘 밤엔 인형이 여기 있지만 내일부터는 어차피 다예 방에 있을 터였다.

다함이는 불을 끄고 자리에 누웠다. 또 엄마 생각이 났다. 사람이 죽으면 어떻게 되나? 정말 하늘나라로 가는 걸까? 하늘나라는 어디쯤 있을까? 만일 엄마가 하늘나라에 있다면 오늘이 내 생일인 줄 알고 있을까?

이런저런 생각을 하다가 다함이는 어느새 곤한 잠 속으로 빠져들었다.

약속

간밤에 엄마 꿈을 꾸었다. 분명 엄마 꿈을 꾸긴 했는데, 내용은 없었다. 그냥 꿈 속에서 엄마 얼굴을 잠깐 본 것뿐이었다.

다함이는 자리에 누운 채 시무룩한 얼굴로 천장을 바라보았다. 잠깐 얼굴만 보여 주고 말다니, 너무 아쉬웠다. 지난 해 여름, 엄마가 세상을 떠난 뒤부터 한동안 엄마 꿈만 꾸었는데, 어쩐 일인지 올해에는 거의 엄마 꿈을 꾸지 않았다. 꿈에라도 엄마를 한번 보고 싶은데, 엄마는 꿈에도 나타나지 않았다.

그런데 어젯밤 갑자기 엄마 꿈을 꾸었다. 어제가 다함이 생일이어서 엄마가 잠깐이나마 꿈에 나타난 것일까.

다함이는 벽에 걸린 엄마 사진으로 눈길을 돌렸다. 큰 고분 앞에서 엄마는 여전히 다함이, 다예와 함께 웃고 있었다.

방문 열리는 소리가 나더니 다예가 고개를 들이밀었다.

"오빠, 어서 일어나. 지각하겠어."

"알았어."

다함이는 벌떡 일어나 학교 갈 준비를 하고 식구들과 아침을 먹었다.

"학교 다녀오겠습니다."

다함이는 다예와 마당에서 할아버지 할머니한테 인사했다.

"그래, 잘 다녀오너라. 다함이는 특히 차 조심하고."

며칠 전부터 할아버지는 다함이가 집 밖에 나갈 때면 으레 차 조심하라는 말을 했다. 마을은 비교적 안전한 편이니, 할아버지는 읍내나 마을 어귀에서 버스를 타고 내릴 때 조심하라고 당부하는 것 같았다.

하지만 다함이가 혼자 마을 어귀까지 걸어 나가 읍내로 가는 일은 그다지 많지 않았다. 어쩌다 읍내에 나갈 때도 할아버지나 할머니, 또는 마을 어른들과 함께 갔고, 버스보다는 차를 가진 마을 사람들이 태워다 줄 때가 많왔다.

그래도 다함이는 잘 알고 있다. 할아버지의 말씀은 언제든 귀담아들어야 한다는 것을. 할아버지는 어려운 옛날 학문, '음양오행' 철학을 공부하신 분이다. 그건 지나간 일은 물론이고 다가올 일까지 미리 예측하는 학문이라고 한다. 때문에 할아버지한테 도움을 청하는 사람도 많고, 학문을 배우는 사람도 많다. 할아버지는 월, 수요일에는 부산 한의대에서, 화, 목요일에는 대구 시내 문화센터에서 강의를 한다. 토요일 저녁에는 이웃인 권 선생님과 몇몇 사람들이 집으로 와서 할아버지의 사랑채에서 공부를 한다.

또 해마다 새해가 되면 많은 사람들이 세배하러 와서는 올해 어떤 작물을 심으면 좋을지, 이런저런 계획을 세웠는데 잘될지, 할아버지한테 의논을 한다. 평소에도 어려운 일이 있으면 먼 곳에서도 찾아온다. 그걸 보면 할아버지의 학문이 사람들에게 꽤 도움이 되는 모양이다.

그러나 다함이가 할아버지의 말씀을 귀담아듣는 것은 할아버지의 신통한 학문 때문만은 아니다. 저를 걱정하는 할아버지의 속 깊은 마음을 잘 알기 때문에 더욱 할아버지의 당부를 마음에 새겨 둔다.

"네, 할아버지."

다함이는 꼬리치는 삽사리를 한 번 쓰다듬어 주고는 다예와 집을 나섰다. 시헌이네 집 쪽을 바라보니, 시헌이와 시우가 집을 나오고 있었다.

시헌이는 다함이가 꽃내골에 와서 맨 처음 사귄 친구이고 또 제일 친한 친구이다. 다함이네 석정 분교에 다함이와 같은 학년은 네 명인데, 시헌이 말고는 모두 석정1리에 살고 있는 데다 시헌이하고는 마음도 잘 통해 자연 제일 친해진 것이다.

시우는 시헌이의 여동생인데, 다예보다 한 학년 아래인 이 학년이다. 그래도 반은 다예와 같은 개나리 반이다. 학생수가 많지 않은 분교라 일 학년부터 삼 학년까지 한 반이고, 사 학년부터 육 학년까지 또 한 반, 전교에 딱 두 반뿐이다. 이 년 전 석정 분교에 전학 왔을 때는 그런 시골 분교가 썰렁하고 낯설었지만, 이제 다함이는 전교생이 한 식구 같은 분교를 더 좋아한다.

어느새 다예는 시우랑 재잘대면서 앞쪽에서, 다함이는 시헌이랑 나란히 걷고 있다.

"다함아, 이따 내캉 읍내에 안 나갈래?"

시헌이가 읍내에 가자는 건 읍내에 사는 사촌 시준이 형한테 가자는 얘기다. 시헌이네 큰집은 읍내에서 동물 약국을 하고 있는데, 시준이 형은 작년에 고등 학교를 졸

업하고 약국 일을 돕고 있다.

하지만 시준이 형은 약국일보다 '환지모' 일을 더 열심히 한다. '환지모'란 환경 지킴이들의 모임이란 뜻으로, 내 고장의 자연 환경을 깨끗이 하는 일부터 야생 동물을 보호하는 일까지, 환경에 관계된 여러 가지 일들을 한다.

동물을 좋아하는 시준이 형은 '환지모' 일 중에서도 야생 동물에 관한 일을 더욱 열심히 한다. 한 달에 한 차례씩 산을 청소하고, 야생 동물을 잡으려고 놓아둔 밀렵 도구를 걸어 낸다. 덫이나 올무에 걸리거나, 자동차에 치인 야생 동물들을 구조해, 대구 시내 야생 동물 치료 센터에 데려다 주기도 한다. 또 밀렵꾼 같은 수상한 사람을 보면 친하게 지내는 밀렵 감시단 단원에게 알려 준다.

시헌이도 사촌 형의 영향을 받아서인지, 야생 동물을 좋아하고 환지모 일에 관심이 많다. 사촌 형을 따라다니며 형이 하는 일을 거들고 배우기도 한다. 동물들의 이동 통로는 어떻게 찾아 내는지, 올무나 덫은 어떤 곳에 주로 설치되어 있는지, 또 그것들을 발견했을 때는 어떻게 해야 하는지 등을 배우는 것이다.

다함이도 시헌이와 함께 시준이 형 일을 돕다 보니 이제는 거의 환지모 준회원이나 마찬가지였고, 시준이 형만큼이나 그 일을 좋아하게 되었다.

다른 날 같으면 읍내라는 말만 들어도 같이 가겠다고 할 다함이지만, 오늘은 달리 갈 곳이 있었다.

"난 못 가. 너 혼자 가."

"오늘 환지모 회의가 있다. 니캉 내캉 회의에 참석해도 된다 카더라. 회의가 끝나면 형이 맛있는 자장면도 사 주고, 집에 올 때는 권 선생님 차를 타고 오면 된다."

읍내 고등학교 생물 선생님인 권 선생님은 다함이네 마을에 사는데, 환지모 회장이다.

다함이는 회의 참석이라는 말에 귀가 조금 솔깃했으나, 이내 고개를 흔들었다.

"오늘은 싫어."

엄마 무덤가에 토끼풀꽃이 소복이 피었다. 다함이는 엄마 무덤 앞에 앉아, 하얀 토끼풀꽃을 가만히 바라보았다. 다예랑 같이 왔으면 다예는 분명 토끼풀꽃으로 꽃반지를 만들어 끼었을 것이다. 엄마 꽃반지도 만들어 무덤 위에 놓아둘 테고……

할아버지한테 들었다. 엄마가 화장을 원했고, 마을 뒷산에 뼛가루를 뿌려 달라고 했다는 것을. 다함이가 다섯 살 때 심장마비로 갑자기 세상을 떠난 아빠도 화장을 해서 아빠가 좋아하는 동해 바다에 흘려 보냈다고 한다.

하지만 할아버지는 아이들을 생각해서라도 무덤을 만드는 것이 좋다고 했다. 원래 이 언저리 땅은 할아버지가 묏자리로 쓰려고 마련한 땅이었다. 할아버지 할머니뿐 아니라 다른 식구들도 원하면 이곳에 묻힐 수 있도록 널찍하게 땅을 마련했는데, 엄마가 맨 먼저 묻히게 되었다.

할아버지의 생각은 옳았다. 다함이는 마을 뒷산에 엄마의 무덤이 있는 것이 좋았다. 무덤에 오면 엄마가 가까이 있는 듯 느껴져, 다함이는 자주 엄마 무덤을 찾는다. 다예랑 오거나, 할아버지 할머니랑, 가끔은 이렇게 혼자 올 때도 있다.

간밤에 엄마 꿈을 꾼 때문인지 아침부터 다함이는 엄마 무덤에 오고 싶었다. 그래서 한 시간 먼저 끝난 다예가 기다리겠다고 하는데도 집으로 돌려 보냈고, 시헌이와 읍내에도 가지 않았다.

다함이는 토끼풀을 어루만지며 마음 속으로 엄마에게 말했다.

'어제가 내 생일인 거 엄마도 알지? 어젠 정말 슬펐어. 그치만 울진 않았어. 난 엄마가 바라는 신라 화랑 같은 사람이 될 거니까.'

엄마는 입버릇처럼 말하곤 했다. 다함이가 신라 화랑

처럼 씩씩하고 멋있는 사람이 되기를 바란다고. 대학에서 역사를 공부한 엄마는 역사를 무척 좋아했다. 늘 역사책을 즐겨 읽었고, 역사 속 인물들 이야기를 들려 주었다. 화랑은 엄마가 가장 좋아하는 역사 속 인물이었다. 화랑은 별처럼 아름다운 사람들이라고 엄마는 말했다.

다함이의 이름도 신라의 유명한 화랑 '사다함'에서 따온 것이다. 또한 다함이란 이름에는 '마음을 다하고 정성을 다한다'는 뜻도 있다. 엄마는 다함이가 무슨 일을 하건 마음을 다하고 정성을 다하는 사람이 되기를 바랐던 것이다. 다예는 얼굴도 예쁘고, 하는 짓도 예쁜, 뭐든지 다 예쁘다는 뜻으로 지은 이름이다.

이 세상 무엇보다 다함이와 다예를 사랑했던 엄마. 다함이가 엄마를 보고 싶어하듯이 엄마도 저 세상에서 다함이와 다예를 애타게 보고 싶어할지도 모른다.

'엄마, 다예 걱정은 하지 마세요. 내가 잘 돌볼게. 약속해, 엄마.'

다함이는 한참 동안 무덤 앞에 오도카니 앉아 있었다. 무덤을 내리쬐는 따사로운 햇살처럼 엄마가 어디선가 다함이 저를 지켜보고 있는 듯한 느낌이 들었다. 며칠 전부터 마음 속에 안개처럼 어려 있던 우울함이 가시면서 마음도 따사로워졌다.

해가 서쪽으로 설핏 기울 무렵, 다함이는 마을로 내려왔다. 저만치 시헌이네 밭둑에서 시헌이 엄마가 낯선 세 남자와 이야기하고 있었다. 가까이 다가가자 시헌이 엄마가 하는 말이 또렷하게 들렸다.

"돌샘 산장은 석정 일 리에 있니더. 여기는 석정 이 리, 꽃내골이지예."

시헌이 엄마는 남자들에게 돌샘 산장으로 가는 길을 자세히 가르쳐 주었다.

"마을에 낯선 사람이 나타나면 일단 유심히 살펴봐야 한데이. 알았제?"

다함이는 시준이 형이 한 말을 떠올리며 낯선 사람들을 살펴보았다. 두 남자는 셔츠에다 바지를, 한 남자는 양복을 입었는데, 셋 다 인상이 나빴다. 셔츠를 입은 두 남자는 몸집이 크고 우락부락했고, 양복을 입은 키가 좀 작은 남자는 오른쪽 볼에 흉터가 있어서 험상궂어 보였다. 세 남자는 돌샘골 쪽을 흘끗 보더니, 아래편 자동차를 세워 둔 곳으로 걸어갔다.

"안녕하세요?"

다함이가 인사하자 밭으로 들어가려던 시헌이 엄마가 돌아보았다.

"다함이 니는 읍내에 안 갔나?"

"네. 시헌이 혼자 갔어요. 그런데 저 사람들 누구예요?"

"길을 잘못 든 모양이다. 돌샘 산장을 여 와서 찾는다 안 카나."

돌샘 산장은 석정1리 산 속에 있는 작은 산장이다. 산장 위쪽에 위장병을 신통하게 낫게 한다는 약수터가 있었는데, 그 약수터를 찾아온 사람들이 쉬어 가곤 하던 산장이었다. 먼 곳에서 병을 고치러 온 사람은 산장에서 오래 묵기도 했다.

하지만 몇 년 전, 큰 가뭄이 든 다음부터 약수가 나오지 않았고, 산장을 찾는 사람들의 발길도 끊어졌다. 산장 주인도 산장을 팔고 떠나 버렸다. 산장의 새 주인은 다른 지방 사람이었는데, 무슨 이유에선지 산장을 그대로 내버려 두었다. 산장은 풀만 무성하게 자란 폐허가 되었다. 가끔 아이들이 탐험한다면서 찾아갈 뿐, 마을 어른들은 거의 산장에 가지 않았다.

다함이는 지난 가을 몇 번인가 시준이 형이랑 시헌이랑 산장에 가 본 적이 있었다. 산장을 보러 갔다기보다, 산장 뒷산 너머로 뚫린 신작로를 살펴보러 간 것이다. 신작로가 뚫리기 전 그곳은 고라니, 너구리 같은 야생 동물이 지나다니는 산길이었다. 그런데 길이 뚫린 뒤에도 동물들은 맞은편 산으로 가려고 여전히 그 길을 건너 다녔고, 그러다 차에 치이는 사고를 많이 당했다. 그 일을 조사하러 가는 길에 산장에 몇 번 들렀는데, 어쩐지 분위기가 으스스해 금방 나와 버리곤 했다.

그런 돌샘 산장을 낯선 남자들이 왜 찾는 것일까? 아무래도 나중에 시헌이랑 잘 알아봐야 할 것 같았다.

문득 할머니와 다예가 걱정하면서 기다릴 거라는 생각이 머리를 스쳤다. 다예의 동그란 얼굴을 떠올리면서 다함이는 집으로 나는 듯이 달렸다.

특별한 선물

"다함아, 이리 좀 온나."

토요일 저녁, 부엌에서 할머니가 불렀다.

"네, 할머니."

다예와 컴퓨터 게임을 하던 다함이는 자리에서 일어나면서 탁상시계를 보았다. 아홉 시가 다 돼 가고 있었다. 사랑채 할아버지의 강의가 끝날 시간이었다.

다함이는 부엌으로 갔다. 예상대로 식탁에 과일 접시가 놓여 있었다. 사랑채에서 공부가 끝나면 차를 마시면서 이야기를 나눈다. 커피포트와 녹차며, 찻잔들은 사랑채에 있지만, 과일은 안채에서 내간다. 그리고 토요일 저녁마다 사랑채에 과일을 나르는 일은 다함이 몫이다.

"이거 할아버지 갖다 드리거라."

다함이는 과일 접시를 쟁반에 담아 안채를 나섰다. 마당을 가로질러 사랑채로 다가가자 기다렸다는 듯이 권 선생님의 목소리가 귓전으로 날아들었다.

"유전자 변형 식물만 해도 그렇지예. 사람이 눈앞의 이익에 눈이 어두워, 유전자를 조작해 갖꼬 병에도 강하고 수확량도 많은 식물을 만들어 냈지만예, 그게 다 자연을 거스르는 일 아이니꺼. 결국에는 사람한테 얼마나 큰 해가 될지는 아직 아무도 모르는 거니더. 인간의 욕심은 끝이 없고, 때문에 이익을 위해 자연을 거스르는 일을 끝도 없이 할 끼라예. 유전자 변형 동물도 마찬가지고, 인간 복제까지 하다 보면 그게 결국 핵폭탄처럼 인류를 멸망시키고 말지 싶네예."

토요일 저녁 과일을 가지고 사랑채에 갈 때마다 다함이는 권 선생님의 열변을 들었다. 다함이뿐 아니라, 사랑채에 모인 사람들도 권 선생님의 그 얘기를 토요일 저녁마다 들으면서도 처음 듣는 것처럼 진지하게 듣는 듯했다.

"선생님은 우째 생각하시니껴? 인류한테 희망이 있는지, 아이믄 멸망할 낀지, 이 학문으로 인류의 미래를 좀 예측해 주이소."

다함이는 사랑채 서재 앞에 이르렀지만 잠시 그대로 선 채, 할아버지의 대답에 귀 기울였다.

"허, 이 사람아. 그거는 하늘만이 아는 큰일인데, 우째 내가 감히 알 수 있겠나. 설사 안다 캐도 그거는 말해 줄 수가 없다. 그야말로 천기누설이니까."

"우리들한테만 살짝 말씀해 주이소. 다른 데 가서 절대 말 안할 낀데……."

"솔직히 말하면 내가 그 동안 나름대로 열심히 학문을 연구했지만 아직 거기까지는 모르니라. 그저 사람이나 날씨나, 나라의 앞일만 쪼끔 알 뿐인기라."

대화는 거기서 잠시 끊어졌다. 다함이는 방에다 대고 소리쳤다.

"할아버지, 과일 가져왔어요."

다함이가 과일을 가지고 가면, 공부하는 사람들 중 누군가가 나와서 과일을 받아 간다. 그런데 오늘 방문을 열고 나온 사람은 뜻밖에도 할아버지였다. 할아버지는 과일을 방 안에 들여 놓고는 다함이에게 말했다.

"다함아, 지금 안채에 가서 샤워해라."

샤워는 어제 저녁에도 했지만, 다함이는 잠자코 고개를 끄덕였다.

"네."

다함이는 안채로 돌아왔다. 다예가 다가와 물었다.

"오빠, 오늘이지?"

"뭐가?"

"할아버지가 오늘 밤, 오빠한테 선물 준다고 하셨잖아."

그제서야 다함이는 기억났다. 할아버지가 토요일 밤에 특별한 생일 선물을 주겠다고 했던 일이.

"무슨 선물인 것 같애, 오빠?"

다함이는 고개를 저었다. 다만 샤워를 하라고 하신 것으로 미루어 몸과 마음을 깨끗이 하고 정성스럽게 받아야 하는 선물인 것 같았다.

"나도 몰라."

"니 샤워할 거제? 속옷이랑 겉옷, 다 챙겨 놨다."

욕실 앞에서 할머니가 소리쳤다. 할머니도 할아버지한테 무슨 말을 미리 들은 듯했다. 다함이가 샤워를 하고 욕실에서 나왔을 때 사랑방 공부도 끝이 났다. 사람들이 돌아간 뒤, 할아버지도 샤워를 하고 욕실에서 나왔다.

"다함아, 십 분 뒤에 사랑채로 오너라."

"네."

정확히 십 분 뒤에 다함이는 사랑채 할아버지 방으로 갔다. 할아버지는 특별한 날에만 입는 한복을 입고 아랫

28

목에 앉아 있었다. 할아버지 바로 앞쪽 방바닥에는 화선지와 벼루와 먹, 연적 등이 놓여 있었다. 그 옆에는 서안이 있었다. 여느 때 책을 얹어 두곤 하던 서안 위에는 촛불이 두 개 켜져 있고, 그 한가운데 향로가 놓여 있었다.

"거 앉아서 먹 좀 갈아라, 다함아. 정성스럽게 갈아야 한데이."

다함이는 자리에 앉아 벼루에 연적의 물을 부은 다음 먹을 갈기 시작했다. 할아버지는 붓글씨를 쓰려는 듯했지만, 분위기가 너무 엄숙했다.

"붓글씨를 쓰시려구요?"

"글씨가 아니고 부적이다."

부적이 무엇인지, 다함이도 대강 알고 있다. 하지만 다함이는 여태까지 할아버지가 부적 쓰는 걸 본 적도, 썼다는 말을 들은 적도 없다.

"할아버지도 부적 쓸 줄 아세요?"

"알기사 안다만 그 동안은 별로 쓸 일이 없었다. 그라고 부적은 꼭 필요할 때만 써야 되는 기고……."

"부적은 어디다 쓰실 건데요?"

다함이는 부적이 특별한 생일 선물이라는 것을 이미 짐작했다. 하지만 이상했다. 왜 하필 부적이 생일 선물일까. 요즘 들어 할아버지는 부쩍 차 조심하라는 말을 많이 했다. 어쩌면 부적이 그 일과 상관 있는 것은 아닐까.

"먹, 조금만 더 갈면 되겠다. 그런데 다함아, 니는 부적이 뭐라꼬 생각하노?"

다함이의 물음에 대한 대답 대신 할아버지가 질문을 했다. 언젠가 같은 반 현수네 집에 갔을 때 일이 생각났다. 현수 할머니 방, 벽에 붙어 있던 엽서 반 장 크기의 종이. 거기에는 글자 같기도 한 이상한 그림이 붉은 색으로 그려져 있었다.

"나쁜 일을 막아 주는 종이잖아요. 가지고 다니기도 하고, 벽에 붙여 놓기도 하구요. 그런데 부적은 붉은 색으로 쓰던데……."

"민간에서는 붉은 먹으로 많이들 쓰지만, 옛날 선비들은 먹으로 부적을 썼니라. 그라고 니 말대로 부적은 나쁜 일을 막아 주는 기다. 그치만 그거는 부적의 쓰임새다. 부적이 대체 뭐길래, 나쁜 일을 막아 주는지, 할아버지는 그걸 물어본 기다."

"그건 저 몰라요, 할아버지."

"그래. 할아버지도 니한테 대답을 기대하고 물어본 건 아니다. 다함아, 부적은 말이다. 하늘의 글자니라. 사람은 그 글자로 제 뜻을 하늘에 전하는 기라. 물론 사람이 마음으로 간절히 기도해도 그 뜻이 하늘이나 신한테 통하지만, 부적은 하늘 글자로 좀더 확실하게 전하는 기라."

다함이는 할아버지의 말뜻을 다는 아니지만 대강은 알 것 같았다. 잠시 방 안에는 먹 가는 소리만 들렸다. 할아버지가 말했다.

"인자 그만 갈아도 되겠다."

할아버지는 서안 서랍에서 향합을 꺼냈다. 향합에서 향을 세 개비 꺼내 촛불로 불을 붙인 다음, 한 개비씩 정성스럽게 향로에 꽂았다. 할아버지는 기도하듯 잠시 눈을 감고 있다가, 붓을 들어 먹을 묻혔다. 천천히, 공들여서 부적을 쓰는 할아버지의 손을 다함이는 조용히 지켜보았다.

이윽고 할아버지가 벼루에다 붓을 내려놓았다. 다함이는 화선지를 내려다보았다. 할아버지의 설명을 들어서일까? 먹으로 쓴 부적은 이상한 그림이라기보다는 신비한 글자 같았다.

할아버지는 잠시 먹이 마르기를 기다렸다가, 화선지를 두어 번 접었다. 현수네 집에서 본 것처럼 화선지는 엽서 반 장 크기가 되었고, 그 겉면에 부적이 씌어 있었다. 할아버지는 서안 서랍에서 작은 헝겊 주머니를 꺼냈다. 짙은 밤색에, 부적보다 약간 커 보이는 네모꼴 주머니였다.

"느그 할무이가 만든 주머니다."

할아버지는 주머니 속에 부적을 넣었다. 부적은 주머니 안에 쏙 들어갔다. 할아버지가 주머니를 다함이 앞으로 내밀었다.

"다함아, 이거 할아버지가 주는 특별한 선물인까네, 늘 몸에 지니고 댕기거라."

다함이는 주머니를 받으면서 조금은 걱정 어린 눈빛으로 할아버지를 보았다.

"할아버지, 저한테 무슨 나쁜 일이 있는 거예요? 부적은 나쁜 일을 막으려고 하는 거라던데……."

"다함아, 늙으믄 쓸데없는 걱정이 많아진데이. 니한테 특별히 나쁜 일이 뭐 있겠노. 그냥 하늘이며, 땅, 조상 어른들, 천지만물한테 이 부적으로 부탁하는 기다. 우리 다함이 잘 크도록 지켜 주십사고 말이다. 우리 다함이는 할 일이 많거든. 엄마 대신 동생도 돌봐 줘야 하고, 해마다 엄마 아버지 제사도 지내야 하고, 할아버지 할무이한테 착한 외손자 노릇도 해야 되고, 시헌이랑 같이 환경보호도 해야 되고……. 이렇게 할 일 많은 우리 다함이 무럭무럭 잘 크도록 지켜 주십사고 부적을 쓴 기다."

할아버지가 물처럼 담담하게 말했다. 다함이의 마음도 편안해졌다.

"고맙습니다, 할아버지. 이거 늘 가지고 다닐게요."

다함이는 셔츠 왼편 호주머니에 부적 주머니를 넣었다. 할아버지가 웃었다.

"그래, 거다 넣으니 딱 좋네. 인자 그만 건너가 봐라."

다함이는 할아버지한테 안녕히 주무세요, 인사한 다음 안채로 건너왔다. 다예가 쪼르르 다가왔다. 선물이 무얼까 궁금해서 잠도 안 자고 기다린 모양이었다.

"오빠, 무슨 선물 받았어?"

다함이는 티셔츠 호주머니에서 부적 주머니를 꺼냈다.

"이거야."

"애걔? 이게 무슨 선물이야?"

"이 속에 부적이 들어 있어."

다함이는 주머니 속의 부적을 꺼내 보여 주었다. 다예가 고개를 갸웃했다.

"이게 뭐야? 이게 왜 특별한 선물이야?"

"부적이 뭔지는 할머니한테 물어봐. 넌 아직 어려서 이게 왜 특별한 선물인지는 말해 줘도 모를 거야."

다함이는 부적을 주머니에 넣어, 도로 호주머니 속에 넣었다.

"피, 혼자 다 큰 척해. 오빠도 아직 애면서."

다예가 삐죽대더니 안방 할머니한테 달려갔다.

다함이는 제 방으로 들어왔다. 침대에 걸터앉으면서

호주머니가 있는 왼편 가슴을 만져 보았다. 부적 주머니가 느껴졌다. 할아버지의 정 깊은 마음 때문일까. 어쩐지 든든했다. 다예는 실망했다는 듯 '애개'라고 했지만, 다함이는 할아버지의 선물이 마음에 들었다. 부적은 오직 할아버지만이 줄 수 있는 특별한 선물이니까.

일요일의 모험

공부가 끝났다. 일요일마다 사랑채에서 다예와 함께 하는 한문 공부였다. 할아버지한테 배우는 한문은 어렵 긴 하지만 자꾸 하다 보니 재미도 있었다.

하지만 오늘은 까닭 없이 집중이 안 되고 뒤숭숭하던 터였다. 공부가 끝난 것이 홀가분하기만 했다.

"할머니, 할아버지. 저 시헌이네 집에 갔다 올게요."

다함이는 시헌이네 집으로 달려갔다.

"시헌아, 돌샘 산장에 가자."

지난번 생일 다음 날, 다함이는 수상쩍은 남자들을 보 았다. 그 남자들은 시헌이 엄마한테 돌샘 산장으로 가는 길을 물었고, 다함이는 이상하게도 그 일이 마음에 걸렸다. 그래서 다음 날 시헌이한테 그 이야기를 해 주었다.

"어쩌면 산장에서 몰래 밀렵 도구를 만들지도 몰라. 사냥총을 숨겨 놓거나, 밀렵한 야생 동물들을 감춰 두었을지도 모르고. 그런 일들을 하기 딱 좋잖아, 그 산장."

"맞다. 수상한 사람들 아이믄 뭐하러 돌샘 산장을 찾겠노. 우리 이번 일요일에 산장 탐험하러 가자. 그 사람들, 거 들렀다 카믄, 흔적 같은 기 남아 있을 끼다."

하지만 지난 일요일에는 다함이도 시헌이도 일이 있어서 돌샘 산장에 가지 못했다.

"다함아, 내는 오늘 돌샘 산장에 못 간다. 다음에 같이 가 보자."

"왜?"

"내 오늘 우리 아빠랑 읍내에 가야 되거든. 아빠캉 목욕탕에도 가고, 할 일이 많다."

시헌이는 아빠와 읍내에 나가는 것이 즐거운 듯, 들뜬 표정이었다.

"알았어. 읍내 잘 갔다 와. 내일 보자."

다함이는 집 쪽으로 터덜터덜 걸었다. 아빠와 손잡고 읍내에 가는 시헌이의 모습이 자꾸 어른거렸다.

다함이는 다섯 살 때 아빠를 잃었다. 무언가를 기억하기에는 너무 어린 나이여서, 다함이한테는 아빠에 대한 기억이 거의 없었다. 언젠가 아빠한테 크게 꾸중을 들었고, 그때 아빠가 참 무서웠다는 기억 하나만 아련하게 남아 있을 뿐이다.

엄마와 다예와 함께 아빠의 뼛가루를 뿌린 동해 바다에 간 일과 해마다 아빠 제사를 지낸 일, 그리고 사진 속에 붙박여 있는 아빠의 여러 모습들. 아빠에 대한 기억은 그게 다였다. 엄마는 아빠가 친척도 없이 홀어머니 밑에서 혼자 외롭게 자랐기 때문에 다함이와 다예를 무척이나 아끼고 사랑했다고 말해 주었지만, 다함이는 전혀 기억나지 않았다.

'시헌이는 좋겠다. 아빠랑 목욕탕에도 같이 가고…….'

다함이는 우울한 얼굴로 집 마당으로 들어섰다. 삽사리가 달려왔다. 다함이는 삽사리를 어르면서 잠시 같이 놀다가 마당 한구석에 세워 놓은 자전거를 끌고 왔다.

"오빠, 나도 자전거 태워 줘."

다예가 마당으로 나오면서 말했다. 다함이는 선선히 고개를 끄덕였다.

"그래, 타."

다함이는 다예를 자전거 뒤에 태우고 꽃내골을 한 바퀴 돌았다. 햇살이 눈부시고, 뒤숭숭하고 우울하던 마음속에도 상큼한 바람이 불었다.

"돌샘골까지 갈까?"

길 옆에 자전거를 세워 놓고 잠시 쉰 다음 다함이가 물었다. 다예가 활짝 웃었다.

"그래, 오빠."

다예가 다시 자전거 뒤에 탔다. 다함이는 힘껏 페달을 밟아 돌샘골 끝까지 달렸다. 마을 끝 산기슭에 다함이와 같은 반인 진구네 집이 있었다. 마당에 있던 진구가 다함이를 보고 알은체를 했다. 다함이도 진구한테 손을 들어 보이고는 진구네 집 위쪽 공터에서 자전거를 돌렸다.

언뜻 산 속으로 뻗은 길이 보였다. 그 길을 따라 올라가면 돌샘 산장이 나온다.

'다음에 시헌이랑 산장까지 가 봐야지.'

오던 길을 되돌아 석정리 마을 회관 앞까지 왔을 때였다. 길 저편에서 승합차 한 대가 오고 있었다. 다함이는 마을 회관 앞에 자전거를 세우고는 차가 지나가기를 기다렸다. 마을 사람들 차가 아닌, 처음 보는 차였다. 승합차는 바깥에서 안을 들여다볼 수 없도록 유리창문이 검게 칠해져 있었다. 승합차는 다함이가 방금 지나온 그 길로 스르르 굴러갔다.

다함이는 집으로 돌아왔다. 점심을 먹으면서도 자꾸 승합차가 생각났다. 아닐 수도 있지만, 어쩐지 그 승합차가 돌샘 산장까지 올라갔을 것만 같았다.

"할머니, 저 좀 나갔다 올게요."

"또 어디 나가노?"

"친구 집에 잠깐 갔다 올게요."

"그래. 얼릉 갔다 온나. 그리고 윗도리 갈아 입고 가거라. 세탁기 돌릴라 칸다."

"네, 할머니."

다함이는 방으로 들어가 옷장을 열었다. 초록색 셔츠가 눈에 띄었다. 언젠가 경주 시내에 나갔을 때 엄마가 사준, 다함이가 무척 좋아하는 옷이었다. 다함이는 그 옷으로 갈아 입었다. 벗은 옷은 세탁기 위에다 얹어 두었다.

다함이는 할머니가 생일 선물로 사준 운동화를 신고 마당으로 나왔다. 자전거를 끌고 막 집 밖으로 나왔을 때였다.

"오빠, 잠깐만. 오빠!"

다예가 소리치며 뛰어나왔다. 다예 손에 부적 주머니가 들려 있었다. 윗도리를 갈아 입으면서 부적을 깜박 잊고 꺼내지 않은 것이다. 다예가 부적 주머니를 내밀었다.

"할머니가 이거 꼭 넣고 다니래. 그런데 오빠 또 어디가는 거야?"

"돌샘골에 볼일이 있어."

다함이는 셔츠 호주머니에 부적 주머니를 넣고는 자전거를 타려 했다. 순간 다예가 재빨리 자전거를 붙잡았다.

"나도 같이 가, 오빠. 나 심심해."

"아까 많이 태워 줬잖아. 시우랑 놀아."

"시우랑 노는 거 재미없어. 나랑 놀자, 오빠."

"나, 놀러 가는 거 아니야. 볼일이 있다고 했잖아. 비켜."

두 손으로 자전거를 꼭 잡은 채, 다예는 울 듯한 얼굴로 다함이를 쳐다보았다.

"오빠 나빠. 좋은 오빠 아니야, 오빤."

좋은 오빠…… 그 말이 다함이의 발목을 잡았다.

"다예야, 오빠 돌샘 산장에 가는 거야."

다함이는 달래듯이 부드럽게 말했다.

"돌샘 산장, 그러니까 귀곡 산장에 간단 말야?"

마을 아이들은 돌샘 산장을 귀곡 산장이라 불렀다. 귀신이 나올 듯 으스스한 산장 분위기 때문이었다.

"너 귀곡 산장 무섭지? 대낮이지만 너무 외진 곳이라 위험해. 널 데려갈 수 없어."

"오빠는 왜 가는데?"

"어쩜 거기가 나쁜 사람들 소굴인지도 몰라. 그래서 조사해 보려는 거야."

"정말 나쁜 사람들 소굴이면 어떡해? 위험하잖아."

"그러니까 혼자 가려는 거지. 갔다 와서 다 얘기해 줄 테니까, 넌 집에 있어."

"싫어. 위험하니까 같이 가야지. 엄마가 그랬잖아. 내가 오빠 지켜 주고, 오빠가 나 지켜 줘야 한다고. 오빠 혼자선 절대 못 가."

다예가 자전거를 한층 꽉 붙잡으면서 고집스럽게 말했다. 다함이는 속으로 한숨을 내쉬었다.

"좋아. 타. 그 대신 오빠 말 잘 듣고, 얌전하게 따라와야 해."

"알았어. 어서 가자."

다예가 생글거리며 자전거 뒷자리에 탔다. 다함이는 자전거를 달려 돌샘골 진구네 집으로 갔다. 진구는 집에 있었다.

"진구야, 아까 저 위로 차 안 올라갔어?"

"못 봤는데? 내는 방 안에 있었거든."

"알았어. 내 동생하고 산장까지 갔다 올 거니까, 자전거 좀 봐 줘."

"니가 올 때까지 내가 자전거 타도 되나?"

"응. 마음대로 타."

"그란데 니는 뭐하러 귀곡 산장에 가노?"

"나중에 말해 줄게. 이따 보자."

"그래. 잘 갔다 온나."

다함이는 다예와 산길을 올라갔다. 왼편 계곡에서 물소리가 들릴 뿐, 산길은 고요하고 호젓했다. 포장은 되지 않았지만 그런 대로 평평하고 폭도 제법 넓어, 차 한 대 정도는 너끈히 올라갈 수 있는 길이었다.

'아까 그 차 분명 산장으로 올라갔을 거야.'

산장이 가까워질수록 다함이는 가슴이 세차게 두근거렸다. 다예가 옆에 있어서 한층 긴장이 되었다.

"오빠, 산장에 정말 나쁜 사람들이 있으면 어떡하지?"

다예가 소리 죽여 물었다.

"너 무섭니?"

"쪼금……."

아무래도 오늘은 탐험을 제대로 못할 것 같다는 생각이 들었다.

"그럼 산장 마당에 차가 있는지 없는지 그것만 보고 돌아가자. 탐험은 다음에 시헌이랑 하면 되니까."

조금 더 올라가자 저만치 산장이 보였다. 잡초가 무성하게 자란 산장 마당에 아까 본 승합차가 세워져 있었다.

다함이의 두 눈이 반짝 빛났다.

"그만 가자, 오빠. 차가 있는 거 봤잖아."

다예가 다함이의 옷자락을 잡아당겼다. 다함이는 난처한 듯 다예를 보았다. 애써 여기까지 왔는데, 그냥 가려니 아쉬웠다.

"다예야, 여기서 잠깐만 기다려. 오빠가 저 안에 들어갔다 올게."

"그러다 들키면 어쩌려구?"

"산장 안에 누가 있는지 그것만 보고 올게. 여기서 기다려, 응?"

"그럼 나도 같이 갈래. 혼자 있기 싫어."

다함이는 마지못해 고개를 끄덕였다. 다예와 옥신각신하느니, 1초라도 빨리 안에 들어갔다 나오는 편이 나았다. 둘은 살금살금 산장 마당으로 들어섰다. 승합차 앞을 지나면서 다함이는 차 번호를 눈여겨보고는 다예에게 속삭였다.

"차 번호 잘 외워 둬."

다예가 차 번호에 눈길을 주면서 다부지게 고개를 끄덕였다.

다함이는 산장 층계 앞까지 조심조심 다가갔다. 다예가 바싹 붙어서 따라왔다. 산장 현관문은 굳게 닫혀 있었다. 안에 누가 있는지 없는지 전혀 가늠할 수가 없었다. 현관문 왼편 벽에는 큰 유리창이 있었다. 창에는 반쯤 커튼이 쳐져 있어서 안을 들여다볼 수 있을 것 같았다.

하지만 거기까지 가려면 낡아 빠진 나무 층계를 올라가 삐걱거리는 마루를 밟고 가야 한다. 어쩐지 그 소리가 아주 크게 울릴 것만 같았고, 산장 안에 사람이 있다면 분명 그 소리를 들을 터였다.

"집 뒤로 가 보자."

다함이가 소리 죽여 말했다. 둘은 살짝살짝 풀을 밟으며 산장 뒤로 갔다. 산장 뒷벽에도 유리창이 있었다. 다행히 커튼은 쳐 있지 않았다. 유리창은 다함이의 키보다 높은 곳에 있었는데, 마침 그 아래 나무 궤짝 하나가 놓여 있었다. 그 궤짝을 딛고 올라서면 안이 잘 들여다보일 것 같았다.

다함이는 다예의 손을 잡고 유리창 아래로 가서, 속삭이듯 말했다.

"내가 얼른 들여다볼 테니까, 넌 가만히 있어."

다예가 겁먹은 얼굴로 고개를 끄덕였다. 다함이는 궤짝을 딛고 올라섰다. 맞춘 듯 키가 꼭 맞아서, 안이 훤히 들여다보였다. 산장 안에는 두 남자가 있었다. 한 남자는 유리창을 등지고 앉아 있어 얼굴을 볼 수 없었지만, 그

맞은편 남자는 얼굴이 바로 보였다.

다함이의 눈이 휘둥그레졌다. 오른쪽 볼의 선명한 흉터와 험상궂은 얼굴. 지난번 시헌이 엄마한테 길을 물었던 바로 그 남자였다. 더욱 놀라운 것은 그 남자의 두 손에 들린 황금색 불상이었다. 남자는 눈을 빈뜩이며 작은 불상을 뚫어져라 보고 있었다. 뿐만 아니라 두 남자의 주변에는 옛날 책이며 조각품, 도자기 들이 어지럽게 널려 있었다.

경주 일대는 옛 신라의 유적지라 문화재가 많았다. 산장 안에 있는 남자들은 밀렵꾼이 아니라, 문화재를 훔쳐다 파는 도둑이었다. 언젠가 유적지에 갔을 때 엄마가 말했다. 우리의 소중한 문화재를 지키는 일은 환경을 지키는 일 못지않게 중요한 일이라고.

빨리 마을로 내려가 신고해야 한다는 생각이 머리를 스쳤다. 순간, 불상을 들여다보던 남자가 고개를 들었다. 남자의 두 눈과 다함이의 두 눈이 정면으로 맞부딪쳤다. 다함이는 숨이 멎는 듯했다. 두 발이 궤짝에 달라붙은 듯 꼼짝도 할 수가 없었다.

"누구야, 웬 놈이야?"

남자가 벌떡 일어나며 소리쳤다. 다함이는 정신 없이 궤짝 아래로 뛰어내렸다. 다예가 새파랗게 질린 얼굴로 다함이를 보았다.

"들켰어. 저 사람들, 아주 나쁜 사람들이야."

"어떡해?"

"괜찮아. 오빠만 믿어."

다함이는 급히 주변을 둘러보았다. 지금 이대로 마당 쪽으로 나갔다가는 꼼짝없이 잡힐 테니, 숨을 곳을 찾아야만 했다. 마침 멀지 않은 곳에 헛간이 있었다.

다함이는 다예의 손을 잡고 그곳으로 뛰어갔다. 헛간 안에는 녹슨 농기구며 못 쓰는 가구들이 어지럽게 들어차 있었다. 헛간 안쪽에 부서진 농 하나가 벽과 15도쯤 각도를 이루며 비스듬히 기대어져 있었다.

다함이는 다예와 함께 우선 그 뒤에 숨었다. 하지만 그곳도 안전하지는 않았다. 산장 안의 남자들이 여기까지 온다면, 둘은 꼼짝없이 잡힐 것이다. 그 전에 좋은 방법을 생각해야 했다. 다예만이라도 안전하게 집으로 돌아갈 수 있는 방법을⋯⋯.

다함이는 농 뒤에서 고개를 약간 내밀고 헛간 안을 살펴보았다. 헛간 뒷벽 한쪽이 무너진 것이 보였다. 뒷벽 바깥 쪽은 산 속이고, 산을 넘어가면 신작로가 나온다. 지난 가을에 새로 뚫린 사차선 도로다.

"다예야, 만약 그 사람들이 여기로 오면 내가 저쪽으

로 달아날게. 그럼 그 남자들은 날 잡으려고 쫓아올 거야. 넌 그때 마당으로 나가서 마을로 내려가. 알았지?"

"오빠 어쩌려구?"

다예가 울 듯한 얼굴로 물었다.

"난 신작로 쪽으로 갈 거야. 거기까지만 가면 안전해. 이따 집에서 보자. 알았지?"

순간 헛간 어귀 쪽에서 발소리가 들리더니 이어 말소리가 들렸다.

"찾았어?"

"아니. 숨을 데라곤 이 헛간뿐인데……"

"어서 찾아, 일 그르치기 전에. 아직 달아나진 못했을 거야. 앞쪽은 내가 지키고 있었으니까."

두 남자가 헛간으로 들어섰다. 다함이는 다예를 돌아보며 고개를 끄덕이고는 뒷벽 쪽으로 후닥닥 뛰었다.

"저기 있다. 잡아. 어서!"

등 뒤에서 남자의 고함 소리가 덮치듯 날아왔다. 다함이는 뒷벽 무너진 틈으로 빠져 나와 산 위쪽으로 달렸다. 정신 없이 달리다가 뒤돌아보니, 조금 뒤쪽에서 두 남자가 부리나케 뛰어오고 있었다. 둘 다 쫓아와서 정말 다행이었다. 지금쯤 다예는 산장을 빠져 나가 마을로 달려가고 있으리라. 오르막길이 내리막길로 바뀌었다.

“야, 너 거기 서지 못해!”

바로 뒤에서 남자의 으름장 소리가 들렸다. 다함이는 굴러떨어지듯 아래로 뛰었다. 두어 번 넘어졌지만 이내 일어나 다시 뛰었다.

조금만 더 가면 신작로가 나온다. 뒤쫓아오는 남자들의 발소리도 한층 가까워졌다. 숨이 턱에 닿아 주저앉고 싶었지만 다함이는 이를 악물고 내처 뛰었다.

신작로가 나왔다. 가쁜 숨을 몰아쉬며 다함이는 일단 멈추어 섰다. 사차선 넓은 도로라 차들이 쌩쌩 속력을 내어 달리고 있었다. 다함이는 길 양쪽을 살피고는 흘끗 뒤돌아보았다. 엎어지면 코 닿을 듯한 거리에 두 남자가 있었다. 서둘러야 했다.

다함이 앞으로 차가 한 대 휙 지나갔다. 다행히 뒤차는 멀찌감치 떨어져서 따라오고 있었다. 맞은편을 살폈다. 맞은편 그리 멀지 않은 곳에서는 차가 한 대 달려오고 있었는데, 빨리 뛰면 무사히 건널 수 있을 것 같았다.

“야, 이 꼬마야!”

바로 뒤쪽까지 다가온 남자가 손을 뻗치는 순간 다함이는 신작로를 가로질러 뛰었다. 남자도 뒤쫓아오려 했지만 저편에서 차가 빵빵 경적을 울리는 바람에 뒤로 펄쩍 물러났다.

끼익 하고 급하게 브레이크를 밟는 소리와 퍽 하는 소리가 동시에 신작로를 뒤흔들었다. 순간 신작로 저편으로 달려가던 다함이의 몸이 하늘로 솟구쳐 올랐다. 그 작은 몸은 이내 길바닥으로 떨어져 내렸다.

저승사자 368호

달려오는 자동차에 세차게 부딪치는 순간 다함이는 몸 어딘가에 심한 통증을 느꼈다. 통증은 정신을 잃게 할 만큼 지독하여, 하늘로 튕겨져 올랐다가 떨어질 때 이미 다함이는 거의 정신을 잃고 있었다.

그런데 다함이의 몸이 막 땅에 닿으려는 찰나였다. 누군가가 손을 내밀어 다함이의 한쪽 손목을 움켜잡더니 낚아채듯 잡아끌었다. 그러자 세상 모든 것을 빨아들일 듯한 강렬한 회오리바람이 느껴졌고, 다함이는 그 소용돌이 속으로 빨려들어가면서 정신을 잃었다.

다시 정신을 차렸을 때 다함이는 강가 모래밭에 누워 있었다. 머리를 노랗게 물들인 낯선 청년이 머리맡에 앉아 다함이를 빤히 들여다보고 있었다.

"이제 정신이 드니? 내가 정해진 시간보다 빨리 널 빼내 왔기 때문에 네가 꽤 오랫동안 정신을 잃고 있었던 거야. 그래도 내가 선심을 쓴 덕분에 넌 별 고통 없이 네 몸을 떠날 수가 있었지."

고통이라는 말이 차에 치일 때의 지독한 통증을 기억나게 했다. 그런데 이상했다. 지금은 전혀 아픈 데가 없었다. 대체 어찌 된 일일까? 차에 치었고, 누군가가 손을 뻗어 저를 구해 준 것까지는 기억이 나는데 그 다음 일은 어슴푸레하기만 했다.

"우리 조장은 마지막 순간까지 사람은 자기가 치를 걸 다 치러야 한다고 말하지만, 난 너 같은 어린애가 불필요하게 고통받는 건 원치 않아. 더구나 넌 꽤 괜찮은 애 같거든. 그래서 규정에 어긋나긴 하지만 내가 손을 좀 썼지."

이 낯선 청년은 대체 무슨 말을 하는 걸까? 다함이는 벌떡 일어나 앉으며 청년을 똑바로 쳐다보았다.

"아저씨, 아저씨는 누구세요? 여긴 어디예요?"

"아저씨라니? 나 그렇게 늙은 사람 아니다. 형이라고 불러."

형? 그렇다면 시준이 형 친구일까? 노랗게 물들인 머

리하며 무릎이 찢어진 청바지…… 그러고 보니 언젠가 읍내에서 본 시준이 형 친구하고 비슷한 것 같았다.

"그럼 형은, 시준이 형 친구예요?"

"내가 너무 일찍 빼내 와서 아직도 네가 얼떨떨한가 보구나. 상황 파악을 전혀 못 하는 걸 보니. 난 저승사자 삼백육십팔 호야. 이름은 비두인데, 영부(靈府)에선 그냥 사자 삼백육십팔 호라고 불리지."

다함이는 눈을 커다랗게 떴다. 저승사자라니? 찢어진 청바지를 입고 머리를 노랗게 물들인 저승사자는 동화책에서도 텔레비전 드라마에서도 본 적이 없었다.

"형, 지금 농담하는 거죠? 저승사자가 누군지는 나도 알아요. 하지만 저승사자는 검은 갓을 쓰고, 검은 두루마기를 입고,"

"그건 천마가 담배 피던 시절 얘기야. 저승사자 복장 자율화가 된 게 언젠데……."

다함이는 혼란스러웠다. 낯선 청년이 농담을 하고 있는 것 같지는 않았지만, 여전히 납득이 잘 되지 않았다. 청년이 딱하다는 표정으로 다함이를 바라보았다.

"애야. 넌 자동차에 치어 죽었어. 난 죽은 네 혼을 저승으로 데려가는 사자고."

"내가 죽었다고요? 하지만 내 몸이 그대로 있는

데……."

"보이는 모습은 그대로지만 이승에 있을 때와 똑같은 육신은 아니란다. 넌 이제 순전히 기(氣)로 이루어진 혼이거든. 봐라, 너도 나도 그림자가 없잖니."

정말이었다. 하늘에는 해가 빛나고 있는데, 다함이와 낯선 청년은 그림자도 없이 강가 모래밭에 마주앉아 있었다. 청년이 말을 계속했다.

"이승 사람들은 기를 눈으로 볼 수 없지만, 넌 죽어 혼이 되었으니 기의 형체를 볼 수 있어. 그래서 이곳의 모든 것을 보고 듣고 느낄 수 있게 된 거다."

알아듣기 쉽지 않았지만, 한 가지는 분명했다. 다함이 제가 죽었다는 사실……, 갑자기 모든 소리가 끊어지면서, 눈앞이 하얘지는 것 같았다.

"내가 죽었다면, 정말 죽은 거라면 우리 할아버지 할머니, 다예를 다시는 못 보는 거예요? 시헌이랑 친구들도 못 보고, 삽사리도……."

다함이는 목이 메어 말을 계속할 수가 없었다. 할아버지의 얼굴이 떠올랐다.

'그럼 할아버지는 이 모든 일을 알고 계셨던 것일까? 그래서 차 조심하라고 입버릇처럼 말씀하시고, 부적까지 써 주신 걸까?'

다함이는 멍한 얼굴로 초록색 셔츠를 내려다보았다. 집을 나설 때 입었던 옷이며 운동화, 셔츠 주머니 속의 부적 주머니까지 그대로였다. 그런데, 그런데…….

"네 죽음을 받아들이기가 쉽지 않을 거야. 아직 제대로 살아 보지도 못했으니. 하지만 어쩌겠니. 네가 타고난 명이 그것뿐인걸……."

낯선 형, 아니 저승사자 비두가 달래듯이 말했다. 문득 희미하게 물 소리가 들렸다. 돌아보니 강가에 배 한 척이 있었다. 머리와 수염이 하얀 노인이 탄 배였다.

"가자."

비두가 다함이의 손을 잡고 일어났다. 비두의 손에 이끌려 다함이는 나는 듯이 걸어 배에 올라탔다. 비두와 달리 노인은 산신령 같은 옷차림이었다. 비두가 노인 옆에 앉고, 다함이는 비두 옆에 앉았다.

무심히 강물만 보고 있던 노인이 한 손으로 뱃전을 툭 쳤다. 배가 강 저편으로 미끄러지기 시작했다.

"어디로 가는 거예요?"

"말했잖니. 저승으로 간다고. 정확히 말하면 뢰제의 나라로 가는 거지."

"뢰제의 나라요?"

"그래, 뢰제의 나라. 이승에서 네가 대한민국 국민이었듯이, 저승에서 네 혼은 뢰제의 나라에 소속돼 있거든. 모든 혼은 죽은 다음에 자신의 혼이 속한 나라로 돌아가는 거고."

"이젠 뢰제의 나라라고도 할 수가 없지. 이름만 뢰제의 나라지……."

노인이 강물에 시선을 박은 채 중얼거리듯 말했다.

"어휴, 어르신. 괜히 그런 말씀 마세요."

'내가 죽은 걸 알면 다예는 얼마나 놀랄까? 또 할아버지 할머니는……. 아, 다예는 무사하기나 한 걸까?'

다함이의 두 눈에 눈물이 고였다. 눈물은 볼을 타고 쉴새없이 흘러내렸다. 슬프면 눈물이 나오는 것까지 똑같았다. 그런데 죽었다니…….

"헌데 아까부터 이상한 기운이 느껴지는구나."

강물만 바라보던 노인이 비두를 돌아보았다. 노인의 눈길은 비두를 지나쳐 다함이의 왼편 가슴 호주머니께 멎었다.

"이상한 기운이라니요?"

"넌 이 애를 데리고 오면서 이상한 기운을 못 느꼈니?"

"전혀요."

"하긴 이상한 기운을 느꼈다면 이 애를 데려왔을 리

가 없지."

"대체 무슨 말씀을 하시는 거예요, 어르신."

"아무래도 네가 또 실수를 한 것 같구나."

실수. 다함이의 귀가 번쩍 띄었다. 비두의 눈도 왕방울만해졌다.

"실수라니요? 지난번 그 실수 땜에 제가 얼마나 혼이 났는데, 또 실수를 해요?"

"넌 저승사자가 된 지 얼마 안 되지만, 난 오랜 세월 이 강에서 저편으로 가는 혼들을 보아 왔다. 이젠 어떤 혼을 보기만 해도, 그 혼이 이승에서 어떤 삶을 살았는지, 제대로 온 것인지 한눈에 알 수 있어."

"하지만 그럴 리가 없어요. 지난번 실수로 징계받은 다음부터 제가 얼마나 신경을 쓰는데요. 한 치의 어긋남도 없이 제대로 혼을 데려오려고 말예요."

"정말 한 치의 어긋남도 없다고 장담할 수 있누?"

"자, 장담은 못 해요. 예정 시간보다 일찍 이 애 혼을 몸에서 빼왔거든요. 어차피 죽을 건데, 고통을 덜어 주려고요."

"난 지금 네 착한 마음씨를 나무라는 게 아니다. 다만 이 애가 정말 네가 데려와야 할 애인지, 그걸 묻는 게야."

"어르신, 전 똑같은 실수는 두 번 안 해요. 이 애가 틀림없다구요."

"그럼 다시 한 번 확인해 봐."

비두는 떨떠름한 표정으로 주머니에서 수첩을 꺼내 뒤적였다.

"응, 나이는 열두 살, 사내아이. 맞지?"

비두가 다함이를 보며 물었다. 다함이는 숨을 죽이며 고개를 끄덕였다.

"사는 곳은 화천리, 대한민국 경상북도 경주시."

"화천리 아니에요. 우리 동네는 꽃내골이에요."

"꽃내골을 한자로 쓰면 화천리잖아."

"그치만 우리 동네 행정 지명은 석정 이 리예요."

"뭐라구? 석정 이 리? 그럼 네 이름은? 너 유대현 아니니?"

비두가 소리치듯 물었다. 다함이도 큰 소리로 대답했다.

"유대현 아니에요. 난 류다함이에요. 버들 류, 류다함이요!"

"맙소사! 어르신, 이 일을 어쩌죠? 화천리를 꽃내골로 착각하여 그쪽으로 가다가, 마침 이 애가 사고 당하는 장면을 봤어요. 나이도 같고 이름까지 비슷하길래 얼른 데려왔죠. 비록 사망시간은 사십여 분 차이가 났지만, 제 기억력을 믿었던 거죠. 그 자리에서 다시 한 번 확인을 해야 하는 건데……"

"도대체 정신을 어디다 팔고 있었누?"

"사실은 오늘 저녁에 사자 삼백이십칠 호를 만나기로 했거든요. 제 여자 친구 리린이요. 그 일에 마음이 들떠 서 그만……. 이제 어떡하죠, 어르신? 제발 저 좀 도와 주세요."

다함이는 눈을 크게 떴다. 저승사자가 잘못 데려온 거 라면, 아직 죽을 때가 아니란 얘기였다. 할아버지와 할머 니, 다예의 얼굴이 빛처럼 눈앞을 스쳐갔다.

"내가 어떻게 널 돕겠니?"

"어르신. 지금 배를 돌려 주세요. 이 애를 도로 데려다 주고, 유대현이 그 아일 데려올게요."

"벌써 강을 반이나 지나왔다. 일단 강을 건넌 혼은 뢰 제의 인장이 찍힌 허가증 없이는 도로 돌아갈 수가 없다 는 걸 너도 잘 알지 않니."

"그럼 전 어떡해요? 지난번 실수했을 때, 닷새나 영부 옥에 갇혀 있었단 말예요. 이번엔 아예 쫓겨나고 말 거예 요. 얼마나 어렵게 구한 일자린데……. 어르신, 전 이 일 을 좋아해요. 제 여자 친구도 저승사자고, 전 괜찮은 저승사자가 되고 싶어요. 도와 주세요, 네?"

"쫓겨나진 않을 게다. 지난번보다 벌은 좀더 무거워지겠지. 말단의 실수는 세 번까지는 봐 주게 돼 있다. 그렇다고 이런 실수를 한 번 더 하란 얘긴 아니고."

가슴 조이며 듣고 있던 다함이는 안타까운 눈빛으로 노인을 보았다. 노인의 표정이 부드럽고 온화하여, 노인에게 매달리고 싶었다.

"도와 주세요, 할아버지. 저 지금 돌아가야 해요. 내 동생 다예도 돌봐 줘야 하고, 곧 다가오는 우리 엄마 제사도 지내야 돼요. 다예랑 할아버지 할머니, 친구들이 너무너무 보고 싶어요. 돌아가게 해 주세요. 네?"

"애야, 나도 너를 돕고 싶지만 그럴 수가 없구나. 이승처럼 이곳 저승에도 절차라는 게 있단다. 네가 아직 여기올 때가 아니니, 절차를 밟기만 하면 곧 돌아가게 될 거다."

"어떤 절차인데요?"

"인간의 혼을 판결하는 곳은 영부고, 영부의 총지휘관은 영부 대왕이란다. 좌판관과 우판관, 두 판관이 대왕을 돕고 있지."

"우판관은 남성이고, 좌판관은 여성이야. 우판관 휘하의 대대장들이나 조장들, 사자들은 모조리 남성들이고,

좌판관 휘하는 모두 여성이야. 난 당연히 우판관 휘하, 산(山)대대 제팔 조 소속이지."

묻지도 않았는데 비두가 덧붙였다. 노인이 계속 말했다.

"말단 저승사자가 잘못을 하면, 그 사자가 속한 대대의 대대장이 자신을 지휘하는 판관에게 보고를 한단다. 작은 일은 판관이 알아서 처리하지만 이번 같은 큰 실수는 영부 대왕께 아뢰야 하지. 그럼 대왕이 최종적으로 판단하여 이승으로 되돌아가는 허가증을 내 준단다. 예전에는 이런 일은 뢰제께도 보고를 했지만, 이젠 영부 대왕이 다 알아서 뢰제의 인장을 찍어 주지."

"얼마나 오래 걸리나요?"

"이승 시간으로 내일이면 돌아갈 수 있을 거다."

다함이는 속으로 안도의 숨을 내쉬었다. 세상으로 돌아갈 수만 있다면, 하루쯤은 너끈히 기다릴 수 있다. 마음의 여유가 생긴 때문인지, 문득 호기심이 일었다.

"그런데 뢰제가 무슨 뜻이에요?"

다함이가 질문해 준 것이 기쁘다는 얼굴로 비두가 즉시 대답했다.

"뢰제는 '우레 뢰(雷)', '황제 제(帝)', 말하자면 우레의 큰 임금이란 뜻이야. 하늘과 땅을 울리는 우레와 같은 큰 능력과 위엄을 지닌 분이란 뜻이지."

뢰제, 그 이름이 다함이의 귀에 쏙 들어왔다. 이름만 들어도 벌써 우레와 같은 강한 힘이 느껴지는 듯했다. 비두가 계속 말했다.

"너도 알다시피 이곳은 사람들이 죽어서나 올 수 있는 저승, 신들의 나라란다. 이곳 신들은 두 부류로 나눌 수 있지. 영부에 속하면서 죽은 사람의 혼을 거두는 일을 하는 영(靈)과 생명의 원천인 기를 돌보고 가꾸는 신(神)으로 말이다. 영과 신은 하는 일만 다를 뿐 모습도 똑같고, 한데 어울려 살고 있지. 영부에서 일하는 나는 당연히 영에 속하고, 어르신도 영부에 소속되어 있으니 영이라고 할 수가 있지. 영 중에 가장 높은 분은 영부 대왕이시고, 영부를 포함한 나라 전체를 다스리는 가장 높은 분이 바로 뢰제시란다."

"지금 이 나라는 뢰제가 아니라 뢰제를 돕던 네 명의 대제(大帝)가 다스리고 있단다. 말하자면 이름만 뢰제의 나라지, 사실은 네 대제의 나라인 셈이지."

강물만 보고 있던 노인이 갑자기 끼여들었다. 비두가 당황한 듯 노인을 보았다.

"뭐하러 그런 얘기를 하세요? 내일이면 돌아갈 애한테……."

노인은 개의치 않고 말을 이었다.

"아주 오랜 옛날부터 이곳은 내내 뢰제가 다스려 왔지. 한 뢰제가 돌아가시면, 그 아들이 뒤를 이어 다음 뢰제가 되는 식으로 말이다. 그런데 지금으로부터 이십팔 년 전, 그 오랜 질서가 무너져 버렸구나."

노인이 탄식하듯 말했다. 다함이는 눈을 동그랗게 뜨고 노인을 보았다.

"신들도 죽나요?"

"신들이 죽는다니, 이상한 모양이구나. 무릇 생명을 가진 모든 것은 사라지기 마련이란다. 신도 예외일 수는 없지. 죽지 않고 영원히 산다는 것은 어찌 생각하면 큰 형벌일 수도 있으니. 그런데 뢰제께서는……"

노인은 말꼬리를 흐리더니 도로 강물 같은 침묵 속으로 빠져들었다. 비두도 더 이상 말을 하지 않았다. 들리는 건 강물 소리뿐이었다.

잠시 일었던 호기심도 사라지고, 다함이는 다시 식구들 생각에 사로잡혔다. 세상에 두고 온 사랑하는 사람들 얼굴이 물 소리에 섞여 떠올랐다 사라졌다.

영부

배가 강가에 닿았다. 비두가 다함이를 데리고 배에서 내렸다. 노인도 함께 내렸다.

"너, 이 아이, 끝까지 책임지는 거 잊지 말아라. 네가 얼마나 책임감이 강한 사자인지 내 지켜볼 거니까."

"걱정 마세요. 가끔 덜렁대긴 해도 저, 책임감은 정말 강하다구요."

비두가 넉살 좋게 말했다. 노인이 시선을 돌려 다함이를 보았다. 노인의 눈빛이 할아버지를 생각나게 했다.

"그 호주머니 속에 든 거 말이다."

"아, 이 부적이요? 우리 할아버지께서 써 주신 거예요."

다함이는 호주머니에 손을 대고 자랑스레 말했다. 비두가 눈을 크게 떴다.

"부적이라뇨? 전 아무것도 못 느꼈는데요?"

"그러니 네가 아직 뭘 모를밖에."

비두에게 나무라듯 말하고는, 노인이 다시 다함이를 돌아보았다.

"네 할아버지께서 널 무척 사랑하시나 보구나. 할아버지뿐 아니라 많은 사람들이 널 사랑하고 너 또한 사랑이 많은 아이니, 어떤 일이 닥쳐도 넌 잘해 낼 수 있을 거다. 그 옛날 화랑처럼 말이다."

다함이의 이름이 화랑 사다함의 이름에서 따온 것이라는 사실을 노인은 알고 있는 듯했다. 그걸 어떻게 알았을까 하는 눈빛으로 다함이가 바라보자 노인이 인자하게 웃었다.

"아까도 말했지만, 난 이 배에 타는 혼을 보기만 해도, 그 혼이 어떤 혼인지 훤히 다 안단다. 아무튼 행운을 빈다, 얘야. 나중에 세상으로 돌아갈 때 여기서 다시 만나자꾸나."

노인의 격려에 다함이의 표정이 밝아졌다. 하지만 나중이라는 말이 마음에 걸렸다.

노인이 배에 탔다. 다함이는 강 저편으로 가는 노인에

게 인사하며 힘주어 말했다.

"안녕히 계세요, 할아버지. 내일 다시 여기로 올게요."

비두가 다함이의 손을 잡았다.

"가자."

다함이는 비두를 따라 강둑 위로 올라가 넓은 풀밭을 걸었다. 운동화를 신고 있는데도 풀밭의 부드러운 느낌이 발바닥에 느껴졌다. 문득 엄마 생각이 났다. 엄마의 혼도 뢰제의 나라에 속한 걸까? 엄마도 이 길을 따라 걸었을까? 그리고 오래 전에 세상을 떠난 아빠도?

"저, 형. 알고 싶은 게 있어요."

"뭔데?"

"우리 아빠는 내가 다섯 살 때, 엄마는 지난 해 돌아가셨거든요. 우리 아빠 엄마, 여기서 만날 수 있나요?"

"넌 곧 돌아갈 거잖니. 완전히 죽은 게 아니야. 그리고 설사 네가 죽었다 해도 영부에서는 만날 수 없어. 우리 영부는, 죽은 자가 생전에 지은 잘잘못을 헤아려, 그에 합당한 판결을 내리는 일을 한단다. 죄를 많이 지은 혼은 영부옥에서 무거운 벌을, 가벼운 죄를 지은 혼은 가벼운 벌을 받지. 죄에 따라 벌을 받는 기간도 달라. 죄가 많은 혼은 오래, 사소한 잘못을 저지른 혼은 짧게 영부옥에 머무르지. 물론 죄를 짓지 않은 혼은 영부옥을 거치지 않아도 되지만, 세상에 한두 가지 잘못도 없는 혼은 없거든. 그러니까 영부옥은 모든 죽은 혼이 한 번은 거쳐 가는 곳이라고 할 수 있지. 그리고 영부옥에 갇혀 벌을 받고 있는 혼은 누구도 만날 수가 없단다."

"그렇군요."

눈을 내리깔면서 다함이가 나지막이 중얼거렸다. 비두가 말을 이었다.

"이곳에서 제 몫의 형벌을 치른 뒤에, 모든 혼들은 뢰제 직속의 신부(神府)로 가게 된단다. 거기서 다음 세상에 어떤 모습으로 태어날지, 뢰제의 판결을 받지. 영부옥에서 벌을 받았다고 해서 그 혼이 착하고 맑아지는 건 아니거든. 그래서 세상에 또 태어나 자신의 혼을 더 갈고 닦아야 하는 거란다."

비두는 만약 다함이가 정말 죽었다면, 그래서 영부에서 모든 절차를 마치고 신부로 간다면 혹시 엄마나 아빠의 혼을 만날지도 모른다고 했다. 죄를 많이 지은 나쁜 혼은 금방 세상에 다시 태어나지만, 착한 혼은 신부 '기다림의 집'에 오래 머무르기 때문이라고 했다.

"널 보니 네 엄마, 아빠가 좋은 사람이었을 것 같거든. 그러니까 여태 신부에 머물고 있을지도 몰라."

"왜 착한 혼은 신부에 오래 머무르나요?"

"남보다 착하게 살았으니 상을 주는 거지. 신부에 머물면서 이곳 뢰제의 나라가 얼마나 좋은 곳인지 알게 되면 말이다. 비록 다시 태어나는 순간 이곳에서의 기억은 다 잊혀지지만 무의식에는 남아 있거든. 그래서 그 혼은 남보다 더 올바르게 살려고 노력하게 돼. 실수나 사소한 죄도 덜 짓고 말이다. 그러다 보면, 드물긴 하지만 한평생을 올바르고 선하게 산 혼도 나오지. 그런 혼은 약간의 정화(淨化) 기간을 거쳐 이곳 신으로 태어난단다."

"이곳 신이 사람으로 태어나기도 하나요?"

언젠가 읽은 옛이야기를 생각하며 다함이가 물었다. 옛이야기의 주인공들은 거의가 하늘나라에서 죄를 지어 쫓겨나 인간으로 태어나곤 했다.

"신은 신으로 다시 태어나는 게 원칙이긴 하지만, 돌이킬 수 없는 큰 죄를 지었을 때는 인간으로 태어나기도 한다더군. 하지만 그 일은 우리 혼을 거두는 곳 소관이니, 자세한 건 나도 몰라."

비두가 발걸음을 재촉했다. 다함이의 발걸음도 빨라졌다. 엄마 생각을 한 때문일까? 일 초라도 빨리 세상으로 돌아가고 싶었다.

저만치 앞에 궁궐 같은 건물이 나타났다. 건물 정문은 활짝 열려 있고, 갑옷을 입은 장군과 병사 넷이 지키고 있었다.

"저기가 영부야."

비두가 말했다. 그때 누군가가 둘의 앞을 막아섰다. 긴 생머리를 노랗게 물들이고 무릎이 찢어진 청바지를 입은 젊은 여자였다. 여자가 다함이를 한 번 보고는 비두에게 물었다.

"이제 오는 거야?"

비두가 다함이를 돌아보며 웃었다.

"내 여자 친구야. 사자 삼백이십칠 호. 이름은 리린."

"옷이랑 머리가 형하고 똑같아요. 저승사자들은 다 이렇게 입나요?"

"우린 친한 사이라서 똑같이 한 것뿐이야. 사자들은 이승과 저승을 넘나들기 때문에 이승처럼 현대적인 옷도 입을 수 있게 자율화된 거지. 젊은 축은 현대적으로 입고, 나이 든 사자들은 전통적인 복장을 즐겨 입어. 젊은 축들 중에서도 고리타분한 녀석들은 옛날 옷을 입기도 하지만 말야."

"아직 일 안 끝났어? 난 방금 끝났는데."

리린이 다그치듯 묻자 비두는 우울한 표정을 지었다.

"사실은 그게 말야. 내, 내가 또 실수를 했거든······, 오늘 데이트는 못 할 거 같애."

"실수? 또 무슨 실수를 한 건데?"

비두가 간단하게 자신의 실수를 이야기해 주었다. 리린의 얼굴도 어두워졌다.

"어떡해, 이제?"

"우선 우리 조장한테 보고부터 해야지. 그 다음 일은 나도 모르겠어."

"그럼 나, 여기서 기다릴게."

"기다리지 마. 조장한테 보고하자마자 감옥에 갇힐지도 몰라."

"아직 오늘 일을 다 안 끝냈잖아. 이 애 말고, 정말 데려와야 할 애를 데려오는 일 말야. 벌을 받아도, 자기가 실수한 일을 제대로 정리한 다음에 받게 될 거라구."

"알았어. 하지만 너무 오래 기다리지는 마. 웬만큼 기다리다 내가 안 나오면 집으로 돌아가."

"어서 들어가기나 해."

비두가 다함이의 손을 잡고 영부 안으로 들어섰다. 넓은 뜰이 나왔고, 양쪽에는 궁궐의 전각 같은 건물들이 있었다. 그곳을 지나 계단을 올라가 다시 문을 지나자 아까 본 전각보다 큰 건물들이 나왔다.

비두는 그 중 한 건물 안으로 들어가 전돌이 깔린 긴 복도를 걸었다. 저승사자 몇몇이 비두에게 알은체하고 지나갔다. 그 중에는 옛날 옷을 입은 사자도 있었고, 비두처럼 현대적인 옷을 입은 사자도 있었다.

잠시 뒤에 비두는 제법 큰 방으로 들어섰다. 방 안에는 옛 관리 옷을 입은 남자가 관모를 쓰고 책상 앞에 앉아 있었다. 남자가 다함이와 함께 들어오는 비두를 보며 물었다.

"그 아이가 오늘 데려올 마지막 아이지, 아마?"

"저, 조장님."

비두가 차마 말을 꺼내지 못하고 우물쭈물했다.

"말해 봐, 무슨 일이야?"

"저, 제가 또 실수를……."

"뭐야? 또 실수!"

조장이 고함을 버럭 질렀다. 비두는 두 손을 비벼 대며, 어쩌다 실수를 하게 되었는지 더듬더듬 말했다. 조장이 눈을 부라렸다.

"너 같은 말썽꾼이 하필이면 내 밑에 들어오다니……. 너처럼 덜렁대는 사자한테는 구천에서 떠도는 도망간 원혼들을 잡아 오는 일이 제격인데 말야."

조장이 눈을 부라리며 말했다. 비두의 얼굴이 파랗게 질렸다.

"조, 조장님. 제발 그 벌만은 면하게 해 주십시오. 전

지금 이 일이 좋습니다."

"내 맘대로 벌 줄 수만 있다면, 널 원혼부(冤魂部)로 보내겠다 그 말이다."

조장은 잔뜩 찌푸린 얼굴로 책상 서랍에서 서류를 꺼내 비두에게 던졌다. 비두가 재빨리 서류를 받았다.

"어서 시말서 써. 저 아이 주소랑 이름, 네가 데려올 아이 이름과 주소도 같이 쓰고."

비두가 구석에 있는 작은 책상으로 가서 서류를 써 왔다.

"대대장님께 보고하고 올 테니까 넌 여기서 저 아이와 함께 기다려."

서류를 받아들면서 윽박지르듯 말한 다음, 조장은 방을 나갔다. 비두가 한숨을 내쉬며 이마의 땀을 닦았다.

"너도 봤지? 이승에서나 저승에서나 아랫것들은 고달프다니까."

비두가 꼭 철없는 형 같아서 다함이는 속으로 조금 웃었다. 조금 뒤에 조장이 돌아왔다.

"대대장님께서 보자신다. 저 애도 데리고 와."

조장은 다함이와 비두를 훨씬 큰 방으로 데려갔다. 장군 옷을 입은 풍채가 좋은 남자가 커다란 책상 앞에 앉아 있었다. 조장이 책상 앞으로 다가가 말했다.

"대대장님, 데려왔습니다."

대대장이 일어나 비두 앞으로 다가왔다. 다함이는 비두 옆에 바짝 붙어 서 있었는데, 비두가 가늘게 떨고 있음을 느낄 수 있었다.

"이 애가 그 애냐, 네가 잘못 데려온?"

대대장이 물었다. 비두는 고개를 들지도 못하고 기어들어가는 목소리로 대답했다.

"네……."

대대장이 다함이를 바라보았다. 다함이도 얼결에 대대장을 마주 보았다. 대대장의 눈빛이 얼음처럼 차가웠다. 등줄기를 서늘한 기운이 훑고 지나갔다. 다함이는 반사적으로 눈을 내리깔았다. 잠시 대대장의 따가운 시선이 정수리에 느껴졌다.

"어쩌다 같은 실수를 두 번씩이나 했지?"

"자, 잘못했습니다. 대대장님……."

"네 조장은 널 원혼부로 쫓아 버려야 한다고 하던데……."

"제발, 그 벌만은…… 다른 벌은 어떤 벌이든 달게 받겠습니다."

"헌데, 네가 실수한 일, 다른 누구한테 벌써 떠벌린 건 아니겠지?"

"그, 그야…… 아무한테도 안 했습니다."

비두가 우물쭈물하더니 슬쩍 둘러댔다.

"잘했다. 작은 실수라도 외부에 알려지면 그건 우리 영부 전체의 망신이야."

딱딱하기만 하던 대대장의 목소리가 조금 부드러워졌다.

"네가 오기 전에 우판관님께 네 실수를 보고드렸다. 판관님께서는 네가 중벌을 받아야 마땅하지만 이번 한 번만 특별히 봐주라고 하시더구나."

"고맙습니다, 대대장님. 정말 고맙습니다."

비두의 얼굴이 활짝 펴졌다.

"대신 이 일은 너와 나, 그리고 네 조장만 알고 있어야 한다. 너만 특별히 봐준 걸 다른 사자들이 알면, 시끄러워질 테니까. 다시 한 번 다짐하는데, 넌 이 방을 나가는 순간 오늘의 네 실수를 완전히 잊어야 한다. 알겠나?"

"네."

"대대장님 말씀 명심해. 괜히 또 실수하지 말고. 그만 나가 봐. 아직 할 일이 하나 남았잖아."

"네, 조장님. 그럼 이만 나가 보겠습니다."

비두가 조장과 대대장에게 절을 하고 나가려 했다. 다함이는 저도 모르게 비두의 옷자락을 잡았다. 비두가 다함이를 돌아보았다. 무언가 호소하는 듯한 다함이의 눈과 마주치자 비두는 난처한 얼굴로 다함이를 보다가 대대장 쪽으로 몸을 돌렸다.

"대대장님."

"아직 할 말이 남았나?"

"이 아이."

"이 아이 일은 이제 우판관님 소관이니 넌 신경 쓸 거 없다."

"그, 그게 아니라 지난번에 잘못 데려온 혼이 돌아갈 때 제가 데려다 주었습니다. 이번에 이 애가 돌아갈 때도 제가 데려다 주면 안 될까요?"

"그땐 처음 실수여서 뒷일도 네게 맡겼지만 이젠 그럴 수 없다. 두 번씩이나 실수한 너를 어떻게 믿는단 말이냐."

대대장이 자르듯이 말했다. 조장이 재빨리 덧붙였다.

"정말 원혼부로 쫓겨가고 싶은 거냐? 웬 말이 그렇게 많지?"

"아, 아닙니다. 나가 보겠습니다."

비두는 허둥지둥 나가 버렸다. 다함이는 비두가 사라진 쪽만 바라보다가 이윽고 대대장 쪽으로 고개를 돌렸다.

"저, 언제 세상으로 돌아가게 되나요?"

대대장이 굳은 얼굴로 다함이를 돌아보더니 손으로 구석 쪽을 가리켰다.

"저쪽에 앉아서 얌전히 기다려라. 번거롭게 질문 같은 건 하지 말고."

다함이는 구석에 있는 의자에 가서 앉았다. 대대장이 조장에게 낮은 소리로 무어라고 말했다. 조장이 고개를 끄덕이더니 조용히 방을 나갔다. 대장은 도로 책상 앞에 앉았다.

잠시 방 안에 침묵이 흘렀다. 그 침묵이 버겁게 느껴질 즈음, 문 두드리는 소리가 나고 군졸 옷차림의 청년이 방으로 들어왔다. 청년은 대대장 앞으로 다가갔다.

"영부옥 소속, 사령(使令) 삼십사 호입니다. 제 부장님께서 가 보라고 하셔서……."

영부옥. 다함이는 겁먹은 얼굴로 청년을 유심히 쳐다보았다.

"제사 독방 담당이 맞나?"

"네. 사령 삼십오 호와 함께 제사 독방을 담당하고 있습니다."

대대장이 구석에 앉아 있는 다함이를 흘끗 보았다.

"저 애를 데려가서 잘 보호하라. 자세한 지시는 네 부장에게 할 것이니."

"네, 알겠습니다."

청년의 손에 이끌려 대대장의 방을 나오자마자 다함이는 물었다.

"아저씨, 어니로 가는 거예요?"

청년은 대답하지 않았다. 앞만 보면서 끝없이 길게 뻗은 듯한 복도를 내처 걷기만 했다. 다함이는 잡힌 손을 빼려 애쓰면서 계속 말했다.

"영부옥으로 가는 거라면, 난 갈 수 없어요. 날 데려온 저승사자 형이 말했어요. 영부옥은 죽은 사람들이 한 번씩 거쳐 가는 곳이라구요. 난 아직 완전히 죽은 게 아니에요. 내일 돌아가야 한다구요."

사령 34호가 걸음을 멈추고 다함이를 보았다.

"내일 돌아가다니, 그게 무슨 소리냐?"

"찢어진 청바지를 입고 머리를 노랗게 물들인 저승사자 형이 저를 잘못 데려왔어요."

"노란 머리에 찢어진 청바지라면, 혹시 사자 삼백육십팔 호를 말하는 거니?"

"네, 맞아요. 분명 삼백육십팔 호라고 했어요. 그 형을 아세요?"

"알다마다. 내 누이동생 눈에 콩꺼풀을 씌운 녀석이지.

비두 그 녀석이 또 이런 실수를 하다니……."

"그 형한테 물어 보세요. 저 정말 내일 돌아가야 해요. 내 동생이랑 외할아버지 외할머니가 절 기다리고 계세요."

다함이는 거의 울 듯한 얼굴이었다. 사령 34호가 다함이를 빤히 보더니 부드럽게 말했다.

"얘야, 진정해라. 죽은 혼들이 가는 곳은 영부옥 중에서도 제일 옥부터 제팔 옥까지야. 네가 지금 가는 제사 독방은 혼들이 잠시 쉬어 가는, 휴게실처럼 편안한 곳이란다. 원래 이승에서 혼을 잘못 데려오면, 다른 혼들처럼 대기실로 데려간단다. 그곳에서 차례를 기다렸다가 대왕님을 접견하고, 실수로 왔다는 것이 확인되면 대왕님께서 저승 강을 도로 건너가는 허가증을 내주시거든."

"그러니까 나도 그리로 데려다 주세요, 네?"

"얘야, 난 명령받은 대로 시행해야 하는 말단 사령일 뿐이야. 지금 이 결정은 우판관님께서 내리신 게 분명해. 대대장 맘대로 이런 결정을 내릴 순 없거든. 넌 아직 어리잖니. 죽지도 않았는데 죽은 혼들 틈에서 차례를 기다리는 게 안쓰러워서 이런 특별 지시를 내리신 건지도 몰라. 네가 제사 독방에서 편히 쉬고 있으면 말이다. 우판관님께서 너에 대한 서류를 작성하여 대왕님께 올릴 거

77

고, 네 차례가 되면 넌 대왕님을 접견할 수 있을 거야. 그러니 너무 걱정 말고 날 따라와."

청년이 다시 다함이의 손을 잡아끌었다. 지금은 청년을 따라가는 것 말고, 다른 방법은 없어 보였다. 청년의 눈빛이 진실해 보여 조금은 마음이 놓였다.

복도가 끝난 곳에 문이 있었다. 그 문을 열고 안으로 들어가자 회랑이 나왔고, 그 회랑을 한참 걸어가자 다른 건물이 나왔다. 건물 입구 솟을대문 위에 '靈府獄(영부옥)'이라는 현판이 붙어 있었다.

청년이 솟을대문을 밀었다. 다함이는 머리털이 쭈뼛 서는 것 같았지만, 숨을 크게 들이쉬며 청년을 따라 안으로 들어섰다.

탈출

숫을대문 안쪽에는 어둡고 긴 복도가 있었다. 그 복도를 한참 걸어가니 아래로 내려가는 계단이 나왔다. 계단을 내려가니 마루가 나왔고, 마루를 따라 조금 걷자 방이 나왔다. 청년이 다함이의 손을 잡고 창호지를 바른 방문 앞으로 갔다. 그 문고리에는 커다란 자물쇠가 걸려 있었다.

청년이 허리춤에서 열쇠를 빼내 자물쇠를 연 다음, 방문을 열었다. 방 안은 깨끗했다. 방 안쪽에 작은 침상이, 가운데쯤 의자와 탁자가 있었다. 탁자에는 과일이 든 바구니와 물병이 놓여 있었다.

"자, 들어가자."

다함이는 문고리에 걸린 자물쇠와 청년을 번갈아 바라보았다.

"아저씨, 내일이면 나갈 수 있는 거죠? 난 정말 돌아가야 해요."

"내 이름은 루한이야. 나이는 비두보다 두 살 많아. 비두보고 형이라고 부르던데, 나도 아저씨보다는 형이 좋을 것 같구나."

루한이 다함이의 손을 잡아끌고 방 안으로 들어가 탁자 앞에 섰다.

"여기 앉아서 좀 쉬어라. 목이 마를 텐데 물도 마시고, 과일도 먹고."

"여기서도 먹고 마시고, 그러나요?"

루한이 웃으면서 과일 바구니 속에 든 사과 하나를 꺼내 베어 물었다.

"여긴 분명 신들이 사는 나라이긴 하지만, 의식주(衣食住) 기본 생활 방식은 인간 세상과 비슷하단다. 다만 우린 인간들과는 달리 기(氣)를 섭취한단다. 이건 사과와 맛도 모양도 같지만, 인간 세상과 똑같은 사과라기보다는 사과의 기라고 할 수가 있지. 먹는 즉시 기 자체로 우리 몸에 흡수가 되기 때문에 인간들처럼 배설할 필요가 없단다. 그래서 우리 신들의 나라는 쓰레기가 없고 깨끗하지."

　말을 하는 사이에 루한은 사과를 씨앗도 남기지 않고 다 먹었다. 놀란 눈으로 쳐다보고 있는 다함이에게 루한이 과일 바구니의 복숭아를 꺼내 주었다.

　"맛 좀 보렴. 세상 복숭아보다 맛있을 거야."

　목이 마르던 터라 다함이는 복숭아를 받아 한 입 베어 물었다. 달콤하고 향긋한 복숭아 향이 입 안 가득 퍼졌다. 별로 씹지도 않았는데 부드럽게 목 안으로 넘어갔다. 신기하게도 복숭아는 속 씨앗이 없었다. 다함이도 루한처럼 복숭아를 깨끗이 다 먹었다. 루한이 다함이를 보며 웃었다.

　"맛있지? 과일은 얼마든지 갖다 줄 테니까 떨어지면 말해. 이제 난 그만 나가 봐야겠다. 의자에 앉아 쉬다가 피곤하면 침상에서 눈 좀 붙여. 알았지?"

　다함이는 고개를 끄덕였다. 루한이 방을 나갔다. 방문이 닫혔고, 이어 철거덕 자물쇠 잠그는 소리가 들렸다. 다함이는 의자에 앉으려다 말고 소리쳐 물었다.

　"형, 문을 왜 잠그는 거예요?"

　"규정 때문에 어쩔 수 없이 잠그는 것뿐이야. 걱정 말고 쉬어."

　다함이는 잠시 탁자 앞 의자에 앉았다가 도로 일어났

다. 의자를 방문 앞으로 가져가 앉으면서 바깥을 향해 말했다.

"형, 나 돌아갈 수 있지요? 나 우리 엄마한테 약속했거든요. 내 동생 다예를 잘 돌봐 주겠다고. 형은 모를 거예요. 내 동생 다예가 얼마나 귀여운지. 가끔 얄미울 때도 있지만요."

바깥에서는 아무 대답도 없었다. 그래도 다함이는 계속 이야기했다. 다예와 엄마, 할아버지와 할머니, 시현이와 학교 친구들, 기억에도 거의 없는 아빠와 삽사리 얘기까지, 생각나는 대로 쉴새없이 말했다. 말을 하는 동안에는 마음 속에서 스멀스멀 피어오르는 두려움을 잊을 수 있기 때문이었다.

"애야, 이제 그만 말해야겠다. 저기 우리 부장님이 오셔. 이곳에선 서로 대화하거나 잡담하는 게 금지돼 있거든."

바깥에서 루한이 속삭이듯 낮은 목소리로 말했다. 정말 발소리가 들리더니 낯선 목소리가 들려 왔다. 다함이는 방문에 바싹 귀를 갖다 댔다.

"별일 없지?"

"네, 별일 없습니다. 부장님."

"우리 영부옥에서야 별일이 있을 리가 없지. 있어서도

안 되고. 사령 삼십오 호와 언제 교대하지?"

"축시(丑時)입니다."

"그때까지 한순간도 자리를 비워서는 안 된다. 너와 사령 삼십오 호가 책임지고 이 아이를 지켜야 한다. 알았나?"

"네, 잘 알겠습니다. 헌데 언제까지 지켜야 하는지……."

"그건 위에서 내려오는 지시에 달렸다. 우린 그때까지 우리 임무를 다하면 된다. 그럼 수고해라."

발소리가 다시 멀어져 갔다. 다함이는 고개를 갸웃했다. 한순간도 자리를 뜨지 말고 잘 지키라니, 마치 다함이가 달아나기라도 하는 듯한 말투였다.

'난 여기 잠깐 있다가 세상으로 돌아가면 되는데, 왜 그런 말을 했을까?'

순식간에 의혹이 먹구름처럼 마음을 뒤덮었다. 만약 무언가 잘못된 거라면, 그래서 세상으로 돌아갈 수 없다면……. 다함이는 입술을 깨물며 생각에 잠겼다. 정말 그런 무서운 일이 생긴다면, 그땐 어떻게 해야 하나? 언뜻 저승사자 비두가 떠올랐다. 다함이는 바깥에다 대고 말했다.

"형, 부탁이 있어요. 날 잘못 데려온 그 형을 만나게 해 주세요. 그 형한테 꼭 물어 볼 게 있어요. 네?"

"너도 들었잖니. 우리 부장님이 한순간도 여길 뜨지 말라고 한 거······. 모든 게 잘될 테니까, 조바심 내지 말고 기다려. 내일 네가 돌아갈 수 있도록 우판관님께서 지금 염부 대왕님께 올릴 서류를 작성하고 계실 거야."

루한의 자신 있는 말에 다함이는 마음이 조금은 가라앉았다. 다함이는 침상으로 가서 걸터앉았다. 이 모든 것이 꿈이었으면 싶었다. 갑자기 코끝이 매워지더니 눈물이 나왔다. 봇물이 터진 것처럼 한번 터진 눈물은 그칠 줄 몰랐다. 다함이는 침상에 엎드려 소리 죽여 울었다. 그러다 어느 순간 설핏 잠이 들었다.

얼마나 잤을까? 잠결에 들리는 목소리에 다함이는 벌떡 일어났다. 분명 어디선가 들어 본 목소리였다. 다함이는 후닥닥 방문 앞으로 달려갔다.

"걔가 여기 있다는 거 다 알고 왔어. 걔는 내가 잘못 데려왔다구."

비두, 저승사자 비두의 목소리였다. 다함이는 급히 손바닥으로 방문을 탁탁 쳤다.

"형, 나 여기 있어요. 나 언제 돌아가는 거예요? 빨리 돌아가고 싶어요."

"애야, 안 그래도 널 도와 주려고 왔어. 그러니까 잠시

만 기다려. 알았지?"

"네."

다함이는 안도의 숨을 내쉬며 방문 앞에 놓아둔 의자에 앉았다. 비두가 왔으니, 이젠 확실하게 집으로 돌아갈 수 있으리라. 비두의 목소리가 이어졌다.

"형, 제발 날 좀 도와 줘. 난 쟤를 돌려 보내야 해."

"날더러 어쩌라는 거야? 난 우리 부장님 지시가 있을 때까지 쟤를 잘 지켜야 한다구."

"그러다 열흘이 넘도록 저 앨 여기 두라고 하면 어쩔 건데? 형도 알잖아. 실수로 잘못 데려온 혼이라 해도 이곳 시간으로 열흘 안에 돌아가지 못하면 영원히 돌아가지 못한다는 거 말야."

영원히 돌아가지 못한다고? 다함이는 저도 모르게 의자에서 벌떡 일어났다. 소리쳐서 비두에게 확인해 보고 싶었으나, 연이어 들려오는 루한의 말이 다함이의 말문을 가로막았다.

"설마, 우판관님이 그렇게까지 법을 어기시겠니? 그리고 우판관님이 저 앨 무엇 때문에 안 돌려 보내시겠어? 우판관님하고 아무 상관도 없는 아이인데……"

"나도 거기까진 몰라. 다만 쟤를 돌려 보내지 않을 거라는 건 확실해. 우리 조장하고 아주 친한 리린네 조장한

85

테서 얻은 정보니까."

"정말이니, 리린?"

비두의 여자 친구이면서 루한의 여동생인 리린도 지금 함께 있는 듯했다.

"응. 틀림없어, 오빠. 나랑 친한 사자 삼백십구 호가 우리 조장의 여동생이거든. 내가 알아봐 달라고 부탁해서, 그 친구가 어렵게 알아다 준 거야."

잠시 동안 바깥에서는 아무 소리도 들려오지 않았다. 다함이는 숨소리도 크게 내지 못한 채 바깥에서 다시 말소리가 들리기만을 기다렸다.

"설사 그렇다 해도, 우리가 뭘 어쩌겠어? 우리 같은 말단은 대왕님을 직접 뵐 수가 없어. 저 애 사정을 대왕님께 알려서, 허가증을 받게 해 줄 수 없단 얘기야. 그리고 대왕님의 허가증 없이는 아무도 돌아가지 못하잖아."

"안 돼요. 저 돌아가야 해요. 꼭 돌아가야 한다구요."

다함이가 참지 못하고 소리쳤다.

"진정해라, 애야. 진정하고 잠시만 기다려라."

비두가 말했다. 다함이는 입술을 깨물면서 방문 앞에 바짝 다가섰다.

"그래도 저 애가 세상으로 돌아가도록 도울 수 있는 데까진 도와야 한다구. 형은 저 애한테서 이상한 기운을 못 느꼈어?"

"이상한 기운? 그래, 그런 느낌 받았어. 무턱대고 저 애한테 마음이 끌렸거든."

"저 앤 부적을 가지고 있어. 우리 양심에 호소하는 부적 말야. 처음엔 나도 그걸 몰랐어. 사공 어르신이 귀띔해 주긴 했지만 말야. 그런데 잘못된 일을 처리하러 이승에 내려가는데 자꾸 저 애가 마음에 걸리는 거야. 그래서 저 애 몸이 있는 곳에 가 봤지. 저 앤 병원 중환자실에 의식을 잃고 누워 있었어. 마침 그때가 면회 시간이라 저 애 외할아버지, 외할머니, 여동생도 와 있더군. 의식도 없는 저 앨 보면서 세 식구가 어찌나 슬퍼하던지, 당장 저 애를 데려가 그 몸 안에 도로 넣어 주고 싶었어. 저 애가 깨어나면 식구들이 얼마나 기뻐할까 싶어서……."

비두의 말이 그대로 그림이 되어 다함이의 눈앞에 펼쳐졌다. 병원 중환자실에 누워 있는 제 모습이며, 슬퍼하는 할아버지와 할머니. 다예는 엉엉 울고 있었을 것이다. 다예가 우는 모습, 상상만 해도 마음이 저렸다.

'다예야, 울지 마. 오빠 돌아가. 꼭 돌아가…….'

어느새 다함이의 눈에 눈물이 고였다. 바깥에서 비두가 말했다.

"그래서 돌아오자마자 저 애 일이 잘 처리되고 있는

87

지 리린과 같이 알아봤고, 여기까지 찾아온 거라구."

"그래서 뭘 어떻게 하자는 건데?"

"저 앨 여기서 탈출시켜야 해. 여기 갇혀 죽은 혼이 되기만을 기다리는 것보다는 어떻게든 방법을 찾아보는 편이 훨씬 낫잖아. 성공할지 못 할지 알 순 없지만 말야. 그러니 형이 날 좀 도와 줘, 응? 형도 알다시피 저 애한 테는 시간이 많지 않아. 사령 삼십오 호가 교대하러 오기 전에 여길 나가야 한다구."

"오빠, 비두를 도와 줘요. 부탁이야, 응?"

리린이 거들었다.

"모든 책임은 내가 질게. 형은 나중에 나한테 강제로 열쇠를 뺏겼다고만 하면 돼."

"너 지금 날 비겁한 녀석으로 만들 참이야? 돕는 게 옳은 일이라면 나도 기꺼이 돕고, 내 몫의 벌을 당당히 받을 거야. 실수를 바로잡고 싶어하는 네가 안타까워서 도와 줬다고 말하면 영부옥에 며칠 갇혀 있는 걸로 끝나 겠지. 더 큰 벌을 받아도 할 수 없는 거고. 그런데 리린, 넌 오라비와 남자 친구가 동시에 영부옥에 갇히는 신세 가 돼도 괜찮겠니?"

"오빠, 우린 비록 영부 소속 말단 관리이긴 해도 신은 신이야. 인간보단 나아야지. 옳은 일을 위한 대가라면 얼마든지 치를 용의가 있어."

"내가 여기서 저 앨 내보내 준다 해도 영부를 어떻게 빠져 나갈 참이야? 일단 여기 들어온 혼은 대왕님의 허가증 없이는 나갈 수 없는데……."

"그래서 오빠, 내가 머리를 좀 썼어. 오늘이 우리 못 (澤) 대대 제오 조부터 팔 조까지 빨랫감을 내가는 날이야. 원래 내 당번은 아니지만 오 조의 아는 언니와 당번을 바꿨어. 빨랫감 수거 수레를 영부옥 앞에 갖다 뒀거든. 여기서만 탈없이 빠져 나가면 그 다음부터는 수레에 숨겨서 바깥으로 나가면 돼."

이어 셋은 낮은 소리로 말을 주고받았다. 거의 소곤대는 소리여서 다함이는 무슨 말인지 알아들을 수가 없었다. 이윽고 말소리가 뚝 그치더니 자물쇠 여는 소리가 들렸고, 방문이 활짝 열렸다. 순간, 비두가 손을 뻗어 방문 앞에 서 있는 다함이를 방 밖으로 끌어 냈다. 루한이 도로 방문을 닫았다.

"시간이 없으니까 요점만 간단하게 말할게. 우리가 널 영부 밖으로 데려갈 거야. 거기서 내 친구가 널 천랑님께 데려다 줄 거야. 그분만이 널 도울 수 있으니까. 그분한테 네 사정을 설명하고 도와 달라고 부탁해 봐."

"운백님한테 가는 게 낫지 않을까? 아직 누가 진짜인

지 아무도 모르잖아. 여태까지 그랬던 것처럼 둘 다 아닐 수도 있지만."

루한의 말에 비두는 무언가 생각하는 듯하더니 다함이를 보았다.

"그럼 네가 결정해라. 네 운에 맡겨 보자꾸나. 누구한테 갈래? 이름만 듣고 네가 결정해 봐. 천랑님께 갈래, 아님 운백님께 갈래?"

다함이도 비두를 쳐다보았다. 선택을 하라고? 예전에 엄마가 말했다. 무언가 중요한 선택을 할 때는 마음이 한층 강하게 끌리는 쪽을 택하라고.

다함이는 눈을 감고 마음 속으로 중얼거려 보았다. 천랑, 운백, 천랑, 운백……. 두 이름을 번갈아 여러 번 중얼거렸다. 그러다 어느 순간 한 이름만이 입 안에서 맴돌았다. 천랑, 천랑, 천랑. 천랑이 무슨 뜻일까? 혹시 하늘화랑이란 뜻은 아닐까?

다함이는 눈을 뜨면서 비두에게 물었다.

"천랑이 무슨 뜻이에요?"

"하늘늑대란 뜻이야. 그분의 별자리가 천랑성, 하늘늑대별이거든. 천랑성은 밤 하늘에서 가장 밝게 빛나는 푸른 별이지. 이곳에선 별자리 이름을 따서 이름을 많이 지어. 내 별자리는 두성(斗星)이고, 비두는 큰 두성이란 뜻이지."

천랑이 하늘화랑이 아닌 것은 아쉬웠지만, 하늘늑대란 뜻도 느낌이 강렬했다. 야생 동물 중에서 늑대를 가장 좋아한다고 했던 시준이 형, 환경 오염으로 우리 나라 늑대가 멸종되었다고 걱정하던 권 선생님 생각도 났다.

또 천랑성이 가장 밝은 별이라는 사실도 마음에 들었다. 천랑성이 별이니, 천랑을 별 같은 하늘화랑이라고 혼자 생각해도 괜찮을 것 같았다.

"천랑님께 갈래요."

"자, 결정을 했으니 어서 서둘러. 내가 일러준 길로 가면 아무하고도 마주치지 않고 무사히 영부옥을 나갈 수 있을 거야. 난 빈 방이나 열심히 지켜야겠다."

방문에 다시 자물쇠를 채우면서 루한이 말했다. 다함이가 루한을 쳐다보았다.

"고마워요, 형."

루한이 웃으면서 다함이의 어깨를 다독여 주었다.

"조심해서 가거라. 천랑님이 정말 널 도울 수 있는 분이라면 좋겠구나."

다함이는 비두와 리린과 함께 길고 어두운 복도를 걸었다. 비두가 앞서서 망을 보며 걸었고, 리린이 다함이의 손을 잡고 뒤따랐다. 다행히 아무와도 마주치지 않고 아까보다 조금 작은 소슬대문 앞에 이르렀다. 비두가 먼저 대문 바깥으로 나갔다.

"빨리 나와. 아무도 없어."

다함이는 리린과 함께 바깥으로 나갔다. 바깥은 널찍한 뜰이었고, 오후의 햇살이 비스듬히 비치고 있었다. 비두가 소슬대문 바로 앞으로 옷이 가득 담긴 손수레를 끌고 왔다. 비두와 리린이 그 안에 담긴 옷을 다 꺼냈다. 리린이 말했다.

"이 안에 들어가 누워. 옷이 꽤 많긴 하지만 이 옷들은 하늘옷, 천의(天衣)라서 무게가 거의 없어. 숨막히거나 압박감을 느끼진 않을 거야. 다만 한 가지, 네가 움직이면 옷들도 덩달아 들썩일 테니까, 한번 누우면 그대로 가만히 있어야 한다."

다함이는 수레 안으로 들어가 바닥에 웅크리고 누웠다. 리린이 옷으로 다함이를 덮었다. 수레가 굴러가기 시작했다. 많은 옷들이 누르고 있는데도 다함이는 얇은 이불 하나만 덮고 있는 듯한 느낌이 들었다. 다함이는 누운 그 자세대로, 손가락 하나도 꼼짝거리지 않으려 애쓰면서 수레가 어서 바깥으로 나가기만을 기다렸다.

수레는 끝없이 굴러가는 것 같았다. 가끔씩 주고받는 말소리가 들리기도 했지만, 꼼짝도 하지 않으려고 잔뜩 긴장한 탓에 제대로 알아들을 수가 없었다.

얼마 뒤, 리린의 목소리가 들렸다.

"이젠 움직여도 돼. 영부를 나왔거든. 하지만 아직 더 가야 하니까, 그대로 편히 있어."

그때부터는 수레를 타고 가는 일이 훨씬 편해졌다. 한참을 더 굴러간 뒤, 수레가 멎었다. 옷 무더기를 헤치고 다함이는 수레 밖으로 나왔다. 수레는 작은 오두막 앞에 세워져 있었다. 오두막 앞은 푸른 풀밭이었고, 풀밭 저편에 커다란 호수가 있었다. 멀리서 보기에도 호수는 맑고 투명했다.

"여기서 우리 사자들의 옷을 세탁해. 사자들은 저승과 이승을 넘나들기 때문에, 옷에 이승의 먼지가 많이 묻어 있거든. 그래서 우린 일반 신민(神民)들보다 자주 빨래를 한단다. 저 호수는 물이 아주 맑은 신비의 호수여서, 저 곳에 사자들의 옷을 담갔다 꺼내기만 해도 이승의 먼지가 깨끗이 빠져."

리린의 말이 끝나자 비두가 오두막집을 가리켰다.

"애야, 넌 이 오두막에 들어가 있어야겠다. 널 데려다 줄 내 친구가 아직 안 왔거든. 여긴 세탁 당번 사자들만 오는 곳이라서 안전하긴 하지만, 그래도 모르잖니. 난 리린이 일하는 걸 도와 줘야 하니까, 넌."

"아냐. 됐어."

리린이 손사래를 치며 비두의 말꼬리를 잘랐다.

"세탁은 나 혼자 할래. 담갔다 꺼내기만 하면 되는데
뭐. 자기는 그저께 당번이어서 빨래 실컷 했잖아. 그보다
얘랑 함께 있는 게 좋겠어. 혼자 있으면 불안할 거 아냐.
그리고 얘한테 왜 천랑님을 찾아가야 하는지, 이곳 형편
을 자세히 얘기해 줘. 얘는 당분간 여기 있어야 하잖아.
이곳 사정을 알아 두면 여기서 지내는 데 도움이 될 거
야."

비두가 기분 좋게 웃었다.

"역시 리린은 나보다 똑똑해. 내가 여자 친구는 잘 고
른 것 같애."

리린이 웃으며 수레의 손잡이를 잡았다.

"그런데 난 남자 친구를 별로 잘 고른 것 같지 않거
든."

리린은 수레를 밀고 호수 쪽으로 가고, 다함이는 비두
와 함께 오두막 안으로 들어갔다. 오두막 안은 아담한 마
루방이었다. 방 가운데 탁자와 의자가, 안쪽에는 침상이
있었다. 침상 맞은편에는 문이 또 있었다. 옆방으로 통하
는 문 같았다.

"여긴 세탁 당번 사자들이 세탁 도중 쉬기도 하고, 빨

랫감 정리도 하는 곳이야. 거기 의자에 앉아. 뭘 좀 먹으면서 애길 하자꾸나."

다함이가 의자에 앉자 비두는 옆방으로 가더니 과자와 커피를 내왔다.

"넌 이걸 먹고 난 커피를 마셔야겠다."

비두가 자리에 앉으면서 다함이에게 과자가 담긴 그릇을 내밀었다. 다함이는 과자 그릇을 받으면서 커피를 마시는 비두를 신기한 듯 쳐다보았다. 비두가 씩 웃었다.

"이승을 내 집처럼 들락거리다 보니까, 이승 사람들이 즐겨 마시는 커피에 맛을 들였지 뭐냐. 사자들 중 몇몇은 나처럼 커피를 좋아하기도 하지만, 여기선 거의가 녹차 같은 차를 마시지."

비두는 음미하듯 커피를 마신 다음 찻잔을 내려놓았다.

"지금부터 내가 할 이야기는 내가 태어나기 전에, 우리 뢰제의 나라에서 일어난 일이란다. 난 자라면서 어른들이 수군대는 이야기를 듣고 뢰제께 어떤 일이 있었는지 어렴풋이 알게 되었고, 어른이 된 지금은 그 내막을 속속들이 알고 있지. 세상에 비밀이란 없는 법이거든. 나뿐 아니라, 이 이야기는 이곳 신민들 모두가 알고 있는 공공연한 비밀이란다."

비두는 문득 우울한 표정을 짓더니 한숨을 한 번 짧게 내쉬고는 이야기를 시작했다.

비두의 이야기

이곳은 아주 오래 전부터 존엄하신 뢰제께서 다스려 온 뢰제의 나라란다. 뢰제께서는 대대로 뢰제의 궁궐인 란궁(鸞宮)에 사시면서 나라를 다스리셨지. 란궁은 신령스러운 난새의 궁궐이란 뜻으로, 뢰제의 나라 한가운데에 있어. 란궁은 온통 황금빛에 감싸여 있는데, 사방에는 뢰제를 돕는 네 대제의 궁궐이 있단다.

란궁 동쪽에는 청룡궁이 있지. 그곳에는 푸른 대제가 살아. 푸른 대제는 남신(男神)이고, 나라 동쪽 영토와 봄에 관한 일을 맡고 있단다. 푸른 대제의 색깔은 청색, 그래서 푸른 대제의 옷에서부터 청룡궁 전체가 푸르스름한 빛에 싸여 있단다.

란궁 남쪽에는 여신(女神) 붉으나 대제의 궁궐인 주작궁이 있단다. 붉으나 대제는 나라 남쪽 영토와 여름에 관한 일을 맡고 있으며, 색깔은 붉은색이지. 그래서 주작궁엔 늘 붉은빛이 감돌고, 대제가 입는 옷도 붉은색이지.

서쪽에는 역시 여신인 하야나 대제의 궁궐 백호궁이 있단다. 나라 서쪽과 가을에 관한 일을 맡고 있는 하야나 대제의 색은 하얀색이야. 하야나 대제는 늘 하얀 옷을 입고, 백호궁도 눈부신 흰빛이지.

또 북쪽에는 남신인 검운 대제의 현무궁이 있어. 검운 대제는 나라 북쪽 영토와 겨울에 관한 일을 맡고 있고, 색깔은 검은색이지. 검운 대제는 검은 옷을 입고, 현무궁도 검은빛에 감싸여 있단다.

이 네 대제는 대대로 뢰제의 가장 충실한 신하이자 동반자였어. 네 대제는 뢰제의 명에 따라 자신이 맡은 영토와 계절을 다스렸지. 뢰제께서는 이 모든 것을 아울러 나라 전체를 다스리셨단다.

뢰제의 아들이 어릴 적 이름이 무엇이든 간에 자라면 다음 뢰제가 되듯이, 네 대제의 아들과 딸들도 아버지나 어머니의 뒤를 이어 대제가 되면 푸른 대제, 붉으나 대제, 하야나 대제, 검운 대제로 불리면서 뢰제를 도와 나라를 다스려 왔어.

그런데 지금으로부터 28년 전, 내가 태어나기 네 해 전에, 나라의 오랜 질서와 전통을 송두리째 무너뜨리는 변란이 일어났단다. 네 대제가 힘을 합쳐 뢰제 폐하를 몰아 냈지 뭐냐.

우리 뢰제의 나라는 '자연의 나라'란다. 인위적으로 일을 꾸미지 않고, 저절로 이루어진 자연의 질서에 따라 오랜 세월, 조화를 이루며 살아 왔어. 뢰제와 네 대제, 대신 및 관리 들은 나랏일과 신부 일을 하고, 영들은 영부의 일을, 일반 백성인 신민들은 식물과 동물 등 생명체의 기를 기르고 돌보면서 말이다.

그런데 네 대제는 한결같이 뢰제께서 모든 일에 좀더 적극적으로 관여하지 않으시는 게 불만이었어. 특히 신부의 일 처리 방식에 대해서는 불만이 컸지.

뢰제께서는 오랫동안 내려온 관습대로, 영부에서 신부로 넘어온 혼들을 자연스럽게 형성된 차례에 따라 다시 세상에 내보내셨어. 금방 태어나야 할 혼은 그 즉시, 신부에 오래 머물게 되는 혼은 머무는 기간이 끝날 때 태어나게 하는 식이었지.

사실 한 인간의 명운은 그 사람이 언제 어떤 시간에 태어나느냐에 따라 결정되거든. 그리고 그 명운의 형태는 두 시간마다 바뀌지. 따라서 옛 방식대로, 그러니까 우연히 형성된 차례에 따라 혼들이 다시 태어나게 되면, 좋은 혼이 나쁜 운을 받을 때도 있고 나쁜 혼이 좋은 운을 가지고 태어날 수도 있었어.

뢰제께서는 그런 우연이 오히려 인간이 자유의지를 가지고 세상을 사는 데 도움이 된다고 하셨지만, 네 대제는 달랐어. 네 대제는 착하게 산 혼은 특별히 좋은 운을 골라 다시 태어나게 해야 하고, 나쁜 혼은 아주 나쁜 운을 골라 줘야 한다고 생각했어. 그래야 영부옥에서도 미처 다 씻지 못한 죄를 세상에서 고생으로 씻게 된다는 거야. 묘하게도 네 대제는 한 머리인 듯, 생각이 똑같았어.

네 대제는 자신들의 생각대로 나라를 다스리면, 이 나라와 인간 세상이 훨씬 더 좋아질 거라고 믿었어. 그러려면 개혁을 해야 하는데 뢰제께선 끄덕도 않으시니, 이제 그만 뢰제를 쉬게 하는 수밖에 없다고 서로 의견을 모았지.

하지만 솔직히 말하면 네 대제는 다른 무엇보다 권력이 탐났던 거야. 뢰제의 명령을 받는 일 없이, 자신들의 뜻대로 나라를 다스리고 싶었던 거지.

네 대제는 머리를 맞대고 의논한 결과, 순식간에 감쪽같이, 그러면서도 확실하게 뢰제를 몰아낼 방법을 찾아

냈어. 대제들은 뢰제께서 천기전(天氣殿)에 들르는 보름날 밤을 거사날로 잡았지.

천기전은 란궁 가장 깊숙한 곳, 란원(鸞苑)에 있는 전각이야. 란원은 가는 길이 미로처럼 복잡하게 얽혀 있어서 뢰제와 네 대제, 그리고 뢰제를 늘 곁에서 모시는 두 시종장만이 그곳으로 갈 수 있었어.

란원은 아름다운 연못이 있고, 갖가지 진기한 꽃과 나무가 자라는 정원이야. 그 정원에는 신령스러운 하늘새인 난새 한 쌍이 노닐고 있지. 천기전은 란원 안쪽에 있는 작은 전각으로, 넓은 대청과 큰 방 하나가 있어. 그 방에는 언제나 우레처럼 강렬한 하늘의 기, 천기가 흐르고 있지. 물론 지금도 그 기가 흐르고 있단다.

뢰제께서는 한 달에 한 번씩 보름날 밤이면 그곳에서 휴식을 취하면서 천기를 받아들이곤 하셨어. 나라를 다스리는 뢰제의 강력한 권능과 위엄은 바로 그 천기에서 나오는 거였거든. 천기는 워낙 강렬한 기여서, 우리 같은 일반 신민들은 감당하지 못해. 오직 뢰제와 네 대제만이 천기를 제대로 받아들이고, 또 쓸 수 있지. 따라서 뢰제와 네 대제 말고는 아무도 그 방에 들어갈 수 없었어.

마침내 거사날 밤이 왔어. 뢰제께서 천기전에서 쉬고 있을 때, 바깥에 있던 두 시종장이 네 대제가 뵙기를 청한다고 아뢰었어. 네 대제가 한꺼번에, 더구나 천기전까지 찾아오는 것은 드문 일이어서, 뢰제께선 한순간 의아해했지만 이내 들라고 허락하셨어. 뢰제의 나라는 질서와 신뢰의 나라거든. 여태까지 많은 뢰제와 대제들이 서로 믿고 협력하면서 나라를 이끌어 왔어. 의심할 만한 일은 한 번도 일어난 적이 없었으니 말이야.

네 대제는 방 안으로 들어갔어. 방문은 도로 굳게 닫혔지. 바로 그때 바깥 정원에서 작지만 날카로운 새 울음소리가 들렸어. 난새의 울음소리였지. 시종장들은 뢰제를 모시고 자주 란원에 왔지만, 난새의 울음소리는 그때까지 한 번도 들어본 적이 없었어.

뢰제를 상징하는, 뢰제의 수호새인 난새가 울다니……. 두 시종장은 불길한 예감으로 몸을 떨며 서로 얼굴을 마주보았어. 두 시종장은 동시에 고개를 끄덕였지. 당장 이 사실을 뢰제께 고하자는 뜻이었어. 그때 방 안에서 뢰제의 고함 소리가 터져 나왔어. 뢰제께선 '반역'이라고 외치신 것 같았어. 이어 '개혁'이라는 네 대제의 목소리가 그에 맞서더니, 돌연 방 안에서 요란한 굉음이 일었어.

두 시종장은 뢰제께 큰 변고가 생겼음을 알았지. 자신들은 방 안으로 들어갈 수도 없고, 설사 들어갈 수 있다

해도 네 대제가 가만두지 않을 터였어. 그보다는 이 일을 황후에게 알리는 일이 급했어. 뢰제께 변고가 생겼다면, 황후와 태어난 지 한 달밖에 안된 뢰제의 아들 또한 위험했으니 말야. 두 시종장은 약속이나 한 듯이 동시에 전각 밖으로 달려나갔어.

한편 방 안에선 네 대제가 힘을 합쳐 뢰제를 쓰러뜨렸어. 뢰제께선 강한 기를 지니신 분이었지만, 네 대제가 힘을 합치자 당할 수가 없었지. 뢰제께선 기를 모두 빼앗기고 방 한가운데 쓰러지셨어. 네 대제는 뢰제의 몸을 들어 방 안쪽에 있는 침상에다 눕혔지. 그건 뢰제의 혼을 영원히 그곳에다 가두어 두려는 무서운 음모였어.

그 방은 강렬한 천기가 흐르는 방이야. 살아 있는 뢰제께선 능히 그 기를 감당할 수 있었지만, 죽은 뢰제의 혼은 달랐어. 천기에 눌려, 이미 기가 끊긴 뢰제의 몸에서 빠져 나오는 일조차도 힘에 부쳤어. 뢰제의 혼은 죽은 몸에 갇혀 버리고 말았지.

네 대제는 재빨리 방을 나와, 문고리에 미리 준비해 온 커다란 자물쇠를 채웠어. 그런 다음 먼저 푸른 대제가 자물쇠에 한 손을 대고, 자신의 기로 봉인을 했지. 나머지 세 대제도 똑같은 방법으로 봉인을 했어. 이제 그 어떤 힘으로도 자물쇠를 열지 못할 것이고, 뢰제의 혼은 영원히 그 방에 갇혀 있을 거였어.

몸이 죽었는데, 혼이 그 몸에 갇혀 버린다는 것이 얼마나 끔찍한 일인지 넌 짐작조차 못할 거다. 그건 휴식도 없고 희망도 없는 영원한 암흑 속에 갇혀 있는 거나 마찬가지야. 사라지지 못하고 영원히 산다는 것처럼 잔인한 형벌도 없거든.

네 대제가 뢰제께 그처럼 잔인한 짓을 한 것은 그래야만 언제까지나 자신들의 자리를 지킬 수 있기 때문이었어. 뢰제의 혼이 돌아가야 할 곳으로 돌아가지 못하면, 그건 완전히 죽은 게 아니거든. 따라서 뢰제의 아들은 뢰제의 혼이 그렇게 갇혀 있는 한 영원히 아버지의 뒤를 이을 수가 없고, 반대로 대제들은 대를 이어 뢰제 대신 나라를 다스릴 수 있으니 말야.

아무튼 뢰제의 혼을 그렇게 꽁꽁 가둔 네 대제는 비로소 시종장들이 없어졌다는 걸 알았어. 네 대제는 서둘러 란원을 빠져 나가, 뢰제께서 나랏일을 보시던 대전으로 갔어. 우선 뢰제께 변고가 생겨, 법에 따라 네 대제가 뢰제의 권한을 모두 승계했음을 선포했지.

그리고는 대기하고 있던 병사들에게 황후와 뢰제의 갓난 아들을 은밀히 잡아들이라 일렀어. 뒤탈이 없도록 황후와 아들을 없앤 뒤에, 황후가 뢰제의 변고를 슬퍼한 나머지 아들과 함께 황후전 연못에 몸을 던졌다고 선포할 작정이었거든.

하지만 황후와 뢰제의 아들은 두 시종장과 그 식구들과 함께 이미 궁궐에서 사라진 뒤였어. 네 대제는 나라 안 곳곳에 병사들을 풀어 황후와 뢰제의 아들을 찾게 했지. 수색은 몇 달이나 계속되었고, 어느 날 갑자기 중단되었어. 황후와 뢰제의 아들과 두 시종장, 시종장의 식구들까지 모두 잡혀 목숨을 잃었다는 소문이 한동안 나라 안을 떠돌아다니더니, 얼마 뒤에는 제풀에 잠잠해졌어.

이제 뢰제의 나라는 네 대제의 나라가 되었어. 뢰제의 충실한 신하들은 모두 자리에서 쫓겨나고, 대제들의 신하들이 대신 그 자리를 차지했어. 뢰제의 혼이 갇혀 있는 란원으로 가는 미로의 어귀도 아예 폐쇄해 버렸어. 혹시라도 뢰제의 쫓겨난 신하나, 일반 신민들이 힘을 합쳐 천기전에 갇힌 뢰제의 혼을 구하러 올지도 모르기 때문이었지. 하지만 아무리 마음이 간절해도 누가 감히 란궁 안으로 들어갈 수 있겠어? 혹 들어간다 해도 란원으로 가는 폐쇄된 미로는 더더욱 찾을 수 없을 테고 말야. 게다가 천기전의 자물쇠는 어떻게 열고, 그 강렬한 기는 또 어떻게 감당하겠어?

네 대제는 자신이 맡은 계절에는 아예 란궁에 머물면

서 뢰제 대신 나랏일을 보았어. 뢰제 때와는 달리 신민들에게 생명체들의 기를 좀더 능률적으로 가꾸라느니, 자연에만 맡겨 두지 말고, 더 좋은 기를 만들려는 연구를 하라는 등, 신민들의 삶에 간섭하고 지시를 많이 내렸지만, 그런 지시들은 그다지 효과가 없었어. 이곳에선 대제나 신민이나 똑같은 신인 데다가 뢰제에 대한 그리움이 강렬하여, 신민들이 네 대제를 뢰제와 같은 진정한 큰 임금으로 인정하지 않았기 때문이지.

반면 인간의 혼을 세상에 다시 태어나게 하는 신부에는 많은 변화가 있었어. 네 대제들이 아주 착한 혼과 아주 나쁜 혼에게 인위적으로 명운을 골라 주는 제도를 만들었거든. 처음에 그 제도는 나름대로 합리적이고 효과가 있는 듯했어. 하지만 명운이란 필요한 때 만들 수 있는 게 아니거든. 천지를 구성하는 오행, 수, 화, 목, 금, 토, 다섯 기의 흐름에 따라 두 시간마다 자연스레 형성되는 것이니 말야. 그러다 보니 운을 골라 받아야 하는 혼은 아주 좋거나 아주 나쁜 명운이 형성될 때까지 마냥 기다려야 하는 문제가 생겼어. 그 때문에 다른 일까지 차질이 생겨, 신부는 영 예전 같지 않았어.

신부의 관리들은 머리를 맞대고 의논한 끝에 네 대제께 아뢰었지. 어떤 특별한 명운이 형성될 때까지 마냥 기다릴 게 아니라, 명운을 골라 주어야 할 아주 좋은 혼이나 아주 나쁜 혼의 차례가 되면 그에 맞게 그때의 기를 조작해 보겠다고 말야. 네 대제들은 훌륭한 묘책이라면서 관리들의 청을 받아들였어.

하지만 오행, 다섯 가지 강한 기를 인위적으로 조작한다는 건 쉬운 일이 아니었어. 유일하게 그 기를 제대로 부릴 수 있는 신은 뢰제의 중신(重臣) 뢰사호옹(雷師皓翁)뿐인데, 그분은 이미 벼슬을 그만두고 물러났거든. 할 수 없이 그분 밑에 있던 관리들이 그 일을 맡아 하긴 했지만, 이내 부작용이 나타났어. 서투른 관리들이 기를 조작하다 보니, 실수하는 일이 자주 일어났고, 그럴 때면 그 뒤에 따라오는 오행까지 엉망으로 뒤엉켜 버리는 거야. 뒤엉킨 기가 원상태로 회복되려면 한 며칠 걸리는데, 겨우 오행이 제대로 돌아간다 싶으면, 또다시 오행을 조작해야 할 일이 생기고 말야. 결국 툭하면 기가 엉키는 악순환이 계속되었지.

그리고 그 악순환의 부작용은 인간 세상에 즉각 나타났어. 오행의 다섯 기는 인간의 명운뿐 아니라 성품까지도 좌우하는데, 아무리 좋은 혼이라도 엉켜 버린 기를 타고나면 자신 속에 깃든 선(善)을 깨닫기가 쉽지 않거든. 원래 나쁜 혼은 더 말할 것도 없고 말야. 그 때문에 세상에는 몹쓸 인간이 전보다 엄청 많이 태어났어.

그건 네 대제가 전혀 예상 못한 결과였어. 마치 인간들이 한꺼번에 많은 수확을 올리려고 유전자 조작 식물이나 동물을 만들었다가, 오히려 엉뚱한 해를 입는 것과 마찬가지였지. 인간 세상은 날이 갈수록 시끄럽고 어지러워졌어. 전쟁이 일어나고 환경이 파괴되고, 폭력과 증오, 탐욕과 이기심으로 악다구니들을 써댔지.

인간 세상과 기로 연결되어 있는 이곳도 편치 않았어. 무엇보다 우리 사자들이 힘들었지. 우리 사자들이 보람을 느낄 때는 한 세상을 올바르게 산, 아름다운 혼을 거두어 올 때야. 미숙하고 엉망진창인 혼을 거둘 때는 괴롭지. 그런데 좋은 혼을 거두는 일이 드물어진 거야.

생명의 원천인 기를 가꾸고 돌보는 일을 하는 일반 신들도 우울하기는 마찬가지였어. 자신들이 공들여 가꾼 기를 받고 태어난 생명체들이 멸종되고 망가지는 모습을 지켜보는 건 괴로운 일이거든.

그뿐 아냐. 이곳에도 인간 세상을 닮은, 도리에 어긋나는 일들이 생기기 시작했어. 신들이 신답지 않게 욕심을 부리고, 법을 어기기도 했어. 당연히 돌아가야 할 네가 돌아가지 못하고 지금 나한테 이런 이야기를 듣고 있는 것도 다 그 때문이지.

무엇보다 견디기 힘든 것은 미래에 대한 절망감과 두려움이었어. 이대로 계속 뒤엉킨 기를 가진 인간들이 태어나 인간 세상이 폭력과 탐욕으로 뒤덮인다면, 인간 세상은 결국 멸망하고 말 거라는 절망감 말야. 세상에 있을 때 너도 심심찮게 들었을 거다. 세상이 언젠가는 망하고 말 거라는 얘기……. 그건 그냥 해 보는 소리가 아니란다. 머지않아 그런 일이 정말 일어날 수도 있어.

만약 인간 세상에 종말이 온다면, 인간 세상과 기로 연결되어 있는 뢰제의 나라에는 죽은 혼들만 넘쳐나겠지. 더 이상 생명의 기를 가꾸지도 못하고, 죽은 혼들을 새 생명으로 환생시키지도 못하니 기의 순환도 멈출 테고, 그럼 뢰제의 나라는 음기만 가득한 암흑의 나라가 되어 결국엔 멸망하고 말겠지. 언젠가 닥쳐올지도 모르는 무서운 멸망, 바로 그 때문에 신민들은 절망하고 불안에 떨었단다.

이제 신민들은 예전처럼 평화롭고 충만한 마음으로 삶을 살아갈 수 없었어. 인간 세상의 탁하고 어지러운 기가 느껴질 때마다 절망감과 불안은 더 커졌지. 신민들의 마음 속엔 전에 없는 격한 슬픔이 깃들었고, 마음의 조화를 잃은 신민들이 서로 다투고 미워하는 일까지 자주 생겼단다. 예전에 없었던 병에 걸려 갑자기 세상을 떠나는 신민들도 많이 생겼어. 인간 세상에서 파괴된 환경으로 인한 무서운 질병에 걸려 인간이 죽어 가는 것처럼 말이다.

그런데 아까도 잠깐 말했지만, 뢰제의 신하 중에 뢰사호옹이란 노인이 계셨어. 뢰사호옹은 우레를 부리는 우두머리 노인이란 뜻인데, 줄여서 뢰옹이라고 부르지. 뢰옹은 뢰제께서 가장 믿고 의지하던 신하로, 우레와 오행을 부리는 능력뿐 아니라 미래에 대한 예지 능력까지 지니고 있었어. 네 대제한테도 뢰옹의 그 능력은 필요했어. 그래서 뢰제를 돕듯 자신들을 도와 달라고 부탁했지만, 뢰옹은 벼슬을 그만두고 한적한 산골로 낙향해 버렸어.

헌데 내가 열 살이 되던 해부터 뢰옹이 말했다는 예언이 나라 안을 떠돌아다니기 시작했어. 예언의 내용은 이러했어.

'뢰제의 아들이 지금 어디선가 자라고 계시다. 그분은 자신이 뢰제의 아들인 줄 모르고 있으나, 때가 되면 꿈으로 뢰제의 계시를 받게 된다. 선택받은 여러 젊은이들이 뢰제의 계시를 받을 것이나, 천기전에 갇힌 아버지의 혼을 구하고, 새 뢰제가 되어 흐트러진 나라를 바로 세울 분은 오직 한 분, 진짜 뢰제의 아들뿐이다……'

그 예언은 절망에 빠진 신민들에게는 구원과도 같았

어. 뢰제의 아들이 나타나 흐트러진 나라를 바로 세우면, 그래서 뒤엉킨 기가 아닌, 자연스러운 기의 흐름에 따라 바른 품성과 맑은 기를 가진 인간들이 세상에 많이 태어나면, 인간 세상도 멸망에서 구원받고 뢰제의 나라 또한 예전처럼 질서와 조화의 나라가 되어 영원히 이어질 테니 말야.

뢰옹은 또 말했어. 누구든 계시를 받으면 자신을 찾아오라고. 일 년에 꼭 한 차례, 뢰제께서 변을 당하신 그날, 보름달이 뜰 때 자신을 찾아오면 계시 받은 이들에게 뢰제의 혼을 구할 방법을 일러줄 것이라 했지.

많은 신민들이 뢰옹의 예언이 이루어질 날만을 손꼽아 기다렸어. 네 대제도 그 소문을 듣긴 했지만, 무시해 버렸지. 뢰제의 아들과 황후뿐만 아니라, 두 시종장과 그 식구들까지 다 붙잡아 처형했거든. 만에 하나, 뢰제의 아들이 살아 있다 해도, 뢰제의 혼을 구하는 건 불가능한 일이었어. 란원으로 가는 길은 끊어졌고, 란궁은 병사들이 삼엄하게 지키고 있으니 말야.

그래도 신민들은 뢰제의 아들이 정말 뢰제의 혼을 구하고, 인간 세상과 이 나라를 멸망에서 구할 거라고 철썩같이 믿었지. 모두 한 마음으로 뢰제의 아들이 나타나기만을 기다리고 또 기다렸어.

그리고 11년 전, 처음으로 꿈에 뢰제의 계시를 받았다는 세 소년이 나타났어. 세 소년의 부모는 각자 자신의 마을 촌장에게 그 사실을 알렸지. 촌장은 발이 빠른 율령들에게 부탁해 온 나라 안에 그 기쁜 구원의 소식을 퍼뜨리게 했어. 그건 나라 신민 모두가 기다리는 소식이니, 촌장으로서는 당연히 모두에게 알려야 했지. 물론 대제의 병사들은 알지 못하도록, 신민들끼리 은밀히 전하는 소식이었지만 말야.

　그 해는 뢰제의 아들이 살아 있다면 열일곱 살이 되는 해였지. 세 소년의 나이는 모두 열일곱 살이었어. 우린 세 소년의 이름과 사는 곳을 희망처럼 외우면서, 셋 중 하나는 진짜이기를 바랐지. 우린 한결같이 절망과 슬픔에 짓눌린 현재의 삶에서 벗어나 예전의 조화롭고 평화로운 삶으로 돌아가기를 소망하고 있었으니까.

　마침내 뢰제께서 변을 당하신 그날 보름달이 뜰 때, 세 소년은 뢰옹을 찾아갔어. 뢰옹은 한 소년씩 만나 뢰제의 혼을 구할 방법을 일러주면서 이렇게 말했다는 거야. 누가 정말 뢰제의 아들인지 아닌지는 자신도 알지 못한다. 진짜 뢰제의 아들은 아버지의 혼을 구함으로써 자신의 존재를 증명해야 한다. 뢰제의 계시는 다만 계시를 받은 이가 뢰제의 혼을 구하러 갈 자격이 있으며, 뢰제의 혼을 구함으로써 자신의 존재를 증명할 기회가 있다는 것을 일러주는 것일 뿐이다, 라고 말야.

뢰옹은 또, 만약 계시 받은 이가 진짜 뢰제의 아들이 아니라면, 뢰제의 혼을 구하지 못하고 도중에 목숨을 잃을 것이라고 말했어. 그 희생이 겁난다면 뢰제의 혼을 구하러 떠나지 않아도 된다고도 했지. 간절한 염원과 헌신, 희생과 사랑 같은 아름다운 기(氣)만이 뢰제의 혼을 구하고 인간 세상과 이 나라를 멸망에서 구할 수 있다면서 말야.

그 해에 세 소년은 뢰옹이 정해 준 순서와 날짜에 따라, 한 소년씩 뢰제의 혼을 구하러 떠났어. 자신의 존재를 증명해 보이려고, 또는 인간 세상과 나라를 구하는 일에 몸바치고 싶다는 열망으로 말야.

그러나 세 소년은 아무도 돌아오지 못했고, 그 다음 해에도 계시를 받은 네 젊은이가 나타났어. 열여덟 살 된 젊은이였지. 우린 또 그 젊은이들 이름과 사는 곳을 외우면서 희망을 가졌어. 그 젊은이들 역시 모두 자신의 뜻에 따라 뢰제의 혼을 구하러 떠났지. 다음 해에도 그 다음 해에도 같은 일이 반복되었단다. 한 살씩 나이가 더 든 젊은이들이 뢰제의 혼을 구하러 떠나고, 아무도 돌아오지 못하는 일 말이야.

그리고 올해에는 다른 해와 달리 단 두 분만 계시를 받았어. 푸른 대제가 다스리는 기린성(麒麟城) 구름다리 마을에 사는 운백님과 붉으나 대제의 영역인 부용성(芙蓉城) 하늘못 마을에 사는 천랑님. 두 분 다 나이가 스물여덟이지. 내일 모레가 뢰제께서 변을 당하신 그날이야. 그날 밤에 천랑님과 운백님이 뢰옹을 만날 거야.

두 분 중 한 분이 진짜라면, 이곳은 예전처럼 자연 그대로의 질서와 조화의 '뢰제의 나라'가 되고, 넌 이승으로 돌아갈 수 있을 거다. 네가 사는 인간 세상에도 미래에 대한 희망이 생길 거고 말이다.

아무튼 네가 두 분 중에서 천랑님을 택했으니, 될 수 있으면 천랑님 곁에서 떨어지지 말아라. 그분이 진짜 뢰제의 아들이든 아니든, 적어도 네가 이곳에 있는 한, 널 도와 주고 지켜 주기는 하실 거다.

비두는 말을 마치고 남은 커피를 마저 마셨다. 다함이는 걱정 어린 얼굴로 비두를 바라보았다. 만약 천랑님도 운백님도 진짜 뢰제의 아들이 아니라면…… 다함이는 고개를 저었다. 가뜩이나 불안한데, 절망적인 생각에 빠지고 싶지 않았다.

방문이 열리더니 리린이 낯선 청년과 함께 들어왔다.

114

비두가 자리에서 일어났다. 다함이도 얼결에 일어났다.

"마침 알맞은 때 왔구나. 얘기가 막 끝났거든."

"얘야? 네가 실수로 또 잘못 데려온 애?"

비두는 멋쩍은 얼굴로 고개를 끄덕이더니 다함이를 돌아보았다.

"내 친구 율령 오십사 호, 이름은 묘묘야. 율령은 우리 뢰제의 나라에서 발이 가장 빨라. 천마보다 더 빨라서 예전에는 뢰제의 직속 심부름꾼이었어. 뢰제께서 어떤 명령을 내리시면 율령들이 눈 깜짝할 사이에 나라 곳곳에 그 명령을 전달했지. 하지만 요즘은 실업자 신세란다. 네 분 대제께서는 율령들을 잘 안 쓰시거든. 율령들을 보면 뢰제가 생각나서 그런지도 모르지."

"대신 나라 안 곳곳에 뢰제의 아드님 소식을 전하는 일을 하지."

묘묘가 웃으며 덧붙였다. 비두가 다시 말했다.

"이 친구가 널 천랑님께 데려다 줄 거야. 우리가 널 도울 수 있는 건 여기까지야. 이제부터는 네가 알아서 해야 돼. 할 수 있지?"

다함이는 고개를 끄덕였다. 집으로 돌아갈 수만 있다면 아무리 어려운 일이라도 할 수 있을 것 같았다. 묘묘가 다함이의 손을 잡았다.

"이제부터 내 손 꼭 잡고 있어. 내 발걸음이 너무 빨라서 네가 자칫하면 내 손을 놓칠 수도 있거든."

모두 오두막 바깥으로 나왔다. 비두가 미안하다는 눈빛으로 다함이를 보았다.

"일이 잘되어, 네가 기한 내에 세상으로 돌아갈 수 있으면 정말 좋겠다. 네가 제때에 돌아갈 수만 있다면 난 아무리 큰 벌을 받아도 마음이 편할 것 같은데……."

다함이는 가슴이 쩌르르했다. 짧은 만남이었지만 비두, 리린, 루한에게 정이 들었고, 이별은 역시 아쉬웠다.

"고마워요, 형. 형들하고 누나가 나 도와 준 거 언제까지나 잊지 않을 거예요."

리린이 다정하게 웃으며 다함이를 한 번 안아 주었다.

"잘 가라. 모든 게 잘될 거야. 난 그렇게 믿어."

묘묘가 다함이를 잡은 손에 힘을 주면서 말했다.

"자, 준비해라. 출발이다."

가야 할 먼 길

해질 무렵이었다. 낮이 길 떠날 준비를 서두르고, 밤이 한 발짝 슬그머니 다가온 시간, 천랑이 하루 중에서 가장 좋아하는 시간이었다. 진홍빛 노을로 물든 서녘 하늘은 음악처럼 아름답다.

나무 아래 앉아 홀린 듯 노을을 바라보던 천랑은 품 속에서 피리를 꺼냈다. 저만치 풀밭에 누워 있던 하얀 늑대 마리우스가 어슬렁거리며 다가와 천랑 곁에 앉았다.

넓적한 머리와 좁고 우람한 어깨, 부드러운 털과 건장하고 긴 다리. 멋진 녀석이었다. 이곳에서 늑대의 기(氣)는 이처럼 생생하고 아름다운데, 이 기를 받고 태어나는 인간 세상의 늑대들은 멸종 직전이라니……

인간 세상에서 학대받고 멸종되어 가는 늑대의 기를 느낄 때마다 천랑은 마음이 아팠다. 천랑뿐 아니라 다른 신민들도 자신들이 공들여 가꾼 동물이나 식물의 기가 인간 세상에서 변질되고 망가지는 것을 지켜보면서 고통스러워하고 있었다. 특히 깨끗한 산천의 기를 가꾸는 신민들은 혼탁해진 세상의 기를 느낄 때마다 마치 자신들이 그 기를 들이마신 것처럼 힘들어하곤 했다. 오염된 인간 세상의 기는 그 무엇보다 확실하게 인간 세상의 멸망이 머지 않았음을 말해 주고 있기 때문이었다.

천랑은 속으로 한숨을 내쉬며 마리우스를 어루만졌다. 타고난 별이 하늘늑대별이어서 그런지 천랑은 늑대가 좋았다. 이 녀석은 새끼 때부터 키웠는데, 이름은 누이동생 아로가 지었다. 인간 세상에서는 애완 동물에게 이국적인 이름을 많이 짓는다면서 지어준 이름이 마리우스였다.

"마리우스, 잘 들어. 어쩌면 더 이상 네게 피리를 불어줄 수 없을지도 몰라."

천랑은 담담하게 말하고는 피리를 불기 시작했다. 노을처럼 밝고 선연한 곡을 불 작정이었는데, 절로 흘러나온 가락에는 애련함이 절절히 묻어 있었다. 갑자기 가슴속에서 뜨거운 무언가가 울컥 치밀었다. 피리 소리가 뚝

그쳤다.

천랑은 피리를 도로 품 속에 넣었다. 마리우스가 무슨 일이냐는 듯 천랑을 쳐다보았다. 천랑은 마리우스의 머리를 쓰다듬었다.

"마리우스, 난 내일이면 먼 길 떠나. 어쩌면 다시는 돌아오지 못할지도 몰라. 여태까지 뢰제의 계시를 받은 많은 젊은이들이 그랬듯이 말야. 나 대신, 이젠 네가 아로를 지켜 줘야 한다."

아로의 이름을 말하는 순간, 천랑은 마음이 다시금 천근만근 무거워짐을 느꼈다. 물론 천랑도 알고는 있었다. 이제 겨우 열두 살이지만, 혼자서도 너끈히 살아갈 수 있을 만큼 아로는 야무지고 똑똑한 아이라는 것을. 또 마을 신민들 모두가 아로를 친딸처럼 돌봐 주리라는 것을. 여태까지 뢰제를 구하러 길 떠난 많은 젊은이들의 남은 식구는, 그 마을 신민들이 한 마음으로 지켜 주고 돌봐 주었으니까.

그런데도 마음 한 구석에는 어쩔 수 없는 아픔이 있었다. 아로가 자라 어른이 될 때까지 돌봐 주고, 좋은 신랑감을 만나 혼인하여 행복하게 사는 모습을 언제까지나 지켜보고 싶었다. 양어머니, 양아버지를 생각하면 더욱 그랬다. 친누이동생은 아니지만 아로는 친누이보다 더

애틋한 동생이었다.

어렸을 때 천랑은 친부모의 얼굴을 모른 채, 할머니와 단둘이 살았다. 부모에 대해 물으면, 할머니는 천랑이 태어나던 해 두 분 다 세상을 떠났다고, 짤막하게 말해 주었다. 가끔 꼬치꼬치 캐묻기도 했으나, 할머니는 그냥 보통 부모였는데 명이 짧았다고 잘라 말했다.

그때 천랑은 같은 부용성이지만 구역이 다른, 함지 마을에서 살았다. 그곳 마을 신민들도 모두 선량했고, 천랑을 아껴 주었다. 특히, 할머니가 수양딸로 삼은 이웃집 처녀는 어린 천랑을 친아들처럼 사랑해 주었다.

천랑이 여섯 살 때 할머니마저 돌아가셨다. 이웃집 처녀는 그때 먼 하늘못 마을에 사는 젊은이와 혼담이 오가고 있었는데도, 천랑을 양아들로 삼겠다고 나섰다. 할머니가 양어머니였으니, 당연히 천랑은 자신의 아들이라고 했다. 신랑이 될 젊은이도 처녀의 그 마음을 아름답게 여겨 천랑을 양아들로 받아들이겠다고 했다.

천랑은 양어머니가 된 처녀와 함께 이곳 하늘못 마을로 왔다. 양아버지도 양어머니도 천랑을 친아들처럼 사랑해 주었다. 그리고 혼인한 지 십 년 만에 아로가 태어났다. 양아버지와 양어머니는 세상을 다 얻은 듯 기뻐했다.

천랑도 뒤늦게나마 어린 누이가 생긴 것이 한없이 기뻤다. 나이 차이가 많이 나긴 했지만 아로는 자라면서 천랑을 무척 따랐다. 철이 들어서는 주변에서 이야기를 들어 천랑이 친오빠가 아닌 것을 알았지만, 여전히 친오빠로 믿고 의지했다. 천랑 또한 늘 아로를 친누이로 여기며 사랑했다.

아로가 다섯 살 때 양아버지가, 삼 년 전에는 양어머니마저 세상을 떠났다. 그래서 더욱, 양아버지 양어머니를 대신하여 아로를 언제까지나 돌보고 싶었던 것이다.

천랑은 하늘을 보았다. 노을은 여전히 음악 같았다. 만지면 악기처럼 해맑은 소리를 낼 것만 같았다.

'그래. 뢰제의 혼을 구하는 일에, 이 나라를 멸망에서 구하는 일에 나 역시 다른 젊은이들처럼 기꺼이 몸바칠 거야. 그건 마땅히 해야 하는 일이니까. 하지만 이제 저 아름다운 노을도, 마리우스의 잘생긴 모습도 다시는 볼 수 없게 되겠지.'

천랑의 눈초리에 슬픔이 배어들었다. 누구보다 삶을 사랑한 천랑이었다. 눈부신 자연과 귀여운 누이 아로와 미더운 벗들, 주변의 선량한 신민들, 피리 소리와 마리우스. 이 모든 사랑하는 것들을 두고 삶을 마감해야 하다니, 제 아무리 뢰제를 구하려고 스스로 선택한 일이라 해도, 노을처럼 번져 오는 슬픔은 어쩔 수가 없었다.

천랑뿐 아니라, 계시를 받은 다른 젊은이들도 뢰제의 혼을 구하러 떠나면서 이런 아릿한 슬픔을 느꼈을 터였다. 뢰제의 혼을 구해 나라를 구하려 했던 그 많은 젊은이들의 희생과 헌신처럼 이 슬픔 또한 아름다운 기로 쌓여, 뒷날 진짜 뢰제의 아들이 뢰제를 구할 때에 보탬이 되리라.

천랑은 들릴락말락 한숨을 내쉬었다. 노을이 스러지고 있었다.

간밤에 꾼 꿈이 생각났다. 몇 달 전 처음 계시의 꿈을 꾼 다음부터 천랑은 언제나 같은 꿈만 꾸었다. 그 꿈은 형체는 없고 소리만 있었다. 온통 파르스름한 빛 속에서 오로지 같은 소리만 들려왔다.

"아들아, 내 아들아. 나를 구해 다오. 이 지긋지긋한 영원(永遠)에 갇힌 나를 어서 구해 다오, 내 아들아."

처음 듣는 목소리였지만, 꿈결에서도 천랑은 알았다. 그 목소리가 바로 뢰제의 목소리고, 자신에게도 뢰제의 계시가 내렸다는 것을.

처음 그 꿈을 꾸었을 때 천랑은 당황하고 또 놀랐다. 여태까지 계시를 받은 다른 젊은이들처럼 선택받고 싶은 소망이 없었던 것은 아니지만, 그보다는 평범하고 조용히 살고 싶었다. 세상이 평화롭고 아름답기만 하다면, 아로와 마리우스와 더불어 피리를 불면서 한가롭게 살고 싶었다.

하지만 계시를 받은 이상 피할 수는 없었다. 계시를 받고 뢰제의 제단에 스스로 목숨을 바친 다른 젊은이들처럼 천랑 또한 그 길을 가야 했다.

천랑은 꿈을 꾼 그날 아침, 마을 촌장에게 자신이 계시를 받았음을 알렸다. 그리고 내일 새벽이면 길을 떠난다. 뢰옹이 살고 있는 작약성(芍藥城) 외곽 푸른 이무기 마을은 하야나 대제의 영역으로, 천마를 타고 달려도 꼬박 이틀이나 걸리는 먼 거리다. 내일 새벽에 길을 떠나야만 모레 보름달이 뜰 때 뢰사호옹의 집에 닿으리라.

꿈 속에서 뢰제는 분명 천랑에게 아들이라고 말했다. 자신이 정말 뢰제의 아들이라면 뢰제의 혼을 구해 인간 세상과 나라를 구하고, 신민들을 짓누르는 멸망에 대한 절망과 두려움도 없애 줄 수 있으리라. 당연히 삶도 이어갈 것이다. 천랑은 부모님에 대해 전혀 모르니, 어쩌면 자신이 진짜 뢰제의 아들일 수도 있다.

하지만 그것이 부질없는 욕심임을 천랑은 잘 알고 있었다. 여태까지 계시를 받은 젊은이들 모두가 자신이 진짜 뢰제의 아들일지도 모른다는 희망을 품었을 것이다.

뢰제의 제단에 헌신하겠다는 열망보다는 뢰제의 혼을 구
해, 자신이 뢰제의 아들임을 증명해 보이겠다는 꿈이 더
컸을 것이다. 그래서 위험이 기다리고 있는 그 길을 기꺼
이 달려갔을 테지만, 지금까지 아무도 뢰제의 아들임을
증명하지 못했다.

'부질없는 희망으로 나 자신을 속이고 싶진 않아. 뢰
제의 제단에 이 한 목숨 바쳐야 한다면, 그 길이 내 길이
라면, 난 기꺼이 그 길로 갈 거야.'

갑자기 마리우스가 마당 쪽으로 고개를 돌리더니 등
을 곧추세우면서 으르렁거렸다. 천랑도 마당을 돌아보았
다. 거기, 아로와 함께 인간 세상의 옷을 입은 사내아이
가 서 있었다. 천랑은 눈을 홉떴다. 아이는 이곳 신이 아
니었다. 이곳에 올 수 없는 인간의 혼이었다. 인간의 혼
은 일단 영부에서 처리한다. 그런데 저 아이는 왜 여기까
지 온 것일까? 마리우스가 계속 으르렁댔다.

"마리우스, 괜찮아. 조용히 해."

아로가 다가오며 마리우스를 달랬다. 마리우스가 잠잠
해졌다. 천랑은 나무 아래 앉은 채 무슨 일이냐는 눈빛으
로 아로를 쳐다보았다.

"저 아이, 영부에서 도망쳐 왔대요. 율령 오십사 호 묘
묘가 저 앨 데려왔어요. 집 앞에서 저 애랑 묘묘를 만났

거든요. 오빠한테 도움을 청하러 왔대요. 오빠만이 저 애를 도울 수가 있다면서, 사자 삼백육십팔 호가 오빠한테 가라고 했대요."

천랑은 고개를 돌려 사내아이를 보았다. 아로의 말만으로는 어떤 상황인지 확실하게 알 수가 없었다. 문득 사내아이의 왼편 가슴께에서 따스한 기가 느껴졌다. 사내아이를 바라보는 천랑의 눈빛이 부드러워졌다.

"거기 그렇게 서 있지만 말고, 이리 와서 차근차근 이야기해 보려무나. 네가 왜 영부를 도망쳐 나와야 했는지 말이다."

사내아이가 천랑 앞으로 다가왔다. 아로가 풀밭에 앉으면서 아이에게도 앉으라고 눈짓했다. 아이가 풀밭에 앉으면서 입을 열었다.

"제 이름은 다함이예요, 류다함."

다함이는 자신이 사자 368호의 실수로 이곳에 잘못 온 일에서부터, 어떻게 영부를 탈출하여 여기까지 오게 되었는지, 다 이야기했다.

천랑의 얼굴에 근심이 어렸다. 평범한 신민인 천랑으로서는 짐작조차 할 수 없는 고약한 음모가 영부에서 진행되고 있는 듯했다.

"비두 형이 이곳 시간으로 열흘 안으로 돌아가야 한

다고 했어요. 그렇지 않으면 혼이 돌아가도 제 몸 안으로 들어갈 수가 없대요. 저 꼭 돌아가야 돼요. 우리 엄마한테 약속했거든요. 언제까지나 제 동생 다예를 돌봐 주겠다고 약속했거든요."

다함이는 천랑에게 이미 세상 떠난 엄마 이야기를 자세하게 했다. 할아버지, 할머니가 다예를 잘 돌봐 주고 계시지만, 그래도 다함이 제가 돌아가 다예를 보살펴 주고 싶다는 말도 했다. 다예가 얼마나 예쁜 동생인지, 지금 너무너무 다예와 할아버지, 할머니가 보고 싶다는 얘기도 했다.

누이동생을 생각하는 사내아이의 마음이 아로를 생각하는 천랑의 마음과 다르지 않았다. 천랑은 따스한 기가 느껴지는 사내아이에게 마음이 끌렸다.

"딱하게 됐구나. 하지만 내가 널 정말 도울 수 있을는지 모르겠구나. 난 내일 먼 길 떠난단다. 그리고……"

천랑은 말꼬리를 흐리면서 영영 돌아오지 못할지도 모른다는 뒷말을 삼켜 버렸다. 아로를 혼자 두고 가는 것도 안쓰러운데, 미리 슬픔을 안겨 주고 싶지는 않았다.

아로가 눈을 반짝이며 천랑을 보았다.

"그렇지 않아요. 오빠 분명 이 애를 도울 수 있어요. 오빠 진짜 뢰제의 아들이니까요. 오빠가 내 친오빠가 아니라는 걸 알게 된 다음부터 난 늘 생각했거든요. 오빠의 부모님이 아주 특별한 분일 거라고 말이에요. 그러니 오빠 진짜 뢰제의 아들이 틀림없어요."

"아로야……."

그건 헛된 희망이다, 그 말을 하고 싶었는데, 불현듯 목이 메는 듯하여 천랑은 뒷말을 잇지 못했다. 아로가 계속 말했다.

"내일 새벽에 오빠가 뢰옹을 찾아가면 뢰옹은 뢰제를 구할 방법을 일러주시겠죠. 그럼 오빠는 열흘 안에 뢰제의 혼을 구하고, 새 뢰제가 되시는 거예요. 그런 다음 영부 대왕에게 명령해서 이 애를 돌려보내 주면 되잖아요. 오직 뢰제만이 영부 대왕에게 명령을 내릴 수가 있고, 우판관도 영부 대왕한테는 꼼짝 못 하니 말이에요."

아로의 말은 확신에 차 있었다. 사내아이의 눈 속에도 희망의 빛이 어른거렸다. 두 아이의 천진한 믿음과 희망이 부담이 되면서도 한편으로는 마음이 따뜻해졌다.

"오빠가 뢰제의 혼을 구하실 때까지 이 앤 우리 집에 나랑 함께 있으면 돼요."

"나도 아저씨를 따라가면 안 되나요?"

다함이가 꼭 함께 가고 싶다는 얼굴로 물었다. 천랑 대신 아로가 얼른 말했다.

"거긴 계시 받은 신들만 찾아가는 곳이야. 넌 우리 집에 나랑 같이 있으면서 우리 오빠를 기다리면 돼."

다함이가 시무룩이 눈길을 내리깔았다. 천랑이 다함이를 보며 부드럽게 웃었다.

"너 많이 지쳐 보이는구나. 안으로 들어가서 우리랑 저녁부터 먹어야겠다. 하늘 음식을 먹으면 너도 기운을 차리게 될 거다."

다함이는 집 안으로 들어가 널찍한 마루에서 천랑과 아로와 함께 저녁을 먹었다. 저녁은 맛이 있었고, 천랑의 말대로 먹자마자 이내 기운이 났다. 음식의 기가 그대로 흡수되기 때문인 듯했다.

그런 다음 아로는 다함이를 작은 방으로 데리고 갔다.

"여긴 내 방인데, 우리 집에 있을 동안 네가 여기서 지내."

방 안으로 들어서면서 아로가 말했다. 다함이도 방 안으로 들어갔다. 방 안쪽에 작은 침상이 있고, 책상이며 가구들이 있었다.

"그럼 넌 어떡하고?"

"옆방 작업실에서 지내면 돼. 난 옷 만드는 걸 아주 좋아해. 그런대로 솜씨도 좋은 편이야. 우리 엄마 솜씨를 닮았거든. 우리 마을 신민들 중에는 나한테 옷을 만들어 달라고 하는 이가 꽤 많아. 사실 네가 입은 그 옷, 너무 튀어. 그치만 너한테는 하늘 옷을 만들어 줄 수가 없어. 넌 완전히 죽은 혼이 아니라서 말야."

"난, 이 옷차림이 좋아."

다함이가 자르듯이 말했다. 엄마가 사준 셔츠, 할아버지가 써준 부적, 할머니가 사준 운동화. 식구들의 추억이 깃든 옷을 그대로 입고 있어야만 어쩐지 빨리 돌아갈 것만 같았다.

"그래. 네가 하늘 옷을 입을 수 있다 해도, 누구든 널 보면 한눈에 인간의 혼이란 걸 알 수 있으니, 별 의미도 없지 뭐."

말은 그렇게 하면서도 아로는 다함이에게 옷을 만들어 주지 못하는 것이 못내 서운한 듯했다.

"그런데 정말, 내가 네 오빠 따라가면 안 되니?"

천랑 곁에서 떨어지지 말라고 했던 비두의 말을 생각하면서 다함이는 다시 물었다. 아로가 다함이를 빤히 바라보았다.

"넌 나랑 여기 있는 게 싫으니? 난 친구가 생겨서 좋은데. 우리 오빠가 훌륭한 일을 하러 떠나시는 건 자랑스럽지만 한동안 오빠를 못 본다고 생각하면 너무 쓸쓸하거든."

다예가 생각났고, 불현듯 아로에게 미안한 마음이 들었다.

"그, 그런 게 아냐. 난 다만……."

아로가 까르르 소리내어 웃었다.

"넌 참 순진하구나. 그래서 네가 마음에 든 건지도 몰라. 거기 침상에서 쉬어. 내일 새벽에 우리 오빠 배웅하려면 일찍 일어나야 하니까."

아로가 방을 나간 뒤, 다함이는 운동화를 벗고 침상에 누웠다. 이불을 덮으니, 집에 있는 것처럼 마음이 편안했다. 그 편안함은 아까 천랑을 보는 순간부터 마음에 찾아든 것이었다. 천랑을 보는 순간 다함이는 자신의 선택이 옳았음을 알았던 것이다. 어깨까지 머리를 늘어뜨리고 옛날 옷을 입은 천랑은 엄마의 이야기를 들으면서 꿈꾸었던 화랑의 모습 그대로였다. 기품 있고 늠름한 그 모습을 보는 순간 섬광처럼 확신이 들었다. 천랑이 저를 꼭 세상으로 돌아가게 해 줄 거라는 확신. 무조건적이고 절대적인 그 믿음이 있는 한 다함이는 이제 두려울 것이 없었다.

'그래. 천랑님이 뢰제의 아들임이 분명해. 여기서 기다리고 있으면 천랑님이 날 집으로 보내 주실 거야. 여기

있는 동안 아로한테 좋은 친구가 되어 주어야지. 아로도
많이 안타까울 거야. 사랑하는 오빠를 한동안 못 보게 돼
서……. 지금 다예는 뭐하고 있을까?'

　또 다예 생각이 났다. 외갓집에 내려와 살면서 즐거웠
던 일, 슬펐던 일들이 두서없이 불쑥불쑥 생각났다. 다함
이는 이리저리 뒤척이며 지난 일들을 생각하다가, 어느
순간 잠이 들었다.

추적

"얘, 어서 일어나. 조금 있으면 우리 오빠 먼 길 떠나셔."

아로가 흔들어 깨우는 바람에 다함이는 눈을 떴다. 잠시 이곳이 어디인지, 어리둥절했지만 금세 모든 기억이 되살아났다.

다함이는 자리에서 벌떡 일어났다. 아직 날이 밝지 않은 듯, 작은 창문엔 여전히 어둠이 머물러 있었다. 아로가 다함이 앞으로 유리 그릇을 내밀었다.

"마셔. 과일즙이야. 정신이 맑아질 거야."

다함이는 과일즙을 마셨다. 과일즙은 향긋했고, 마시자마자 머리가 한결 맑아지는 듯했다.

"자, 어서 나가자."

둘은 방을 나갔다. 천랑은 눈부시게 하얀 바지와 저고리를 입고, 허리에는 긴 칼을 찬 채 마루 한가운데 서 있었다. 머리가 흘러내리지 않게 이마에 두른 비단 띠도 흰색이었다. 흰색은 천랑이 좋아하는 색이기도 했지만, 지금 유별나게 흰색으로만 차려 입은 것은 스스로에게 다짐하는 것이기도 했다. 흰색처럼 아무런 사심없는 마음으로 뢰제의 제단에 자신을 바치고 싶다는 각오였지만, 아이들이 그 깊은 뜻을 알 리 없었다.

"오빠, 정말 멋져요. 오빠 틀림없이 뢰제 폐하의 혼을 구하실 거예요."

아로가 감탄하며 말했다. 천랑이 아로를 따뜻한 눈빛으로 바라보며 엷게 웃었다.

"그래. 이 애를 위해서도 모든 일이 잘되었으면 정말 좋겠구나."

그때였다. 갑자기 다급하게 문 두드리는 소리가 났다.

"천랑, 문 좀 열게. 날세, 나."

아로가 토끼눈을 뜨고 천랑을 바라보았다. 천랑이 침착하게 말했다.

"이 애를 데리고 방에 들어가 있어라. 남의 눈에 띄면 안 좋을 테니까."

아로가 다함이를 데리고 도로 방으로 들어간 다음, 천랑은 문을 열었다. 친하게 지내는 이웃집 청년이었다. 천랑을 보자마자 청년은 다짜고짜 말했다.

"아직 안 떠났군. 어서 떠나게, 어서."

"무슨 일인가, 대체?"

"지금 영부 병사들이 집집마다 뒤지고 있어. 영부에 있어야 할 인간의 혼 하나가 달아났다는 거야. 우리하곤 상관없는 일이지만 혹시 자네가 떠나는 일에 차질이 생길까 봐 걱정이 돼서 달려왔어. 그럴 리야 없겠지만 만에 하나라도, 병사들이 자네가 계시를 받았다는 걸 알게 되면 불똥이 자네한테 튈 수도 있잖은가. 그러니 어서 떠나게. 병사들이 마을 남쪽에서부터 수색해 올라오고 있으니까, 북쪽으로 떠나게. 우리 마을뿐 아니라, 다른 마을도 수색하고 있는 모양이니, 될 수 있으면 마을과 멀리 떨어진 길로 가는 게 좋겠어. 놈들이 눈치채기 전에 난 얼른 가 봐야겠어."

"알았네. 알려 줘서 고마워."

"고맙긴. 자넨 우리 모두의 희망이거든. 잘 다녀오게나."

청년이 서둘러 돌아간 다음, 천랑은 문을 닫았다. 아로와 다함이가 방에서 나왔다. 얘기를 다 들었는지, 아로도 다함이도 낯빛이 어두웠다. 천랑은 잠시 생각해 보았다. 이대로 다함이를 두고 갈 수는 없었다. 누구든 다함이를 보기만 하면 인간의 혼이란 걸 알 수 있는 데다가, 어디 꽁꽁 숨겨 둘 만한 마땅한 곳도 없었다. 여기 있다 들키면 아로까지 위험할 수가 있었다. 천랑은 마음을 굳혔다.

"아로야, 이 앨 뢰옹님께 데려가야겠다. 여기 있는 것보다는 뢰옹님께 맡기는 편이 안전할 거다. 어쩌면 뢰옹님이, 이 애가 돌아가도록 도와 줄지도 모르겠구나."

아로는 다함이를 한 번 쳐다보더니 천천히 고개를 끄덕였다.

"자, 어서 떠나자."

셋은 마당으로 나왔다. 천랑이 마굿간으로 가서 천마를 끌고 왔다.

"아로야, 잘 지내야 한다. 어떤 일이 있어도 꿋꿋하게……."

천랑은 뒷말을 맺지 못한 채, 아로를 가만히 안아 주었다.

"내 걱정은 마세요, 오빠. 뢰제의 혼을 꼭 구하셔야 돼요."

천랑은 아로의 등을 다독여 준 다음 말 등에 훌쩍 올라탔다. 다함이도 천랑 뒤쪽에 올라탔다. 천랑의 허리를 꼭 붙잡고는 아로에게 인사했다.

"잘 있어, 아로."

"잘 가. 네가 나랑 같이 지내면 정말 좋을 텐데……."

아로의 목소리에는 아쉬움이 잔뜩 배어 있었다.

"갔다 올게, 아로."

미안한 듯 나지막이 말하면서 다함이는 천랑의 허리를 한층 힘주어 잡았다. 아이의 그 작은 몸짓에서 천랑은 아이가 자신과 함께 떠나게 된 것을 더 기꺼워한다는 것을 알았다.

천랑이 말고삐를 당기며 낮게 소리쳤다.

"가자, 천마야."

천마는 나는 듯이 달렸다. 날이 밝을 무렵에는 하늘못 마을을 벗어나 산과 들을 달렸다. 해가 하늘 한가운데 왔을 때는 하늘못 마을이 속해 있는 구역을 완전히 벗어났다. 천마가 지칠 때쯤 말에서 내려 잠시 쉬었다. 나무에 주렁주렁 열린 과일을 따먹고, 냇물을 마셨다.

그런 다음 천랑은 품에서 피리를 꺼내 불었다. 머지않아 피리를 영영 불지 못할지도 모르니, 그 전에 좋아하는 피리를 맘껏 불고 그 소리에 취해 보고 싶었다.

다함이는 천랑이 따준 과일을 먹으면서 피리 소리를

들었다. 피리 소리는 인간 세상에서 들었던 어떤 음악보다 아름다운 것 같았다. 그 아름다움에 깃든 아련한 슬픔이 마음을 뒤흔들어, 다함이는 피리 소리를 들으면서 엄마를 생각했다.

천랑은 다시 말을 달렸다. 밤이 깊었을 때, 부용성을 완전히 벗어났다. 산 속 따뜻한 동굴에서 잠시 눈을 붙인 다음, 다음 날 새벽부터 하야나 대제의 영역인 서쪽 작약성을 향해 계속 말을 달렸다. 이윽고 해가 졌고 보름달이 떴다.

천랑은 캄캄해져서야 작약성 외곽, 푸른 이무기 마을에 닿았다. 뢰옹의 집은 마을 끝 외딴 곳에 있었다. 보름달이 온누리를 훤히 비추고 있는데도 사립문에는 먼 곳에서 온 손님을 환영하는 듯한 등불이 걸려 있었다. 천랑이 말에서 먼저 내려, 다함이가 말에서 내리는 것을 도와주었다.

"계십니까?"

안에서 다함이 또래의 동자가 나왔다. 동자는 천랑을 보더니 사립문을 열어 젖히고는 허리를 깊숙이 굽혀 인사했다.

"어서 오십시오. 부용성 하늘못 마을에 사시는 천랑님이시지요? 기린성 구름다리 마을에 사시는 운백님도 조

137

금 전에 도착하셨습니다. 어서 드십시오."

천랑은 다함이와 함께 마당으로 들어섰다. 널찍한 마당과 아담한 초가가 달빛에 물들어 예스런 느낌을 주었다. 동자는 의아해하는 눈빛으로 다함이를 한 번 보더니 천랑에게 말했다.

"말고삐를 이리 주십시오. 마굿간에 넣어 두고 오겠습니다."

천랑은 말고삐를 넘겨 주고, 허리에 찬 칼도 풀러 동자에게 맡겼다. 동자는 한 손에 칼을 들고 한 손으로 고삐를 끌면서 마당 저편으로 사라졌다. 조금 뒤 동자가 돌아왔다. 천랑은 동자를 따라 집 안으로 들어갔다. 동자는 작은 방으로 천랑을 안내했다. 방은 정갈했고, 자줏빛 도는 붉은 옷에 붉은 머리띠를 두른 청년이 앉아 있었다. 천랑이 들어서자 청년이 일어서더니 먼저 인사를 청했다.

"천랑님이시지요? 저는 운백이라고 합니다."

운백은 선량하고 강직해 보였다. 천랑도 마주 인사했다.

"네. 제가 천랑입니다. 운백님 이야기는 많이 들었는데 만나서 반갑군요."

"저도 천랑님을 늘 뵙고 싶었습니다."

천랑도 운백도 자리에 앉았다. 다함이도 천랑 옆에 앉았다. 운백도 동자처럼 이상하다는 눈빛으로 다함이를 보았으나, 영문을 캐묻지는 않았다. 동자가 차를 내왔다.

"두 분, 차를 드시면서 잠시만 기다려 주십시오. 어르신께서 곧 부르실 테니."

긴장한 탓인지, 천랑도 운백도 묵묵히 차만 마셨다. 다함이도 조용히 차를 마셨다.

우리 둘 중 누가 먼저 길을 떠나게 될까? 천랑은 언뜻 그런 생각이 들었다. 뢰옹은 찾아온 이들을 따로 만난 다음, 각자에게 길 떠날 날짜를 정해 준다고 했다. 누가 먼저 떠나든, 이제 이 아이한테는 여드레밖에 시간이 없는데……. 천랑은 무거운 낯빛으로 다함이를 돌아보았다.

동자가 다시 방으로 들어왔다.

"어르신께서 운백님을 보자십니다."

운백이 동자를 따라나갔다. 천랑은 옆에 다함이가 있다는 것도 잊고 복잡한 상념에 빠져들었다. 한참 뒤에 운백이 돌아왔다. 다음 차례는 천랑이었다. 천랑이 일어서려 하자 다함이가 불안한 눈빛으로 천랑을 쳐다보았다. 천랑은 눈빛으로 다함이를 다독여 준 다음, 자리에서 일어났다.

뢰사호옹

동자는 마루를 지나 안쪽에 있는 방문 앞으로 천랑을 안내했다.

"어르신, 천랑님을 모셔왔습니다."

"드시라 해라."

천랑은 방으로 들어갔다. 뢰사호옹은 꽤 넓은 방 아랫목에 앉아 있었다. 뢰옹 앞에는 서안이 있고, 그 위에 두루마리 종이가 놓여 있었다. 천랑이 뢰옹 앞으로 다가가 고개 숙여 인사하자 뢰옹이 서안 맞은편을 가리켰다.

"거기 편히 앉게나."

천랑이 자리에 앉자 뢰옹은 말없이 천랑을 바라보았다. 뢰옹의 눈빛은 근엄했고, 날이 서 있었다. 꿰뚫어 보는 듯한 눈빛이었다. 천랑은 뇌옹과 마주보기가 어색하여 눈길을 내리깔았다. 한동안 말없이 천랑만 바라보다가 뇌옹이 문득 물었다.

"운백을 만나 보았는가?"

"예, 조금 전에."

"어떻든가?"

"별로 이야기를 나누진 못했지만 선량하고 강직해 보였습니다."

"그분이 뇌제의 아드님일세."

단칼로 내리치는 듯한 말투였다. 천랑은 귀를 의심했다. 뇌옹이 다시 말했다.

"내가 여태까지 누가 진짜 뇌제의 아들인지 모른다고 했던 것은, 그 젊은이들 중 누구도 진짜가 아니기 때문이었네. 그래서 젊은이들에게 선택을 맡겼지. 뇌제의 혼을 구하고 싶지 않으면 떠나지 않아도 된다고. 허나 이제 마침내 때가 되었고, 뇌제의 아드님이 나타난 걸세."

운백이 뇌제의 아들이라니……. 천랑은 멍하니 방바닥만 내려다보았다. 자신이 뇌제의 아들일 거라는 기대는 애초에 가지지 않았건만, 막상 말을 듣는 순간 눈앞이 하얘지는 듯한 느낌이었다. 뇌옹이 말을 이었다.

"따라서, 그대는 떠나고 싶지 않아도 떠나야 하네. 뇌제의 아들과 함께 말일세. 왜냐하면 그대는 뢰제의 아들을 도와 뢰제의 혼을 구하는 일을 해야 하기 때문이지. 뢰제의 혼을 구하러 가는 길에는 많은 고통과 어려움이 놓여 있네. 뢰제의 아들이 그 길을 무사히 통과할 수 있도록, 그대는 몸과 마음을 다 바쳐 뢰제의 아들을 지켜 드려야 하네. 그러다 혹 도중에 목숨을 잃을 수도 있겠지만, 목숨이 붙어 있는 한 그대는 뢰제의 아들을 지켜야 하네."

천랑은 아무 대답도 하지 않았다. 뢰옹이 천랑을 빤히 바라보며 물었다.

"서운한가? 그대가 뢰제의 아들이 아니어서……"

천랑의 두 눈썹이 꿈틀거렸다. 천랑은 입술을 깨물며 뢰옹을 똑바로 바라보았다.

"지금까지 뢰제의 혼을 구하러 길 떠난 많은 젊은이들처럼, 저 또한 뢰제의 제단에 제 한 목숨 바칠 겁니다. 그 길이 제 길이라면 기꺼이 가겠습니다. 하지만 제 기분이 어떤지는, 묻지 말아 주십시오. 그건 대답하고 싶지 않습니다."

뢰옹의 얼굴에 무어라 형언하기 어려운 묘한 표정이 떠올랐다. 하지만 그 표정은 이내 근엄함 속에 묻혀 버렸다. 뢰옹이 서안 위의 두루마리를 펼쳤다.

"이 그림을 잘 보게. 하야나 대제의 백호궁 내부를 그린 그림일세. 여기가 대제전 후원인데, 이 전각 안쪽에 있는 작은 방에 비밀 통로로 들어가는 문이 있지. 백호궁에서 시작되는 비밀 통로는 지하로 현무궁, 청룡궁, 주작궁을 거쳐 뢰제의 란궁에 이른다네. 바로 란원으로 가는 폐쇄된 미로 입구에 말일세. 물론 다른 궁에도, 그 궁의 지하 통로에 연결된 비밀 문이 있긴 하지만, 란궁 미로의 입구까지 제대로 가려면 백호궁에서 출발해야 한다네."

뢰옹이 두루마리를 천랑이 보기 편하도록 돌려 놓아 주었다. 천랑은 백호궁 내부가 상세하게 그려진 그림을 찬찬히 들여다보며 뢰옹의 말을 들었다.

"그대와 뢰제의 아들이 그 비밀 지하 통로를 무사히 빠져 나가 란궁 미로의 입구에 이르면, 뢰제께서 아들에게 다시 계시를 내릴 걸세. 란원으로 가는 미로를 일러주는 계시 말일세. 그 미로는 뢰제와 네 대제, 두 시종장밖에 모르는데, 두 시종장이 다 목숨을 잃었으니, 그대들은 뢰제의 계시에 의지할 수밖에. 헌데 뢰제의 노래를 아는가?"

느닷없는 질문이었다. 천랑은 그림에서 눈을 들어 뢰옹을 보았다. 뢰제의 노래는 뢰제의 덕을 칭송하는 노래로, 오랜 세월 동안 신민들이 즐겨 부르던 노래였다. 네 대제가 변란을 일으킨 다음부터 그 노래는 금지곡이 되었지만, 신민들은 여전히 남몰래 그 노래를 부르며 뢰제를 그리워하고 있었다. 천랑은 어렸을 때 할머니한테 그 노래를 배웠다.

"네. 압니다."

"뢰제의 계시에 따라 미로를 찾게 되면 그대들은 란원 천기전에 이를 걸세. 폐하께선 천기전 방 안에 잠들어 계신데, 그 방문에는 단단한 자물쇠가 채워져 있어. 네 대제의 기로 봉인된 자물쇠지. 열은 열로 다스리듯이, 그 자물쇠는 그대의 기로 깨뜨려야 하네. 두 손으로 자물쇠를 꼭 잡고 열과 성을 다해서 마음 속으로 '뢰제의 노래'를 부르게. 노래에는 오랜 세월 그 노래를 불렀던 신민들의 기가 깃들여 있지. 뢰제에 대한 존경과 사랑과 그리움의 기 말일세. 노래의 기와 그대의 기가 결국 자물쇠를 깨뜨릴 걸세. 허나 그 일엔 고통이 따를 게야. 그대의 몸에서 엄청난 기가 빠져 나가는 일이니까……"

뢰옹은 말을 끊고 잠시 침묵을 지켰다. 천랑은 뢰옹이 들려 준 말을 되새기며 함께 침묵을 지켰다. 뢰옹이 다시 말했다.

"그대는 묻고 싶겠지. 그 모든 일을 그대가 다 해야 한다면 함께 가는 뢰제의 아들은 대체 무슨 일을 하느냐고. 물론 그대가 도중에 변을 당한다면 천기전의 자물쇠를 깨뜨리는 일도 뢰제의 아들이 하게 될 걸세. 허나 뢰제의 아들은 마지막에 가장 중요한 일을 해야 하는 까닭에 기를 아껴 두어야 한다네. 따라서 방문이 열리면 그때도 그대가 먼저 방 안에 들어가야 하네. 그대도 알고 있겠지만 그 방에는 강렬한 천기가 흐르고 있네. 뢰제의 아들 또한 뢰제처럼 그 기를 감당할 능력을 타고났지만, 궁궐 바깥에서 평범한 신민으로 자랐기 때문에 아직은 그 기를 감당할 준비가 되어 있지 않네. 그대가 먼저 들어가 그대의 몸으로 그 강렬한 기를 순화시켜야 하네. 그대가 뢰제를 모시고 나오다가 쓰러지면, 그때 뢰제의 아들이 들어가 뢰제를 방 밖으로 모시고 나올 걸세."

뢰옹의 말은 천랑이 결국 천기전에서 뢰제의 제단에 목숨을 바쳐야 한다는 뜻이었다. 란궁으로 이어진 네 대제의 지하 통로를 무사히 통과한다 해도, 끝은 역시 희생과 헌신이었다. 걷잡을 수 없는 슬픔이 물방울처럼 보글거리며 가슴 밑바닥에서 솟구쳐 올랐다. 천랑은 눈을 질끈 감았다. 뢰옹 앞에서 약한 모습을 보이고 싶지 않았다. 아로와 벗들의 얼굴이 스쳐갔다. 다함이의 얼굴도 불쑥 떠올랐다.

천랑은 천천히 눈을 뜨면서 뢰옹에게 물었다.

"언제 떠나야 합니까?"

"내 집에서 잠시만 쉬었다가 곧장 떠나야 하네. 내가, 계시 받은 젊은이들을 일 년에 한 번, 꼭 이 날 만나는 데에는 이유가 있네. 천기전의 기는 한 달에 한 번씩 그 흐름이 가장 약해진다네. 앞으로 엿새 뒤가 바로 그날일 세. 다시 한 달 뒤에 기가 약해지는 날이 있긴 하지만 엿새 뒤보다는 덜하지. 달이 갈수록 기가 약해지는 도수(度數)가 떨어지고 말일세. 다시 말하면 엿새 뒤가 그나마 뢰제의 아들이 천기를 감당할 수 있는 날이라네."

"여태까지 찾아온 젊은이들이 뢰제의 아들이 아닌 것을 아시면서 왜 굳이 천기전의 기가 약해지는 날짜에 맞추어 떠나라고 일러주셨는지요? 어차피 실패할 거라면 아무 때나, 계시 받은 이가 원하는 때 떠나도 되지 않았을까요?"

"중요한 일은 어떤 한 신민의 힘만으로 이루어지는 게 아닐세. 뢰제를 구해 인간 세상과 이 나라를 구하는 건 뢰제의 아들이지만, 그 전에 뢰제의 아들에게 길을 열어 주는 많은 희생과 헌신의 기가 쌓이지 않으면 제 아무리 뢰제의 아들이라도 그 큰일을 할 수가 없는 거라네. 그러니 비록 실패하더라도 성공할 것처럼 때를 맞추고 시간을 맞추어 최선을 다해야 하는 것이지."

다 아는 얘기지만, 뢰옹의 말은 천랑이 마음을 추스르는 데에 도움이 되었다. 뢰옹이 말을 이었다.

"여긴 하야나 대제의 영역이니, 이따 한밤중에 말을 타고 달리면 내일 오후 늦게 백호궁에 도착할 걸세. 백호궁으로 몰래 들어가 지하 통로의 입구를 찾으려면 웬만큼 시간이 걸릴 테고, 네 대제의 비밀 지하 통로를 다 통과하려면 적어도 나흘 이상은 걸릴 걸세. 하지만 시간이 빠듯하니 닷새를 넘기면 안 되네. 지하 통로만 빠져 나오면 란원까지 가는 일은 그다지 시간이 걸리지 않을 테니, 엿새 뒤 해가 지기 전까지만 뢰제를 천기전에서 모시고 나오면 된다네."

뢰옹은 두루마리를 도로 말더니, 천랑 앞으로 내밀었다.

"이건 그대가 가지고 있게나. 뢰제의 아들을 지키려면 무슨 일이건 그대가 앞장서서 해야 할 터이니."

두루마리를 받으면서 천랑은 생각했다. 정말 엿새 뒤에 뢰제의 아들이 뢰제를 구한다면, 다함이란 아이는 충분히 제 날짜에 인간 세상으로 돌아갈 수가 있다. 뢰제께 헌신하고, 그 아이가 집으로 돌아가는 데에 도움이 된다면, 이제 다른 것은 아무래도 좋았다.

"한 가지 부탁이 있습니다, 어르신."

"무언가?"

"영부에서 도망쳐 나온 사내아이가 있습니다. 아직 이 곳에 올 때가 아닌데 실수로 잘못 데려온 아이입니다."

천랑은 뢰옹에게 다함이를 여기까지 데리고 온 사정을 다 설명했다. 뢰옹이 눈살을 찌푸렸다.

"우판관이 인간의 깨끗한 기를 모은다더니, 그게 사실이군 그래."

"인간의 깨끗한 기를 모으다니요?"

"그대도 알다시피 영부 대왕의 자리는 대왕의 아들이 물려받게 돼 있어. 뢰제 폐하나 네 대제의 경우처럼 말일세. 그런데 우판관이 영부 대왕의 자리를 탐낸다는 거야. 네 대제가 뢰제 폐하를 힘으로 몰아냈듯이 우판관도 힘으로 영부 대왕을 몰아낼 음모를 꾸미고 있다는 소문일세. 우판관이 그런 변란을 일으켜도 네 대제는 자신들이 저지른 잘못이 있는지라 우판관을 통제할 수가 없을 걸세. 그런데 영부 대왕을 힘으로 몰아 내려면 막강한 기가 필요하지. 그 때문에 잘못 데려온 혼들 중에서 죄 없는 아이들 혼은 돌려보내지 않는다는 거야. 그럼, 그 아이들이 남은 일생 동안 써야 할 기를 우판관이 고스란히 가로챌 수가 있거든. 그런 기는 어떤 기보다 강력한 힘이 있으니 말일세."

천랑이 고개를 끄덕였다. 아이가 왜 돌아가지 못했는지, 비로소 의문이 풀렸다.

"이게 다 뢰제께서 변을 당하신 때문이 아니겠나. 허나 엿새 뒤, 뢰제의 아들이 뢰제를 구하고 새 뢰제가 되면 그땐 모든 일이 바로잡힐 걸세."

"그때까지 어르신께서 그 아이를 맡아 주십시오. 엿새 뒤에 모든 일이 바로잡히면 새 뢰제께 아뢰셔서 그 아이가 돌아가도록 해 주십시오. 부탁드립니다."

뢰옹은 대답 대신 동자를 불렀다. 동자가 들어오자 아이를 데려오라 일렀다. 조금 뒤에 다함이가 방으로 들어왔다. 천랑은 머뭇거리는 다함이를 손짓으로 다가오게 하여, 옆에 앉혔다. 뢰옹은 처음 천랑을 바라볼 때처럼 말없이 한동안 다함이를 바라보기만 했다. 이윽고 뢰옹은 동자를 다시 불러 다함이를 데려가게 했다. 다함이가 방을 나가자 뢰옹이 말했다.

"난 한때 폐하의 중신이었지만 이제는 아무런 힘도 없는 늙은이일 뿐이네. 우판관은 눈에 불을 켜고 저 앨 잡으려 들 것이고, 영부 병사들이 여기까지 들이닥치면 나 또한 저 앨 지켜 줄 수가 없어. 우판관이 하는 일이 불법이라 해도, 그건 우리가 관여할 수 없는 영부의 일이니까. 차라리 그대가 저 애도 함께 데려가게. 그게 안전해. 저 애를 보아하니, 그대들 일에 방해가 되지는 않을 걸세. 그리고 새 뢰제 폐하가 바로 곁에 계신데, 굳이 내게 부탁할 게 무언가. 그대가 데리고 있다가, 새 뢰제 폐하께 아뢰면 될 일을……"

뢰옹의 말은 다 일리가 있어서, 천랑도 더 이상은 부탁을 할 수가 없었다.

"어쩌겠나. 그대와 인연이 있어서 그대에게 온 아이이니, 그대가 거두어야 할밖에. 참, 그리고 운백에게는 우리가 나눈 이야기를 해서는 안 되네. 운백은 자신이 뢰제의 아들인 줄 아직 모르고 있네. 다른 젊은이들처럼 자신 또한 뢰제의 혼을 구할 자격이 있다는 것만 알지. 그러니 때가 될 때까지는 운백과 벗으로 지내게. 흉허물 없이 말일세. 그게 둘이 힘을 합쳐 폐하의 혼을 구하는 데에 도움이 될 걸세."

"알겠습니다."

"그럼 건넌방으로 가서 좀 쉬게나. 난 환약을 만들 걸세. 일단 지하 통로에 들어가면 음식이나 물을 구할 수가 없거든. 그때 그대들의 기를 보충해 줄 환약일세."

동자가 천랑을 아까 그 방으로 다시 안내했다. 운백과 이야기하던 다함이가 반가운 얼굴로 천랑을 맞았다. 문득 아이의 가슴께에서 따스한 기가 느껴졌다. 그 기는 어느 때보다 강렬한 느낌으로 천랑의 마음을 휘감았다.

순간 천랑은 그때까지 마음 깊은 곳에 은밀히 남아 있던 삶에 대한 미련과 슬픔이 가볍고 투명한 기가 되어 공중으로 날아가 버린 듯한 느낌이 들었다. 천랑은 다함이를 보고 부드럽게 웃으며 자리에 앉았다. 다함이도 마주 웃으며 입을 열었다.

"운백 아저씨한테 제 얘기를 다 말씀드렸어요."

안 그래도 운백에게 다함이의 사연을 이야기할 참이었는데, 잘된 일이었다. 천랑은 운백에게 다함이의 사정을 다시 한 번 말해 주었다. 다함이에게도 계속 함께 가야 한다는 말을 해 주었다.

그런 다음 천랑은 운백과 서로의 신상 이야기를 나누었다. 운백은 자라온 과정이 천랑과 비슷했다. 아주 어려서 부모를 잃었고, 먼 친척 아저씨와 아주머니가 길러 주었다고 했다. 뢰제의 계시 내용도 거의 같았다. 천랑의 꿈처럼 운백도 꿈 속에서 뢰제의 목소리만 들었다고 했다.

나이와 자라온 처지, 선택받았다는 점까지 같아서 둘은 이내 흉허물 없이 말을 트는 사이가 되었다. 하지만 천랑은 알고 있었다. 자신과 운백은 하늘과 땅만큼이나 처지가 다르다는 것을. 뢰제의 아들인 운백의 몫은 영광이지만, 그 영광을 위해 몸바쳐야 하는 자신의 몫은 고통뿐이었다. 그렇다고 운백의 영광을 부러워하고 싶지는 않았다. 비록 자신의 몫이 고통뿐이라 해도, 그 고통까지도 사랑하여 마지막 순간까지 의연하고 당당하게 자신의 자존심을 지키고 싶었다.

동자가 상을 들여왔다. 상에는 갖가지 맛있고 진기한 음식이 가득 차려져 있었다. 뢰옹이 천랑에게 베풀어 주는 마지막 성찬 같았다. 천랑은 기꺼운 마음으로 운백과 다함이와 함께 저녁을 먹었다. 저녁 식사가 끝나고 차를 마시면서 잠시 한가롭게 쉬고 있는데, 동자가 들어왔다. 뢰옹이 천랑과 운백을 부른다고 했다.

둘은 뢰옹의 방으로 갔다. 아까처럼 서안을 사이에 두고 둘은 뢰옹과 마주앉았다. 서안 위에는 어른 손바닥만한 주머니 두 개와 아이 손바닥만한 주머니 한 개가 놓여 있었다. 뢰옹이 조금 큰 주머니를 가리켰다.

"이 주머니는 그대들이 하나씩 가지게. 작은 주머니는 그 아이한테 주고. 주머니에는 환약이 들어 있네. 보통 하루에 세 알씩만 먹으면 허기나 갈증을 느끼는 일 없이 하루를 평상시처럼 잘 지낼 수 있을 걸세. 만일 기를 많이 써서 고통스러울 지경이 되면 그때도 환약을 먹게. 그 땐 세 알보다 더 많이 먹어야 하네. 물이 없어도 입 안에 넣기만 하면 그대로 기가 흡수되어 조금은 기운을 차릴 걸세. 그리고 이 주머니에는 특별히 큰 환약이 한 알씩, 더 들어 있네."

뢰옹은 잠시 말을 멈추고는 천랑과 운백을 번갈아 바라보았다. 무언가 아주 중요한 말이 있다는 듯한 표정이었다. 뢰옹이 다시 말문을 열었다.

"그대들도 알다시피 내게는 뢰제를 대신하여 우레를 부릴 수 있는 능력이 있네. 뢰제께서는 한 손으로 허공을 가리키면서 '울려라, 우레'라고 말씀만 하셔도, 허공 속에 있는 가장 강한 양과 음의 기가 맞부딪쳐 우레 소리를 내지만 난 특별한 지팡이를 사용해야 우레를 부릴 수가 있지."

뢰옹이 손으로 벽을 가리켰다. 천랑과 운백이 동시에 벽을 쳐다보았다. 그 벽에 윗부분이 둥글게 구부러진 커다란 나무 지팡이가 걸려 있었다.

"일반 신민들은 감히 우레를 부릴 수 없지만, 방법은 있네. 가장 강한 양과 음의 기를 제 몸 안에 받아들여 그걸 다시 바깥으로 내보내면, 그 기가 몸 안에서 빠져 나오는 순간 서로 부딪치면서 하늘과 땅을 뒤흔드는 우레 소리를 낸다네. 허나 그 일엔 엄청난 고통이 따르지. 지나치게 강한 기가 몸 안에 들어오니 당연히 온몸이 찢기

는 듯한 고통을 느낄 테고, 그 기가 빠져 나가는 순간에
는 목숨을 잃을 수도 있다네."

천랑은 서안 위의 주머니를 바라보았다. 고통이 따르
는 일……. 천랑은 뢰옹이 운백보다는 자신에게 이야기
하고 있음을 알아차렸다.

"이 주머니 속에 든 큰 환약 한 알이 바로 강한 양과
음의 기가 농축된 '우레의 환약'이네. 그대들이 비밀 지
하 통로를 지날 때, 혹시 우레를 부려야 할 일이 생길 수
도 있으니, 그때 둘이 의논하여 이 환약을 삼키도록 하
게. 만약 천랑이 먼저 우레를 부리려다 목숨을 잃으면 운
백이 뒤이어 그 일을 해야 하고, 반대의 경우도 마찬가
질세."

뢰옹은 이어, 우레의 환약을 삼킨 다음에는 한 손을
허공으로 뻗치고 두 발로 땅을 버티고 선 채, 강한 양과
음의 기를 몸 밖으로 내보내야 한다고 했다. 고통을 이기
지 못해 그 자리에 주저앉아 버리면, 우레를 만드는 강한
기를 내보내지도 못하고 그 즉시 목숨을 잃을 거라고 했
다.

"우레의 환약을 삼켜야 할 경우가 반드시 생긴다고는
나도 장담할 수가 없네. 다만 목숨을 잃을지도 모르는 위
험한 환약이니 꼭 필요하다고 판단했을 경우에만 삼켜야

하네. 이제 할 얘기는 다 했으니, 방으로 돌아가 떠날 채비를 하게."

천랑과 운백은 주머니를 챙겨 넣고, 방으로 돌아왔다. 천랑은 품 안에 넣어 온 작은 주머니를 꺼냈다. 주머니 속에 든 환약의 쓰임새에 대해 이야기해 준 다음, 다함이에게 주머니를 건네 주었다.

"이건 네가 간직하고 있거라."

다함이는 복주머니처럼 생긴 주머니를 받아 바지 주머니에 넣었다. 바지 주머니 안에 있는 손수건이 만져졌다. 할머니가 챙겨 넣어 준 손수건이었다. 예전에는 엄마가 손수건을 챙겨 주었는데…… 또다시 식구들 생각이 났다.

운백이 잠깐 자리를 비우자 천랑은 다함이에게 귀띔했다.

"혹시, 나한테 무슨 일이 생기면 운백님이 널 세상으로 돌려보내 줄 거다. 그러니 넌 아무 걱정 말고."

다함이가 고개를 저으며 천랑의 뒷말을 막았다.

"아니에요. 아저씨가 절 돌려보내 주실 거예요. 전 알아요."

아이의 믿음은 확고했다. 아이가 무슨 이유로 그처럼 자신을 철저히 믿는지는 알 수 없었지만, 아이의 믿음이 천랑에게는 힘이 되었다.

떠날 채비가 끝났다. 천랑은 다시 허리에 긴 칼을 차고 천마를 탔다. 다함이도 천랑 뒤에 탔다. 운백도 자신의 천마를 탔다.

뢰옹과 동자기 집 앞까지 나와 배웅해 주었다. 천랑과 운백은 말 위에서 다시 한 번 깊숙이 고개 숙여 뢰사호옹에게 인사했다.

"뢰제 폐하의 혼이 그대들을 보호하시기를……."

뢰옹의 답례를 뒤로 한 채, 두 마리 천마는 달빛 저편, 먼 백호궁을 향해 달리기 시작했다.

사라라 공주

다음 날 오후 늦게, 천랑과 운백, 그리고 다함이는 백호궁 밖 울창한 숲에 이르렀다. 두 마리 천마는 숲에다 두고 가야 했다. 운백은 돌아와 자신의 천마를 되찾겠지만, 천랑은 이제 천마와도 영영 이별이었다.

천랑은 다른 때보다 오래 천마의 얼굴을 쓰다듬어 준 다음, 천마의 등을 가볍게 쳤다.

"너 가고 싶은 대로 가서 자유롭게 살거라."

천마는 한 번 큰 소리로 울더니 운백의 천마와 같이 숲 저편으로 달려갔다.

천랑은 운백과 함께 나무 아래 앉아 백호궁 내부가 그려진 그림을 펼쳤다.

백호궁은 대제의 궁궐답게 아주 큰 궁궐이었다. 궁궐 문은 동서남북에 하나씩 있고, 병사들이 엄히 지키고 있었다. 하야나 대제의 영역이 서쪽인지라, 대궐 정문은 서문이었다. 서문 앞으로는 화려한 무늬가 새겨진 네모난 전돌이 깔린 큰길이 나 있지만, 나머지 세 방향은 울창한 숲으로 둘러싸여 있었다. 천랑과 운백이 있는 숲은 북문에서 그리 멀지 않았다.

크고 작은 전각들이 무수히 많은 백호궁은 크게 네 부분으로 나뉘어져 있었다. 대제가 의식을 거행하고 신하들과 나랏일을 보는 정전 전각들과 대제의 식구들이 사는 내전 전각들, 잔치를 베풀고 활쏘기, 칼쓰기 등의 행사를 여는 전각과 넓은 동산, 궁궐 안에서 일하는 관리들과 시종장 및 시종, 시녀 들이 사는 전각들이었다.

천랑과 운백은 그림 속 궁궐 내전을 유심히 들여다보았다. 궁궐 가장 깊숙한 곳인 내전에는 하야나 대제가 휴식을 취하면서 일상적인 업무를 보는 대제전과 대제의 뒤를 이을 공주의 처소인 공주전 등이 있는데, 천랑과 운백이 찾아가야 할 곳은 바로 대제전 후원이었다.

그림에는 병사들의 경계가 삼엄한 곳도 표시되어 있었다. 천랑과 운백은 머리를 맞대고 의논하여, 어느 쪽 담을 넘고, 어떤 전각과 회랑을 거쳐 대제전 후원으로 갈 것인지 정했다. 만약 도중에 병사들을 맞닥뜨리기라도 하면 누군가가 나서서 병사들을 다른 곳으로 유인하기로 했다. 운백이 자신이 그 일을 하겠다고 했지만 천랑은 고개를 저었다.

"누가 그 일을 하건, 그건 중요하지 않아. 중요한 건 뢰제 폐하의 혼을 반드시 구해 드려야 한다는 걸세. 만약 병사들과 맞닥뜨리면 내가 다른 곳으로 유인할 테니 자네는 이 아이를 데리고 대제전을 찾아가게. 그 일도 쉬운 일은 아닐 거야. 우린 대제전 후원 전각께서 만나기로 하세나. 일단 어딘가에 숨어 있어야 할 테니, 새 소리로 서로 신호하는 게 좋겠어."

천랑이 휘파람 불듯이 새 소리를 흉내냈다. 운백이 고개를 끄덕였다.

"만약 술시까지 기다려도 내가 오지 않으면, 이 아이를 데리고 지하 통로로 들어가게. 우리에겐 시간이 많지 않으니."

천랑의 그 말이 불현듯 다함이에게 사고를 당하던 날의 기억을 일깨워 주었다. 문화재 도둑들을 따돌릴 테니, 이따 집에서 만나자고 다예한테 약속했는데, 아직까지도 돌아가지 못하고 있지 않은가.

다함이는 저도 모르게 천랑의 옷자락을 잡았다.

"아저씬 꼭 오실 거예요. 꼭 오셔야 해요."

내가 산 속으로 뛰어갔을 때 다예도 이런 마음이었을까? 다함이는 호소하듯 천랑을 바라보며 그런 생각을 했다.

"우린 지금 만약의 경우를 이야기하고 있는 것뿐이란다. 셋이 지하 통로 입구까지 함께 갈 수도 있어."

천랑의 부드러운 말에 다함이는 조금 마음이 놓였다.

천랑과 운백은 대제전으로 가는 길을 다시 한 번 잘봐 둔 다음, 불을 일으켜 두루마리를 태웠다. 궁궐로 들어가기 전에 두루마리는 태워 없애라고 뢰옹이 일러주었던 것이다.

셋은 숲을 빠져 나갔다. 인기척이라도 들리면 큰 나무 뒤에 몸을 숨겼다. 숲을 나와 인적이 없는 길을 얼마 더 걸어가자 높다란 궁궐 담이 나왔다. 그림에서 본 대로 담위로 키 큰 나무들이 솟아 있었다.

천랑이 먼저 담을 넘었다. 예상대로 그곳은 나무들만자라는 외진 곳이었다. 지키는 병사들은 없었다. 다함이가 담을 넘고 운백도 담을 넘었다.

백호궁은 온통 흰빛에 감싸여 있었다. 지붕을 덮은 기와까지도 흰빛이었다. 병사들이나 다른 누구와 마주치지않게 전각 뒤나 회랑 기둥에 몸을 숨기면서, 셋은 내전

쪽으로 조심스레 나아갔다. 시녀들이 사는 전각의 긴 회랑을 지나, 셋은 전각 정문 뒤쪽에서 잠시 숨을 돌렸다.

천랑이 조심스레 고개를 내밀어 전각 앞쪽을 살폈다. 전각 앞쪽은 네모난 전돌이 깔린 넓은 마당이었고, 마당이 끝나는 곳에 큰 돌다리가 있었다. 다리 아래로 흘러가는 물 소리가 아련히 들려 왔다. 다리 건너편 멀리 대제전이 보였다.

천랑은 하늘을 보았다. 해는 어느덧 서녘으로 기울고, 하늘 언저리에 노을이 비껴가고 있었다. 대제전으로 가려면 다리를 건너야 하지만 지금은 때가 아니었다. 아직 너무 환했다. 대제전에 이르는 길은 사방이 트여 있어 자칫하다가는 대제전 문 앞을 지키는 병사들에게 들키고 말리라. 드문드문 서 있는 큰 나무 뒤에 몸을 숨기면서 대제전 담장을 돌아 후원 쪽으로 가려면, 달이 떠도 밤이 나았다.

"아무래도 저 다리 아래 숨어 있다가 사방이 캄캄해지면 대제전 후원으로 가야겠네."

운백도 같은 생각이라는 듯 고개를 끄덕였다. 천랑은 주위를 살폈다. 다행히 아무도 오지 않았다. 다리가 바로 코앞이니, 재빨리 달려가면 무사히 숨을 수 있을 것 같았다. 천랑이 먼저 다리로 달려갔다. 운백과 다함이가 이내 뒤쫓아왔다.

먼저 다함이를 다리 밑으로 내려보냈다. 다음 운백이 내려가고 막 천랑이 내려가려 할 때였다.

"웬 놈이냐?"

병사 둘이 시녀들의 진각 정문에서 막 달려나오고 있었다. 천랑은 다리 아래로 뛰어내리는 대신, 다리를 건너 대제전 맞은편 쪽으로 달렸다. 대제전 맞은편에는 공주전이 있었다. 뒤쫓는 발소리가 가까워졌다. 발소리로 미루어, 병사들의 수가 많이 늘어난 듯했다.

공주전 담장이 직각으로 꺾어졌다. 천랑은 담장을 꺾어 돌자마자 담장을 훌쩍 뛰어넘었다.

담장 안은 아름다운 후원이었다. 큰 연못이 있고, 연못을 바라볼 수 있는 정자가 있었다. 천랑은 연못과 정자를 지나쳐 전각으로 다가갔다. 담장 너머에서 병사들이 아무래도 공주전 안으로 들어간 것 같다고 떠들어 대는 소리가 들렸다. 병사들이 곧 이곳 후원으로 들이닥칠 것 같았다.

천랑은 돌계단을 올라가 조심스레 전각 문을 열고 안을 살폈다. 다행히 전각 안에서는 아무런 인기척도 들리지 않았다. 안으로 들어가 문을 도로 닫았다. 마루가 나왔고, 그 마루를 따라 방이 두 개 있었다.

천랑은 그 중 큰 방으로 들어갔다. 방은 꽤 넓었고, 저물녘 어스름이 방 안을 감싸고 있었다. 방 가운데 화려한 탁자와 의자가 있고, 안쪽에는 휘장이 쳐져 있었다. 빛받이 창이 있는 한쪽 벽에는 꽃과 새가 그려진 열두 폭 병풍이 쳐져 있었다.

갑자기 문 소리와 두런거리는 말 소리가 들렸다. 전각 안으로 누가 들어온 듯했다. 천랑은 급히 병풍 뒤로 몸을 숨겼다. 문 여는 소리가 나더니 말 소리가 들렸다.

"공주 전하. 소녀가 샅샅이 찾아보았지만 팔찌는 아무 데도 없었사옵니다."

"글쎄, 내가 이 방 어딘가에 벗어 두었다는데도 그러는구나. 어서 불이나 밝혀 보렴. 어둡구나."

공주와 시녀가 들어온 듯했다. 천랑은 병풍 뒤에서 숨을 죽인 채 꼼짝 않고 서 있었다.

갑자기 짐승이 으르릉대는 소리가 났다. 아주 사나운 맹수, 호랑이 소리 같았다.

"달, 왜 그래? 조용히 해야지."

공주가 나무라자 으르릉대는 소리가 뚝 멎었다. 또 다른 발소리가 들렸다.

"공주 전하, 수상한 자가 후원에 뛰어든 것 같다면서 병사들이 후원을 수색하도록 허락해 주십사고 청하옵니다."

"수상한 자는 당연히 잡아야지. 후원을 샅샅이 수색하라고 일러라. 보다시피 전각 안에는 우리뿐이니 번거롭게 전각 안까지 수색할 건 없다고 이르고."

"예, 공주 전하."

발소리가 멀어져 갔다. 천랑은 안도의 숨을 내쉬었다. 짐승이 또 으르렁거렸지만 공주가 야단치듯 달! 하고 외치자 금방 조용해졌다. 말 소리는 끊기고, 한동안 방 안을 이리저리 서성이는 발소리만 들렸다. 갑자기 기쁜 외침이 들렸다.

"찾았다. 봐라, 여기 있지 않니?"

"정말 그러네요. 거기 있는 걸 전 왜 못 찾았을까요?"

"네가 팔찌의 주인이 아니기 때문이겠지."

다가오는 발소리가 들리더니 또다른 시녀의 목소리가 들렸다.

"공주 전하, 병사들이 후원을 수색했는데 수상한 자는 못 찾았다 하옵니다. 벌써 다른 데로 달아난 모양이옵니다."

"알았으니 더 이상 소란 피우지 말고 물러가라고 해라. 너희들도 나가 있고. 난 잠시 예서 혼자 할 일이 있으니."

"예, 공주 전하."

문 닫히는 소리가 나더니 사방이 고요해졌다. 너무 고요해서 천랑은 공주까지도 방을 나간 것이 아닐까 하는 생각이 들었다. 천랑의 생각이 틀렸음을 알려 주기라도 하듯 짐승이 또 으르릉댔다. 갑자기 공주가 명령하듯 말했다.

"여긴 나, 사라라 공주의 접견실이다. 날 만나러 왔으면 접견 절차를 밟을 일이지, 거기 숨어서 대체 뭘 하는 게냐? 병사들을 다시 부르기 전에 어서 썩 나오너라."

천랑은 숨어 있던 곳에서 방 가운데로 나왔다. 이미 들켜 버렸으니 더 이상 구차하게 숨어 있을 이유가 없었다. 등불 빛으로 방 안이 환했다.

"난 공주를 접견하러 온 것이 아니오. 병사들에게 쫓기다 잠시 이곳으로 피한 거요."

공주가 놀란 듯 눈을 동그랗게 뜨고 천랑을 바라보았다. 온몸이 하얀 새끼호랑이가 천랑을 보며 으르릉댔다. 백호였다. 공주가 손짓하자 백호는 조용해졌다.

천랑도 비로소 공주를 똑바로 쳐다보았다. 크고 서늘한 눈매와 투명한 살결, 길고 검은 머리에 온통 새하얀 옷을 입은 공주는 눈이 부실 만큼 아름다웠다. 천랑의 가슴 한복판으로 문득 공주의 눈매 같은 서늘한 바람이 지나갔다.

"나쁜 분 같지는 않은데, 병사들에게 왜 쫓긴 거죠?"

공주가 천랑에게서 눈을 떼지 않으면서 말투를 바꾸어 물었다.

"백호궁에 몰래 들어왔소. 대세전 후원으로 가던 길이었소. 난 뢰제 폐하의 계시를 받았소."

천랑은 솔직하게 말했다. 공주의 서늘한 눈매를 보면서 거짓말이나 변명 같은 건 하고 싶지 않았다.

"또, 그 얘기군요. 그대는 정말 뢰제의 아들인가요? 그렇게 믿고 감히 여기까지 숨어든 건가요?"

"난 뢰제의 아들이 아니오. 계시 받은 젊은이로서 내 할 일을 하려는 것뿐이오."

"당신은 무엇 때문에 내게 그런 얘기를 다 하는 거죠? 지금이라도 난 병사들을 불러 당신을 잡아가게 할 수 있는데……."

"난 다만 내 마음이 시키는 대로 했소. 나를 잡아가게 하든 말든, 그건 공주의 마음이겠지만."

천랑과 공주의 눈빛이 허공 중에서 맞부딪쳤다. 잠시 둘은 말없이 서로만 바라보았다. 느닷없이 공주가 소리 내어 웃었다.

"호호, 재미있는 분이군요. 좋아요. 나도 접견실까지

찾아든 손님을 내쫓지는 않아요. 손님을 잘 대접하는 것도 공주의 품위에 속하는 일이니까. 우선 여기 좀 앉아요."

공주가 탁자 앞 의자를 가리켰다. 천랑은 의자에 앉았다. 새끼 백호가 천랑의 다리에 이마를 비벼댔다. 이제 친해졌다는 표시 같았다. 천랑이 백호의 머리를 쓰다듬어 주자 백호가 기분 좋게 가르릉거렸다.

"그 녀석이 병풍 앞에서 으르릉대길래 난 알았죠. 병풍 뒤에 누가 숨어 있다는 걸. 달이는 예사 백호지만 무척 영민하거든요. 당장 병사들을 부를까 하다 호기심이 생기더군요. 대체 어떤 대담한 자가 감히 공주의 접견실까지 숨어들었나 싶어서."

공주가 방 안쪽으로 가며 물었다.

"이름이 뭐죠? 나이는요?"

"천랑. 나이는 스물여덟이오."

"뢰제의 아들이 살았다면 올해 스물여덟이라고 하던데, 그래서 당신이 계시를 받았군요."

공주가 찻잔 두 개를 들고 탁자 앞으로 왔다. 하나는 천랑 앞에 놓고, 맞은편에 하나를 놓았다. 그런 다음 공주는 찻잔 앞 의자에 앉았다.

"시녀를 부를 수가 없으니 달리 대접할 게 없군요. 차

드세요. 가끔 혼자 있고 싶을 때 여기 와서 조용히 이 차를 마시면서 생각에 잠기곤 해요."

천랑은 차를 마셨다. 차는 부드럽고 향긋하여, 자신이 지금 급박한 상황에 처해 있다는 사실을 잠시 잊게 만들었다.

"난 사라라, 나이는 스물넷이에요. 내 어머니가 내게 아무것도 알려 주지 않았지만, 나도 뢰제 폐하에 대한 일은 웬만큼 알아요. 해마다 계시를 받았다는 젊은이들이 왜 백호궁 안으로 들어와 비밀 통로로 들어가는지도 알아요. 난 어머니가 세 대제와 함께 옳지 못한 일을 했다고 생각해요. 그렇게까지 하지 않았어도 어머니는 충분히 권력과 영광을 누리셨을 텐데……"

천랑은 차만 마실 뿐 아무 말도 하지 않았다.

"이제 어떡할 셈이죠, 천랑?"

공주가 갑자기 천랑의 이름을 불렀다. 천랑은 저도 모르게 찻잔을 소리나게 차받침에다 내려놓았다. 공주가 불러준 '천랑'이라는 이름은 마치 음악처럼 아름다운 울림을 지니고 있었다. 남이 불러 준 자신의 이름에서 그런 울림을 느낀 것은 처음이었다.

공주가 천랑을 빤히 바라보았다. 천랑은 마음을 가다듬고 대답했다.

"공주가 나를 보내 주신다면 내 할 일을 계속 하고 싶소."

"기어이, 비밀 통로로 들어가겠다는 얘긴가요?"

천랑은 고개를 끄덕였다.

"여태까지 뢰제의 계시를 받은 많은 젊은이들이 비밀 통로로 들어갔지만 아무도 살아 남지 못했어요. 그래도 들어갈 건가요?"

"비밀 통로에서 날 기다리는 것이 고통과 죽음뿐이라 해도 난 가야 하오. 그것이 내 몫의 삶이기 때문이오."

공주는 생각에 잠긴 얼굴로 한동안 찻잔만 내려다보았다. 천랑은 아무 생각도 하지 않은 채 그냥 공주만 바라보았다. 이윽고 공주가 눈을 들어 천랑을 보았다.

"내 얘기가 도움이 될지는 모르겠지만, 비밀 지하통로에는 네 마리 신수(神獸)가 살고 있어요. 그 신수는 네 대제를 상징하는 백호, 현무, 청룡, 주작이에요. 신수들한테는 나름대로 한 가지씩 고귀한 덕이 있었고, 그 때문에 동물이지만 신에 가까운 신수였어요. 그런데 네 대제가 신수 안에 깃든 덕, 신성에 대한 기억을 지워 버렸어요. 내 어머니는 백호의 기억을, 검은 대제는 현무의 기억을, 푸른 대제는 청룡의 기억을, 붉으나 대제는 주작의 기억을 각각 지워 버렸어요. 그래야 신수를 비밀 통로를 지키는 파수꾼으로 쓸 수 있으니까요."

공주는 차를 한 모금 마시고는 다시 말을 이었다.

"그래서 신수는 이제 야수가 되어 버렸어요. 네 신수 중에서 백호가 가장 난폭하고 잔인해요. 그 다음은 청룡이구요. 현무나 주작은 닌폭히지는 않지만, 결코 호락호락하진 않아요. 사실 대제전 후원 전각 안에 있는 문을 통해 비밀 통로로 들어가는 건 쉬워요. 하지만 백호궁의 지하 통로가 끝나는 곳에 백호가 있어요. 이어지는 현무궁의 지하 통로 끝에는 현무가, 그렇게 차례대로 신수, 아니 야수가 지키고 있어요. 이미 말했지만 처음 맞닥뜨리게 되는 백호는 사납고 잔인해요. 비밀 통로 안으로 들어간 젊은이들 모두가 첫 관문을 넘지 못하고 백호의 날카로운 발톱에 찢겨 죽었어요."

천랑은 눈을 감았다. 날카로운 발톱을 가진 야수, 백호. 그 첫 관문을 어떻게 넘어야 할지, 미간이 절로 찌푸려졌다.

"아까 보니까 칼을 차고 있던데, 칼은 당신에게 전혀 도움이 되지 못해요. 신수는 제 수명이 다하기 전에는 어떤 힘으로도 죽일 수 없어요. 뢰제 폐하나 네 대제가 신수들의 기를 뺏는다면 몰라도, 일반 신민들은 결코 신수를 당해낼 수 없어요. 당신이 칼을 차고 있는 걸 보면,

백호는 길길이 뛰며 그 자리에서 당신을 죽이려 들 거예요. 그러니 나를 믿는다면, 내게 칼을 맡기세요. 아무런 무기도 지니지 말고 그냥 빈 몸으로 가세요."

천랑은 눈을 뜨고 공주를 보았다. 오해하기로 들자면 공주의 말은 함정일 수도 있었다. 공주는 뢰제의 혼을 언제까지나 가두어 두려는 하야나 대제의 딸이 아닌가. 하지만 천랑은 공주의 깊고 서늘한 눈매 앞에서 한순간도 망설일 수가 없었다. 천랑은 허리에 찬 긴 칼을 풀러 탁자 위에 놓았다. 공주가 자리에서 일어나 그 칼을 안쪽으로 가져갔다. 조금 뒤 공주는 도로 자리에 앉으면서 말했다.

"신수들은 말을 할 줄 알아요. 신수들과 대화를 해 본다면, 무언가 방법이 생길지도 모르겠군요."

"고맙소, 사라라."

천랑도 처음으로 공주의 이름을 불러 보았다. 사라라. 그 이름은 무지개 같고, 노을 같고, 피리 소리 같았다.

공주가 소리없이 웃었다. 천랑은 순간 눈앞이 아뜩해지는 느낌이 들었다.

"당신이 어디서 어떻게 자랐는지 알고 싶어요. 일반 신민들이 어떻게 사는지도 듣고 싶고."

천랑은 공주에게 자신의 이야기를 들려 주었다. 할머

니와 둘이 살았던 어린 시절이며 양아버지 양어머니 이
야기. 귀여운 누이동생 아로와 늑대 마리우스. 생명체의
기를 가꾸며 살아가는 선량한 이웃 신민들. 저녁 노을을
사랑하며 피리 불기를 좋아한다는 이야기도 했다. 그래
도 된다면, 공주와 끝없이 이야기하고 싶었다. 자신의 이
야기를 들려 주고, 공주가 들려 주는 이야기를 듣고……

"당신이 부는 피리 소리, 언제 들을 수 있을까요?"

잠시 잊었던 자신의 처지가 선명하게 되살아났다. 천
랑은 공주를 보았다.

"나도 그러고 싶지만, 난 앞날을 기약할 수 없는 몸이
오. 다음 세상에서 공주를 다시 만난다면 그때는 오로지
공주만을 위해 피리 불며 살고 싶소."

공주가 천랑을 마주보았다. 한동안 천랑도 공주도 말
없이 서로 바라보기만 했다.

다가오는 발소리가 들렸다. 공주가 급히 일어나 문 앞
에 가서 섰다. 발소리가 멎으면서 문 밖에서 시녀가 말했
다.

"공주 전하."

"무슨 일이냐?"

"대제 폐하께서 찾으신다 하옵니다."

"알았다. 내 곧 갈 테니, 전각 밖에서 기다려라."

"예, 공주 전하."

발소리가 멀어지자, 공주가 탁자로 다가왔다. 천랑도 자리에서 일어났다.

"난 이제 가 봐야 해요. 이 근처에는 아무도 얼씬 못하게 할 테니, 당신은 여기 계속 있다가 한 시간쯤 뒤에 빠져 나가세요. 그땐 캄캄하고 또 병사들이 교대하는 시간이라 무사히 대제전 후원으로 갈 수 있을 거예요. 혹 병사들한테 들킨다 해도, 병사들이 악착같이 뒤쫓지는 않을 거예요. 어차피 비밀 통로 안에서 백호한테 죽는다는 것을 병사들도 알고 있으니까요. 그럼 조심하시고."

공주는 뒷말을 맺지 못했다. 천랑이 와락 공주를 안았기 때문이었다. 공주는 흠칫 놀랐으나, 천랑의 품에 안긴 채 가만히 있었다.

"내 무례함을 용서하오, 공주. 꼭 한 번만 이렇게 공주를 안아 보고 싶었소. 이 아름다운 기억이 내게는 큰 힘이 될 거요."

천랑은 공주를 품에 안은 채 망부석처럼 꼼짝 않고 서 있었다. 얼마 뒤 천랑은 포옹을 풀었다.

"공주, 어서 가 보시오."

공주는 천랑을 잠시 바라만 보더니 등불을 끈 다음, 새끼 백호를 데리고 조용히 방을 나갔다.

어둠이 깃들어 가는 방 안에 천랑 혼자 남았다. 천랑은 무거운 한숨을 내쉬며 의자에 도로 앉았다. 입술에서 한숨처럼 중얼거림이 새어 나왔다.

"사라라……."

백호

공주가 일러준 대로 천랑은 캄캄해진 뒤에야 접견실을 나와 대제전으로 갔다. 대제전 정문이 경계가 삼엄한데 비해, 후원은 지키는 이 하나 없이 고요하기만 했다.

천랑은 달빛에 물든 대제전 후원을 가로질러 전각으로 다가갔다. 약속한 대로 새 소리를 냈다. 전각 뒤쪽 큰 나무 뒤에 몸을 숨기고 있던 다함이와 운백이 달려왔다.

"오셨군요. 꼭 오실 줄 알았어요."

다함이는 천랑의 손에 매달려 떨어질 줄 몰랐다. 천랑은 다함이의 등을 다독여 준 다음, 운백에게 말했다.

"어서, 전각 안으로 들어가세."

"참, 가져올 게 있어요. 지하 통로로 들어가면 어두울

거라면서 운백 아저씨가 반딧불이를 모아 초롱을 만들었거든요. 제가 그걸 들고 가기로 했어요. 전 하는 일이 별로 없잖아요. 저기 나무 밑에 뒀는데 얼른 가져올게요."

다함이가 전각 뒤쪽으로 달려갔다.

"그런데 자네, 칼이 없군. 아까까지만 해도 분명히 칼을 차고 있었잖은가."

천랑의 허리께를 보며 운백이 물었다. 공주를 만난 이야기는 아무에게도 하고 싶지가 않아서 천랑은 짧게 대꾸했다.

"그럴 사정이 생겨 풀러 두고 왔네."

운백은 자신의 허리에 찬 칼을 내려다보더니 더 이상 캐묻지 않았다.

다함이가 초롱을 들고 달려왔다. 셋은 전각 앞으로 다가갔다. 전각 문은 닫혀 있을 뿐 잠겨 있지는 않았다. 천랑이 조심스레 문을 열고 먼저 안으로 들어섰다. 안은 캄캄했다. 다함이가 반딧불 초롱을 들고 따라 들어왔다. 초롱이 제법 환하게 주변을 밝혀 주었다. 운백이 들어오면서 전각 문을 닫았다.

셋은 마루를 지나 전각 가장 안쪽 방으로 들어갔다. 방 한쪽 벽에 커다란 의자가 있었다. 운백이 다가가 의자를 치웠다. 의자가 가리고 있던 벽에 초롱을 갖다 대자

동그란 금빛 문고리가 빛을 받아 반짝였다. 운백이 문고리를 잡아당겼다. 문이 삐걱 열렸다. 다함이가 초롱을 문 안쪽으로 들이밀었다. 아래로 내려가는 계단이 보였다.

천랑이 먼저 계단으로 발을 내딛었다. 뒤이어 다함이와 운백이 계단으로 내려오자 문이 저절로 쾅 닫혔다. 셋은 초롱에 의지하여 계단을 밟고 아래로 내려갔다. 얼마 뒤 계단이 끝나고 마루가 나왔다. 마루는 어둠 속으로 길게 뻗어 있었다.

셋은 마루를 따라 계속 걸었다. 마루는 끝없이 이어진 것 같았다. 어떤 때는 직각으로, 어떤 때는 휘돌듯 부드럽게 꺾어지면서 셋을 어둠 저편으로 한없이 이끌어갔다. 얼마나 갔을까, 운백이 문득 말했다.

"이쯤에서 쉬었다 가는 게 어떨까? 자네도 나도 눈을 좀 붙여야 할 테니."

비록 지하에 들어오긴 했지만 몸에 느껴지는 기로 천랑은 알 수 있었다. 지금 바깥은 깊은 밤이며, 머지 않아 새벽이 되리라는 것을. 운백의 말대로 잠을 조금이라도 자 두어야, 다음 길을 가는 데 지장이 없으리라. 다함이 또한 지친 듯하여 천랑은 고개를 끄덕였다.

셋은 벽에 나란히 기대 앉아 뢰옹이 준 환약을 먹었다. 조금 뒤, 다함이가 벽에 기댄 채 잠이 들었다. 천랑은 다함이를 마룻바닥에 편안하게 눕히고 그 머리맡에 초롱을 놓아 주었다.

"자네도 누워서 한잠 자게. 보초는 내가 설 테니. 여태 까진 아무 일 없었지만 이 어둠 속에서 뭐가 튀어나올지 모르잖나."

운백이 말했다. 천랑은 고개를 저었다.

"병사들한테 쫓기다 알게 된 건데, 백호궁의 지하 통로 끝까지는 별 어려움 없이 갈 수 있을 걸세. 다만 이 지하 통로 끝에 백호가 지키고 있다고 했어. 여태까지 계시 받은 젊은이들이 다 그 백호한테 죽임을 당했다는 거야. 그러니 지금은 안심하고 푹 자도 돼."

"그래서 여기까지 오는 동안 내내 조용했군. 그럼 지금 잠을 푹 자 두어야겠는걸. 몸이 거뜬해야 백호하고 제대로 싸울 수 있을 테니."

운백이 다함이 옆에 편히 드러누우면서 말했다. 천랑은 백호하고 싸워서는 안 된다고 말하려다 잠자코 있었다. 그건 백호를 맞닥뜨리기 바로 전에 말하는 편이 나을 것 같았다. 운백도 이내 잠이 들었다.

천랑도 바닥에 드러누웠으나 잠이 오지 않았다. 서리 속에 핀 꽃처럼 서늘한 아름다움을 지닌 공주의 얼굴이 자꾸 떠올랐다. 공주를 안았을 때의 아득하고 황홀한 느낌도 꿈틀거리며 되살아났다. 앞으로 자신에게 닥쳐올 일이 고통뿐이라 해도, 짧은 순간 공주와 함께했던 꿈 같은 기억이 그 고통을 조금은 견디기 쉽게 해 줄 것 같았다.

그런데도 가슴 한켠이 자꾸 시려왔다. 내가 욕심이 많은 걸까? 축복처럼 찾아온 그 기억만으로 만족하지 못하고, 더 많은 걸 바라는 걸까? 천랑은 나지막이 한숨을 내쉬며 돌아누웠다. 순간 다함이 머리맡에 놓인 반딧불 초롱이 천랑의 눈에 부드러운 빛을 쏘았다. 그 빛이 무언가 말하는 듯하여 천랑은 저도 모르게 도로 일어나 앉았다.

천랑은 초롱을 그윽이 보다가 잠든 다함이에게 눈길을 돌렸다. 아까 대제전 후원에서 다시 만났을 때 일이 떠올랐다. 꼭 돌아올 줄 알았다면서 자신의 손에 매달리던 모습. 아이는 천랑을 철석같이 믿고 있었다. 아이의 그 믿음을 저버려서는 안 된다는 생각이 마음을 뒤흔들었다.

지금까지 천랑은 무엇보다 믿음을 소중히 여기며 살아 왔다. 천랑뿐 아니라, 뢰제의 나라 신민들은 다 그랬다. 뢰제의 나라에서 가장 소중한 덕은 믿음, 곧 신뢰이기 때문이었다. 그 믿음과 신뢰를 바탕으로, 뢰제의 나라는 질서와 조화의 나라가 된 것이다. 지금 나라가 어지러워진 것도 네 대제가 뢰제의 그 신뢰를 무너뜨리고 변란을 일으켰기 때문이었다.

'그래. 어떤 고통이 닥치든, 네 믿음을 저버리지 않으마. 흔들리는 내 마음을 잡아 주려고, 네가 여기까지 날 따라왔나 보구나.'

천랑은 다함이의 이마에 흘러내린 머리카락을 쓸어 올려 주고는 자리에 드러누웠다. 그리고 잠시 뒤에 천랑도 잠이 들었다.

천랑이 잠에서 깨어났을 때는 늦은 아침이었다. 지하 통로는 여전히 어두웠으나, 몸에 느껴지는 기가 지금이 늦은 아침임을 말해 주고 있었다. 운백과 다함이는 벌써 깨어 천랑이 깨기를 기다리고 있었다.

셋은 다시 초롱 불빛에 의지하여 지하 통로를 걸었다. 가다가 지루해지면 잠시 앉아서 쉬다가 다시 걸었다. 통로는 간밤처럼 꺾어졌다 구부러졌다 하면서 끝없이 이어졌다.

그날 오후 늦게 셋은 닫혀 있는 문 앞에 이르렀다. 백호궁 지하 통로의 끝인 듯했다. 문은 단단한 철문이었는데 천랑이 다가가 가볍게 밀자, 뜻밖에도 안쪽으로 미끄러지듯 열렸다. 안쪽에서 은은한 불빛이 새어 나왔다. 언뜻 백호의 으르릉대는 소리와 갸날픈 비명 소리 같은 것이 들렸다. 천랑은 문을 도로 닫으면서 운백을 보았다.

"이 안에 백호가 있는 모양이야. 백호는 신수여서 말을 할 줄 안다니까 내가 먼저 들어가서 담판을 짓겠네. 자넨 이 아이와 여기서 기다리게."

"혼자 들어가서 무슨 일을 당하려고 그래? 이 아이만 여기 두고 같이 들어가세나. 자네 혼자만 위험한 곳으로 떠다밀 수는 없어."

운백이 문 앞으로 한 발짝 다가서며 말했다. 천랑이 재빨리 운백을 막아섰다.

"자넨, 날 믿지?"

"당연한 일을 왜 묻나? 우리가 서로 믿지 못하면 어떻게 힘을 합쳐 뢰제 폐하의 혼을 구해 드리겠나."

"그럼 여기서 이 아이와 함께 기다려 주게. 어떻게든 이 첫 번째 난관을 넘어설 방법을 알아올 테니까."

"백지장도 맞들면 낫다지 않는가. 나도 뢰제 폐하를 구하려고 여기까지 온 걸세. 자네한테 다 맡겨둘 거라면, 내가 굳이 같이 올 필요도 없었겠지."

운백이 고집스럽게 말했다. 하지만 천랑도 물러설 수가 없었다.

"백호는 잔인하고 난폭한 짐승일세. 같이 들어갔다가

우리 둘 다 무슨 일을 당하면 뢰제 폐하는 누가 구해 드리겠나. 내가 백호에 대해 들은 바가 있으니 먼저 들어가겠다는 걸세. 백호에 대해 전혀 모르는 자네보다는 내가 조금은 나을 듯하여 그러는 것이니, 달리 오해는 하지 말게. 만일 내게 무슨 일이 있으면 그땐 자네가 백호를 상대하면 되지 않겠나.”

천랑은 운백을 똑바로 쳐다보며 단호하게 말했다. 운백이 마지못해 고개를 끄덕였다. 다함이가 걱정스러운 눈빛으로 천랑을 보았다.

“괜찮아. 곧 돌아올 테니 운백 아저씨와 여기서 기다려라.”

천랑은 문을 밀고 안으로 들어갔다. 방은 꽤 넓었고, 등불 빛으로 환했다. 들어온 문 맞은편, 북쪽 벽에 있는 커다란 문이 맨 먼저 천랑의 눈에 들어왔다. 그 문 뒤편이 현무궁의 지하 통로인 듯 싶었다. 문에는 단단해 보이는 자물쇠가 채워져 있고, 그 앞에 장식이 화려한 의자가 있었다. 문 왼쪽 구석에는 갓 잡은 짐승의 고기가 가득 차려진 널찍한 식탁이, 식탁 옆에는 맑은 물이 퐁퐁 솟는 작은 분수가 있었다.

방 한가운데 온몸이 누부시게 하얀 백호가 있었다. 몸집이 천랑의 한 배 반은 되어 보이는 백호는, 예사 백호보다 훨씬 길고 굵은 두 뒷다리로 서 있었다. 가죽 신발까지 신고, 어깨에는 검은 천을 두르고 있었다. 허리에도 역시 검은 허리띠를 둘렀는데, 그 허리띠에 열쇠 꾸러미가 매달려 짤랑거렸다.

백호는 바닥에 널브러진 작은 짐승을 주먹으로 내리치고 발길로 차면서 놀고 있었다. 자세히 보니 산 짐승은 아니고 짐승 모양의 장난감이었지만, 백호가 짓밟고 내리칠 때마다 애처로운 비명 소리를 냈다. 백호는 비명 소리가 들릴 때마다 재미있다는 듯 히죽 웃으며 더욱 세차게 장난감을 내리쳤다.

천랑의 등줄기에 소름이 오르르 돋았다. 아무리 장난감이지만 비명 소리며, 잔인함으로 번뜩이는 백호의 두 눈이 너무 섬뜩했다. 더 이상 발길이 앞으로 나아가지 않았다. 재촉하듯 뢰옹의 얼굴이 떠올랐다. 지금까지 뢰제의 제단에 목숨을 바친, 계시 받은 젊은이들도 생각났다. 사라라 공주의 얼굴과 아로, 다함이의 얼굴이 잇따라 스쳐갔다. 천랑은 조용히 백호에게 다가갔다.

놀이에 열중해 있던 백호가 고개를 들었다.

"웬 놈이냐? 겁도 없이 감히 여기까지 들어오다니."

백호는 눈을 희번득이며 천랑을 바라보았다.

"난 뢰제의 계시를 받았다. 내겐 같이 온 동료가 있는

데, 우린 저 문을 지나 현무궁 지하 통로로 들어가야 한다. 어떻게 하면 우릴 보내 줄 수 있겠느냐?"

"내가 왜 네놈들을 보내 줘야 하지? 난 지엄하신 하야나 대제의 명령을 받들어야 할 의무가 있어. 누구든 여기까지 온 놈들은 무조건 이 발톱으로 찢어 죽여야 한다, 이 말씀이지."

"넌 여기서 아무런 불만도 없고 원하는 것도 없니? 만약 네가 원하는 게 있다면 말해 보아라. 내 힘으로 할 수 있는 일이라면 네가 원하는 바를 들어 주마. 대신 우리를 보내 다오."

백호는 천랑을 빤히 보더니 바닥에 널브러진 장난감 짐승을 힐끗 보았다. 순간 야릇한 웃음이 백호의 입가를 스쳐갔다.

"그 일이 널 희생하는 일이라도 하겠느냐?"

천랑은 잠시 말문이 막혔지만, 이내 마음을 가다듬었다.

"날 희생하는 일이라 해도, 내 동료를 보내 주기만 한다면, 난 그 일을 해야 한다."

백호가 히죽 웃었다.

"사실 난 심심하거든. 일 년에 서너 번씩 많으면 대여섯 번씩 여길 찾아오는 젊은 놈들을 찢어 죽이는 것 말고는 할 일이 없으니 말야. 내 유일한 취미는 장난감 짐승을 가지고 노는 건데, 장난감으로는 성이 안 차. 네가 저 장난감 대신, 살아 있는 장난감이 돼 준다면 네 동료를 보내 주마. 그까짓 한 놈쯤 보내 준다 해도, 다음 파수꾼인 현무가 잘 처리할 테니 말야. 어때, 할 테야?"

조금 전에 보았던 잔인한 광경이 마음을 짓눌렀다. 천랑은 저도 모르게 고개를 저으며 한 발짝 뒤로 물러섰다.

"싫음 관두고. 나야 네놈 둘을 찢어 죽이고, 대제 폐하께서 하사하신 장난감이나 가지고 놀면 되니까. 저것 말고도 장난감은 많아."

천랑은 입술을 깨물었다. 그래도 된다면 백호의 제의를 거부하고 싶었다. 순간 자신에게 희망을 걸고 있는 선량한 마을 신민들의 얼굴이 스쳐갔다. 아로, 그리고 다함이의 얼굴도 스쳐갔다. 간밤에 그 아이의 잠든 모습을 보면서 어떤 고통이 있어도 내 길을 가리라 다짐하지 않았던가. 마지막으로 사라라 공주의 서늘한 눈매가 떠올랐다. 천랑은 가슴 깊이 숨을 들이쉬었다.

"좋다. 네 장난감이 되어 주마. 대신 약속은 꼭 지켜야한다."

"난 너희들처럼 두 발로 걷고, 앞발을 이렇게 팔처럼 쓰는 특별한 짐승이다. 아무렴 내가 저 아래 사는 인간들처럼 약속을 헌신짝같이 저버리는 일이야 하겠느냐?"

"그리고 또 하나. 자정을 넘기지 말고 내 동료를 보내다오. 우리에겐 시간이 많지 않으니."

"좋아. 정확히 자정에 네 동료를 보내 주지. 그리고 너무 겁먹지는 마. 난 싫증을 잘 내는 편이거든. 널 가지고 놀다 싫증이 나면 아무 데나 내팽개칠지도 몰라. 고통이 길지 않을 수도 있다구."

"잠깐 나갔다 오마. 문 밖에 있는 내 동료에게 얘기를 해 두어야 하니."

백호가 히죽이 웃으며 고개를 끄덕였다. 천랑은 백호의 방을 나왔다. 초롱을 앞에 놓고 벽에 기대 앉아 있던 운백과 다함이가 일어나 다가왔다.

"안에 백호가 있던가? 무슨 얘길 했어?"

"백호와 얘기가 잘됐어. 이따 자정에 백호가 우리를 보내 준다고 했어. 그때까지 자네는 이 아이와 여기서 기다리게."

"자네는?"

"난 다시 들어가서 백호와 놀아 주어야 해. 장기도 두고, 공놀이도 하고 말일세. 오랜 세월 이 방에만 있어서 백호도 심심한 모양일세. 저와 같이 놀아 주면 우릴 보내 주겠다는 거야."

운백이 천랑을 가만히 바라보았다.

"정말인가? 정말 그뿐이야?"

"이 아이처럼 날 무조건 믿어 주면 안 되겠나? 자네가 날 믿어 줘야, 나도 내 일을 감당할 수가 있어."

천랑은 치미는 감정을 추스르며 나지막이 말했다.

"자네야말로 날 믿지 못하는 게 아닌가? 날 어려움을 함께 이겨 나갈 동료로 생각한다면, 무슨 일이든 내게 의논해야 하지 않을까? 뢰옹께서도 나더러 자넬 힘껏 도우라고 하셨네. 난 기껏 들러리나 허수아비가 되려고 여기까지 온 게 아니란 말일세."

천랑은 눈을 내리깔고 마음 속으로 항의하듯 말했다. 그래, 나도 이 짐을 나눌 수만 있다면 자네와 나누어서 지고 싶어. 하지만 자네가 뢰제의 아들임을 안 이상, 내게는 달리 선택의 여지가 없네.

천랑은 다시 눈을 들어 운백을 보았다.

"자넬 허수아비나 들러리로 만들려는 생각은 눈곱만큼도 없네. 다음부터는 무슨 일이든 자네와 의논할 테니, 이번 일은 그냥 내 뜻에 따라 주게. 내가 백호와 어떤 협상을 했는지, 자네가 안다고 해서 상황이 나아지지는 않아. 중요한 것은 우리가 이곳을 지나 현무궁 지하 통로로 들어가야 한다는 사실일세. 그렇지 않나?"

천랑이 간곡하게 말하자 운백도 조금은 마음이 풀린 듯 순순히 고개를 끄덕였다.

"부탁이니, 자정까지만 여기서 조용히 기다려 주게. 그때까진 절대 방을 들여다봐서도 안 되고, 방에 들어와서도 안 되네. 알았나?"

"자네가 위험에 처하는 일만 없다면, 그리 하겠네."

"그런 일은 없을 테니, 지루하더라도 자정까지만 참고 기다려 주게. 그럼 난 들어가 봐야겠네."

천랑이 문을 열고 안으로 들어가려 하자 다함이가 천랑의 옷자락을 잡았다. 천랑이 돌아보았다. 다함이가 걱정스런 눈빛으로 천랑을 보며 말했다.

"조심하세요."

천랑은 말없이 다함이를 한 번 안아 준 다음 방 안으로 들어갔다.

백호는 맞은편 문 앞 의자에 앉아 있었다. 천랑은 방 가운데까지 걸어갔다. 백호가 자리에서 일어나 천랑에게 다가왔다.

"어떻게 하면 널 가지고 재미있게 놀까 생각하고 있었지."

천랑은 방바닥을 내려다보며 마음을 다잡았다. 아무리 고통스러워도 절대 비명을 질러서는 안 된다. 비명 소리가 방 밖으로 새나가면, 운백이 분명 날 구하려고 칼을 들고 방으로 뛰어들 것이다. 그럼 모든 것이 허사가 되고 말 것이니…….

"먼저 내 주먹 맛부터 보여 줘야겠지?"

백호가 바싹 다가서더니 느닷없이 천랑의 가슴팍을 향해 주먹을 날렸다. 천랑은 뒤로 몇 걸음 비틀거리며 가슴팍을 부여잡았다. 터져 나오는 비명은 가까스로 참을 수 있었지만, 고통스런 신음이 절로 나왔다. 백호의 주먹 힘은 엄청났다. 단 한 방 맞았을 뿐인데도 큼직한 쇳덩이로 내리친 듯, 가슴팍에 끔찍한 통증이 왔다. 급소를 맞는다면 한 방으로도 정신을 잃고 말리라. 계시 받은 젊은이들이 백호의 관문을 넘지 못한 것은 어쩌면 당연한 일인 듯했다.

"이제 겨우 시작일 뿐인데, 벌써부터 그렇게 아파하면 안 되지."

말과 동시에 백호의 주먹이 또다시 천랑의 가슴팍을 내질렀다. 비명을 속으로 삼키면서 천랑은 바닥에 주저앉고 말았다. 숨도 쉴 수 없을 만큼 가슴이 아팠다.

"역시 살아 있는 장난감이 성능이 좋군. 폐하께서 하사하신 장난감은 비명 소리를 내는 게 고작인데, 네가 그렇게 실감나게 고통스러워하니 정말 재미있구나."

천랑은 눈을 치뜨며 백호를 노려보았다.

"넌 고귀한 덕을 지닌 신수였다고 들었다. 아무리 네가 신성에 대한 기억을 잊었다지만, 어찌 이리 잔인할 수가 있단 말이냐?"

백호가 눈을 부릅뜨며 으르릉거렸다.

"넌 내 장난감이야. 얻어맞으면 비명을 지르면서 고통스러워하기만 하면 돼. 잔소리 따위는 필요 없어. 알아들어?"

백호가 천랑의 옆구리를 세차게 걷어찼다. 천랑은 바닥에 나뒹굴었다. 옆구리가 끊어지는 것처럼 아팠다. 천랑은 이를 악물고 손바닥으로 방바닥을 짚으면서 어떻게든 몸을 일으키려 했다. 백호가 다가오더니 발을 들어 천랑의 손을 내리찍었다. 천랑은 나지막이 신음을 내뱉으며 바닥에 그대로 누워 버렸다. 손가락 마디마디가 다 부서진 것 같았다. 피리를 불던 손인데……. 온몸으로 저릿저릿 퍼져나가는 지독한 고통 속에서도 그런 생각이 스쳐갔다.

"어떠냐? 장난감 노릇하기가 쉽진 않지? 사실 난 시작도 안한 건데, 네가 원한다면 이쯤에서 그만둘 수도 있지."

죽은 듯이 누워 있는 천랑 앞에 앉으면서 백호가 말

했다. 천랑은 얼굴을 찡그리며 힘겹게 눈을 뜨고 백호를 보았다.

"네가 아까 한 약속을 취소한다면, 나도 더 이상은 널 괴롭히지 않으마. 대신 네 동료를 장난감 삼아 혼내 주자꾸나. 나쁜 녀석이 아니냐. 저만 살겠다고 널 나한테 이런 제물로 바치다니."

말하는 것도 고통스러워서 천랑은 다만 고개를 저었다.

"싫다는 거냐?"

천랑은 가까스로 고개를 끄덕였다. 백호가 벌떡 일어나 한쪽 발을 들더니 천랑의 무릎을 힘껏 내리밟고 또 밟았다. 무릎이 으스러지는 소리가 들리는 것 같았다. 천랑은 저도 모르게 외마디 비명을 질렀다. 눈앞이 뿌옇게 흐려졌다.

"이래도 싫으냐? 약속을 취소하기만 하면 되는데, 어때, 취소할 거지?"

천랑은 이를 악물고 고개를 저었다. 백호의 두 눈이 이글거렸다. 백호는 발길로 천랑은 마구 차고, 주먹으로 내리쳤다. 온몸의 살과 뼈가 다 아프다고 비명을 지르는 것만 같았다. 고통이 극심해지자 정신도 가물가물해졌다.

갑자기 작은 물체가 백호에게 달려들었고, 백호의 주

먹질과 발길질도 멎었다. 온몸이 너무 아파 천랑은 처음에는 무슨 일이 일어난 것인지 알지 못했다. 가까스로 정신을 차리고 살펴보니 백호에게 달려든 작은 물체는 뜻밖에도 다함이였다. 천랑이 우려했던 대로, 천랑의 비명 소리를 듣고 달려온 것 같았다.

"이 나쁜 놈아, 우리 아저씨 그만 괴롭혀. 괴롭히지 말란 말야!"

다함이는 두 팔로 백호의 한쪽 팔에 매달리며 소리쳤다. 백호는 한쪽 팔로 다함이를 번쩍 들더니 바닥에다 내동댕이쳤다. 천랑 바로 앞에 떨어진 다함이는 그대로 기절해 버린 듯 꼼짝도 하지 않았다. 천랑은 다치지 않은 한쪽 손을 뻗어 다함이의 한쪽 손을 꼭 잡아 주었다. 자신의 기가 아이에게 흘러 들어가 아이가 어서 정신을 차렸으면 싶었다. 자신이 지금 아이에게 해 줄 수 있는 일은 그것뿐이었다.

순간 또 하나의 물체가 칼을 휘두르며 백호에게 달려왔다. 운백이였다. 백호가 나는 듯이 발을 들어 운백을 찼다. 운백이 칼을 떨어뜨리면서 저만치 나가떨어졌다. 운백은 비틀거리면서도 얼른 일어나더니 칼을 집어들었다. 운백이 다시 백호를 공격했고, 백호는 슬쩍 몸을 피하면서 앞발로 운백의 손목을 세차게 내리쳤다. 칼을 들고 있는 손목이었다. 운백이 신음을 토하며 칼을 떨어뜨렸다. 백호가 한 순간의 틈도 주지 않고 운백의 가슴팍으로 연달아 주먹을 날렸다. 운백이 비명을 지르며 쓰러졌다. 운백도 정신을 잃은 듯, 더 이상 일어나지 못했다. 천랑이 쓰러져 있는 곳에서 몇 걸음 떨어지지 않은 곳이었다.

백호가 쓰러진 운백을 내려다보면서 으드득 이를 갈았다.

"이런 건방진 놈. 감히 내게 칼을 휘두르다니. 내가 이따위 칼보다 수십 배는 강하다는 걸 몰랐던 모양이지. 먼저 네놈부터 갈가리 찢어 놓을 테다."

백호가 날카로운 발톱을 세우며 쓰러진 운백을 노려보았다. 다함이의 손을 잡고 있는 천랑의 한쪽 손에 힘이 들어갔다. 천랑은 다함이를 보면서 이를 악 물었다. 인간의 아이도 천랑을 돕겠다고 두려움도 잊은 채 백호에게 달려들었다. 하물며 천랑은 신이었다. 손가락 하나 까딱하기도 힘든 상황이라 해도 위험에 처한 동료를 보고만 있을 수는 없었다.

천랑은 안간힘을 쓰며 몸을 일으켰다. 백호가 막 운백을 덮치려 하고 있었다. 온몸의 남은 기를 다 모아, 천랑은 백호의 발톱을 향해 제 몸을 날렸다. 순간 끔찍한 통증이 온몸을 후려쳤고, 천랑은 짧은 비명을 지르며 정신을 잃고 말았다.

천랑은 깨어난 것은 시간이 꽤 지난 다음이었다. 눈을 뜨는 순간, 온몸이 욱신거리는 고통에, 천랑은 얼굴을 찡그리며 저도 모르게 신음 소리를 냈다.

"이제 깨어났소? 아직은 고통스럽겠지만 곧 괜찮아질 거요."

백호였다. 백호는 백호인데 말투도 그렇고 표정도 그렇고, 천랑을 그처럼 잔인하게 괴롭히던 그 야수가 아니었다. 천랑은 몸의 고통도 잊고 꿈을 꾸나 싶어 멍하니 백호를 바라보았다.

"그대의 의로운 행동이 내 속에 잠자고 있던 기억을 일깨워 주었소. 내가 가진 신성, 고귀한 덕은 의로움이오. 그대가 동료를 구하려고 몸을 던진 순간 난 홀연 잊었던 내 신성을 기억해 낸 거요. 그래서 그대의 동료와 아이에게 내 기를 불어넣어 상처를 치유하고, 정신을 차리게 해 주었소. 그대에게도 몇 번 기를 불어넣었지만 워낙 상처가 심한지라, 깨어나는 데에 시간이 많이 걸렸소. 이제 곧 괜찮아질 거요."

돌아보니, 운백도 다함이도 백호 곁에 앉아 천랑을 지켜보고 있었다. 다함이는 천랑을 보며 눈물을 글썽이고 있었다. 아이의 눈물이 꼭 누이동생 아로의 눈물 같아, 천랑의 마음에 부드럽게 스며들었다. 천랑은 안도의 숨을 내쉬었다. 온몸을 저며 대는 듯한 고통이 조금씩 가라앉고 있었다.

"내가 그대에게 이런 잔인한 짓을 하다니 부끄럽소. 잠시 눈을 감고 조금만 더 쉬도록 하오. 그러면 몸이 개운해질 테니."

백호가 자신의 오른손을 천랑의 오른손에다 댔다. 천랑은 신수의 기가 자신의 몸으로 들어오는 것을 느끼며 눈을 감았다. 고통이 천천히 사라지면서 몸이 편안해졌다. 한참 뒤에 천랑은 자리에서 일어났다. 몸에 느껴지는 기로 보아, 자정이 가까워지고 있었다. 이제 떠나야 할 시간이었다.

백호가 허리에 찬 열쇠로 자물쇠를 열고, 북쪽 벽 문을 열어 주었다. 문 저편에 현무궁의 통로가 어둠 속으로 뻗어 있었다. 백호가 천랑에게 말했다.

"그대가 아니었으면 난 내내 잔인하고 비천한 야수로 살 뻔했소. 그대 덕분에 난 신수로 되돌아왔소. 다시는 야수로 돌아가고 싶지 않구려. 부디 뢰제 폐하의 혼을 구하여, 내가 이 감옥 같은 지하 통로에서 벗어나 예전처럼 대제의 뜰에서 살도록 해 주시오. 그리고, 다음에 만나게 될 현무의 덕은 지혜요. 현무는 나처럼 신수였지만 검은 대제에게 기억을 빼앗기고는 아둔한 짐승이 되어 버렸소. 그대가 내게 한 것처럼 현무의 기억을 일깨울 수 있다면, 현무 역시 나처럼 청룡궁 지하 통로로 들어가는 문을 열어 줄 것이오."

현무

현무궁의 지하 통로는 백호궁의 지하 통로와 비슷했다. 간밤처럼 굽어지거나 꺾어진 마루를 따라 계속 걸으면서 천랑과 운백은 어떻게 현무의 지혜를 일깨울지, 의견을 나누었다. 하지만 현무에게 지혜가 담긴 이야기를 들려 준다는 것 말고는, 둘 다 별 뾰족한 의견이 없었다.

인시(寅時)가 가까워질 무렵, 셋은 쉬어 가기로 하고 마룻바닥에 앉았다. 환약을 먹고 나서, 다함이가 먼저 바닥에 드러누웠다. 다함이가 곤한 숨소리를 내자, 운백이 말했다.

"결과로만 보면 자네의 판단이 옳았고, 자네 덕분에 여기까지 왔네. 하지만 하마터면 큰일날 뻔하지 않았나.

내게 무슨 일이든 의논하겠다고 한 약속, 이제부터는 꼭 지켜 주게나. 나도 내 할 일은 하고 싶어. 자네 혼자 알아서 다 한다면, 폐하께서 무엇 때문에 굳이 나한테까지 계시를 내리셨겠나."

"알겠네, 다음부디는 무슨 일이긴 자네와 의논하겠네. 그리고 순전히 내 힘만으로 우리가 여기까지 온 건 아닐세. 자네 또한 날 구하려고 목숨 걸고 백호를 공격했고, 상처도 입지 않았나. 저 아이 또한 마찬가지고. 결국 우리 셋 다 다른 누군가를 위해 자기 자신을 내던졌고, 그 것이 마침내 백호의 의로움을 일깨운 걸세. 나 혼자 힘으로 된 건 아닐세."

천랑은 자신의 마음을 솔직하게 다 말했다. 서로를 구하려고 함께 죽을 고비를 넘기면서 천랑은 비로소 운백에게 동료로서의 우정을 느꼈다. 그전까지는 동료라는 느낌보다는 뢰제의 아들인 운백을 자신이 지켜야 한다는 의무감이 더 강했다. 이젠 의무감보다는 우정으로, 한층 스스럼없이 운백을 대할 수 있을 것 같았다.

"그리 말해 줘서 고맙네. 하지만……"

운백이 말꼬리를 흐리면서 입을 다물었다. 잠시 어두운 복도에 어둠보다 더 무거운 침묵이 흘렀다. 잠든 다함이에게로 얼굴을 돌리면서 운백이 문득 물었다.

"이 애가 몸에 부적을 지니고 있는 거, 자네도 알고 있지?"

"응."

"처음 이 애한테서 부적의 기운을 느꼈을 때, 난 그 기가 날 격려하는 듯한 느낌이 들었어. 뢰제 폐하를 구하는 데에 몸바치는 것은 아름다운 일이다, 인간 세상과 이 나라를 멸망에서 구하는, 아주 숭고한 일이다. 마치 그런 계시의 말을 들은 듯한 느낌이었다네. 그래서 더더욱 내 할 일을 다하고 싶었어. 지금 내 마음이 이처럼 편치 않은 것도 그 때문일 걸세. 백호의 관문을 통과하면서 내 몫의 일을 제대로 못 한 것 같아서……"

"이제 겨우 첫 번째 관문을 통과했을 뿐이야. 앞으로 우리가 감당해야 할 어려운 일들이 많을 테니, 자넨 분명 자네 몫의 일을 다하게 될 걸세."

"그래. 나도 이제부터는 내 몫의 일을 더 잘하고 싶어."

조금 뒤에 운백도 자리에 드러눕더니 곧 잠이 들었다.

천랑은 잠이 오지 않아 벽에 기댄 채, 홀로 어둠을 쫓고 있는 반딧불 초롱을 바라보았다. 벌써 이틀이 지났다. 죽을 고비를 넘기면서 힘들게 백호의 관문을 통과한 일이 꿈만 같았다. 하지만 그건 겨우 시작일 뿐이었다. 현무와 청룡과 주작의 관문이 아직 남아 있다. 그리고 나머지 세 관문을 무사히 통과한다 해도, 마지막은 결국 죽음이었다. 나흘 뒤, 해가 지기 전까지는 천기전 방 밖으로 뢰제 폐하를 모시고 나와야 하니, 천랑이 살아 있는 시간도 길게 잡아야 그때까지뿐이었다.

'그때까지 또 어떤 고통이 날 기다리고 있을까?'

불쑥 백호에게 얻어맞던 순간의 기억이 뇌리를 쳤다. 몸은 상처 하나 없이 가뿐한데, 기억이 너무 생생하여 천랑은 저도 모르게 얼굴을 찡그렸다. 다시는 그 어떤 고통도 겪고 싶지 않았다.

천랑은 곤히 잠든 다함이의 얼굴을 한 번 보고는 어둠 저편으로 고개를 돌렸다. 어젯밤엔 아이의 천진한 믿음이 천랑의 마음을 잡아 주었지만, 지금은 아니었다. 아이의 가슴께에서 느껴지던 부적의 기도 지금은 희미하기만 했다. 고통스런 기억이 끈질기게 뇌리를 파고들어, 마음이 헝클어진 실타래처럼 어지러워졌다.

'마음이란 이다지도 나약한 것인가……'

천랑은 무언가를 찾으려는 듯 눈을 크게 뜨고 어둠을 응시했다. 어둠 속에서 한 얼굴이 떠올랐다. 사라라 공주……. 아름다운 기억이 빛처럼 머릿속으로 스며들었다. 천랑은 어둠을 응시하며 공주에 대한 기억을 되새기고 또 되새겼다. 기억이 선명하게 각인될수록 살고 싶은 소망, 공주를 꼭 한 번만 더 보고 싶은 소망도 간절해져 그 또한 견디기 쉬운 일은 아니었지만, 천랑은 보물처럼 기억을 움켜쥐었다. 그 기억은 천랑이 길지 않은 남은 삶을 의연하게 살아가도록 지켜 주는 마지막 힘이기 때문이었다.

다음 날 오후에 셋은 환한 빛이 새어 나오는 방 앞에 이르렀다. 거기가 통로의 끝인 듯했다. 방 앞에는 문이 없었다. 다만 널찍한 간격을 두고 커다란 기둥 세 개가 있을 뿐이어서, 셋은 거침없이 안으로 들어갔다.

방은 백호의 방처럼 넓었다. 그러나 방 한가운데 커다란 인공 연못이 있을 뿐, 백호의 방처럼 식탁이나 의자 같은 가구는 전혀 없었다.

천랑은 청룡궁 지하 통로의 문이 어디 있는지, 그것부터 살폈다. 하지만 천랑이 들어온 곳만 틔어 있을 뿐, 맞은편과 양 옆은 단단한 벽이었다. 벽 어디에도 문은 없었다. 운백도 방을 둘러보며 고개를 갸웃했다.

그때 인공 연못에서 커다란 검은 거북이가 고개를 쑥 내밀었다. 현무였다. 현무는 입 안에 펄떡거리는 물고기를 절반쯤 넣고 씹으면서 천랑 일행을 쳐다보았다. 이윽고 현무는 물고기를 마저 꿀꺽 삼키더니 엉금엉금 연못 바깥으로 기어 나왔다. 현무의 몸집은 백호만큼이나 컸는데, 목에 푸른 천을 휘감고 있었다. 현무가 천랑 앞으로 다가오더니 고개를 빳빳이 세우며 물었다.

"네놈들은 뭐냐? 여긴 검운 대제와 대제의 측근들만 올 수 있는 곳인데, 여기까지 어떻게 왔지? 내 친구 백호가 네놈들을 그냥 보냈단 말이냐?"

천랑이 현무를 내려다보며 대답했다.

"네 친구 백호는 기억을 되찾아 신수가 되었다. 그래서 스스로 우릴 보내 주었다. 백호가 일러주더구나. 우리가 네 기억을 일깨울 수 있다면 너 또한 우릴 보내 줄 거라고."

"네가 무슨 말을 하는지 난 도무지 모르겠다. 가고 싶으면 저쪽으로 나가거라."

현무가 두 눈을 껌벅이며 천랑 일행이 들어온 곳을 앞발로 가리켰다.

"거긴 우리가 들어온 곳이다. 우린 청룡궁 지하 통로로 들어가는 문을 찾고 있다. 넌 그 문이 어디 있는지 알지?"

"난 몰라. 찾을 수 있으면 너희들이 찾아봐라. 난 바쁘니까."

"대체 뭐가 그렇게 바쁜 거냐?"

"연못 안에 들어가면 연못 바깥이 궁금하고, 이렇게 바깥에 나와 있으면 연못 속이 궁금해지거든. 그래서 연못 속으로 바깥으로 들락거리다 보면 하루가 훌쩍 가지. 그러니 날 귀찮게 하지 말고, 너희들끼리 놀아."

현무는 어슬렁거리며 방 안을 한 바퀴 돌더니 연못 속으로 들어갔다. 그리고는 조금 뒤에 다시 나와 방 안을 한 바퀴 돌고, 연못 속으로 또 들어갔다. 세상에 중요한 일은 오직 그뿐인 듯, 방 안에 천랑 일행이 있는 것도 아랑곳하지 않았다.

천랑과 운백은 이곳까지 오면서 의논한 대로 현무가 연못에서 나와 방 안을 돌 때마다 현무를 따라다니며 지혜로운 이야기를 들려 주기로 했다.

먼저 천랑이 현무에게 이야기를 들려 주었다. 천랑이 알고 있는 온갖 지혜로운 이야기를 다 들려 주었지만, 현무는 전혀 듣는 것 같지 않았다. 혹시나 싶어 연못 속에 들어가기 전에 해 준 얘기가 무어냐고 물어 보면, 현무는 퉁명스레 대답했다.

"난 몰라. 네가 한 얘기 네가 알지, 왜 나한테 물어?"

천랑은 포기하지 않고 현무가 연못에서 나올 때마다 쉴새없이 이야기했다. 그러다 결국 허공 중에 대고 이야기하는 일에 천랑도 지쳤다. 다음, 운백이 현무를 따라다니며 이야기했지만 마찬가지였다. 나중에는 다함이까지 현무를 졸졸 따라다니며 인간 세상 책에서 읽은 온갖 지혜로운 이야기를 들려 주었지만, 그 역시 대답 없는 메아리였다.

어느새 밤이 왔다. 천랑과 운백, 다함이까지 모두 지쳐, 벽에 기대 앉았다. 현무만이 지치지 않고 연못 속과 방 안을 계속 들락거렸다.

"환약을 먹고 기운을 차린 다음, 다시 시작하세나. 달리 방법이 없으니."

운백이 품에서 환약 주머니를 꺼내면서 말했다. 천랑도 다함이도 환약 주머니를 꺼냈다. 일이 전혀 진척이 없는지라, 허기와 갈증이 다른 날보다 빨리 찾아온 듯했다.

천랑은 주머니를 열어 환약을 꺼냈다. 무심코 꺼냈는데, 작은 환약 두 알과 큰 환약 한 알이 손 안에 있었다. 천랑은 큰 환약은 도로 집어 넣고 작은 환약을 한 알 더 꺼내 먹었다. 허기와 갈증이 가시면서 기운이 났다.

불현듯 큰 환약이 마음에 짚였다. 우레의 환약. 뢰옹은 앞날을 내다보는 능력을 지닌 노신(老神)이었다. 쓰일 데가 없다면 결코 이 약을 주지 않았으리라.

신민들이 몰래 즐겨 읽는 뢰제의 경전, 천랑 또한 즐

겨 읽었던 그 경전에 쓰인 글귀 하나가 불쑥 떠올랐다.

'인간 세상의 어리석은 자들뿐 아니라 신들까지도 우레 소리에 놀라, 혹여 자신에게 무슨 잘못이 없나 돌이켜 보나니, 이에 뢰제께서는 우레 소리로써 천지만물이 지혜를 발하게 하여 탁함과 어리석음을 깨닫게 하시니, 무궁한 조화가 옥(玉)처럼 드러났다가 소리처럼 숨느니라.'

천랑은 비로소 깨달았다. 검은 대제가 지워 버린 현무의 지혜를 일깨울 수 있는 것은 오로지 뢰제의 우레 소리뿐임을. 천랑은 운백에게 자신이 알게 된 사실을 이야기해 주었다. 운백도 아, 그렇구나 하는 눈빛으로 고개를 끄덕였다. 천랑은 품에서 환약 주머니를 꺼내며 말했다.

"내가 먼저 환약을 먹겠네."

"아닐세. 백호한테 이미 자넨 크나큰 고통을 겪었어. 이번엔 내가 먼저 먹겠네. 뢰옹께서도 누가 먼저 이 환약을 먹어야 하는지 순서를 정해 주지 않으셨네. 그냥 둘 중 하나가 먼저 먹어야 한다고만 하셨으니 이번엔 내 차례일세."

물론 뢰옹은 그렇게 말했지만, 뢰옹의 속뜻은 달랐다. 다만 그 속뜻을 운백에게 설명할 수 없는 것이 답답할 뿐이었다.

다함이가 걱정스런 얼굴로 둘을 번갈아 바라보며 물

었다.

"그 약이 몸에 아주 나쁜 약인가요?"

"그런 건 아니고, 다만 먹고 나서 약간 힘이 들 뿐이란다. 하지만 우리가 여기서 나가려면, 우리 둘 중 하나는 약을 먹어야 한단다."

천랑은 걱정 말라는 듯 가볍게 대답하고는 운백을 돌아보았다.

"그럼 이렇게 하세. 공평하게 제비뽑기를 하는 거야. 누가 뽑히든, 그건 뢰제 폐하의 뜻이네. 서로 먼저 약을 먹겠다고 옥신각신해 봤자, 시간만 갈 뿐이야."

"그래, 그게 좋겠어. 그런데 어떤 방법으로 제비를 뽑지?"

"이 아이에게 자네 머리띠와 내 머리띠, 둘 중에 하나를 고르게 하면 돼."

천랑은 먼저 다함이에게 눈을 감으라고 말했다. 그리고는 자신의 머리띠를 풀었다. 운백도 머리띠를 풀었다. 천랑의 머리띠는 하얀색, 운백의 머리띠는 붉은색이었다. 천랑은 머리띠 두 개를 다함이 앞에 놓았다.

"애야, 네 앞에 머리띠 두 개가 있다. 하나만 골라 보렴."

다함이는 눈을 감은 채, 앞을 더듬었다. 머리띠 하나를 만져 보고 또 하나를 만져 보았다. 두 머리띠는 색깔만 다를 뿐, 둘 다 똑같은 비단 띠였다. 다함이는 두 머리띠를 몇 번 번갈아 쥐어 보더니 마침내 하나를 집어 들었다. 하얀 머리띠였다.

역시 그렇구나. 당연한 결과였지만, 천랑은 까닭 없이 가슴 한편이 시렸다.

"골랐어요."

다함이가 눈을 뜨며 말했다. 다함이는 제가 고른 하얀 머리띠를 보고 천랑을 보았다. 그 얼굴에 실망의 표정이 역력했다. 천랑은 다함이가 붉은 머리띠를 고르려 했음을 알았다. 천랑이 더 이상 고통받기를 원치 않는 아이의 작은 배려가 천랑의 마음을 반딧불 초롱처럼 밝혀 주었다.

"약을 드시면 많이 힘드나요?"

다함이가 아까보다 더 걱정스런 얼굴로 물었다. 천랑은 엷게 웃으며 고개를 저었다.

"괜찮을 거다. 넌 잠시 운백 아저씨와 바깥에 나가 있는 게 좋겠구나."

천랑은 다시 머리띠를 묶으면서 말했다. 자신이 고통스러워하는 모습을 아이에게 보이고 싶지 않았고, 우레 소리도 염려가 되었다.

"이 아이를 데리고 잠시 나가 있게. 될 수 있는 한 멀리 가 있게. 만약 우레가 울리면 소리가 엄청날 테니. 얼마간 기다리다가 우레가 울리지 않으면 도로 들어오게. 그땐 자네가 약을 먹고 우레를 울려야 하니까."

운백이 다함이를 데리고 기둥 저편, 마루로 나갔다. 현무는 셋이 무엇을 하든 알 바 아니라는 듯, 방 안을 어슬렁거리다 도로 연못 속으로 들어갔다.

천랑은 방 한쪽에 우뚝 서서 환약 주머니를 열었다. 큰 환약을 꺼내는 순간 백호에게 당한 일이 기억났다. 천랑은 저도 모르게 몸을 떨었다. 천랑은 눈을 감고 천천히 심호흡을 했다. 숨을 깊이 들이마시면서 사라라 공주를, 한숨처럼 내쉬면서 아로와 다함이를 생각했다.

천랑은 눈을 떴다. 환약 주머니를 도로 품 속에 넣고, 큰 환약을 삼켰다.

순간 천랑은 두 눈을 부릅뜨며 가슴을 움켜쥐었다. 가슴이 찢어지는 듯한 통증이 엄습하면서 숨을 쉴 수가 없었다. 통증은 순식간에 온몸으로 퍼졌다. 뢰옹의 말대로, 몸 안에 들어간 강한 양과 음의 기운이 천랑의 몸을 갈기갈기 찢어 놓으려고 서로 부딪치며 요동을 치는 것 같았다. 천랑은 비틀거렸다. 고통은 백호에게 언어맞을 때보다 훨씬 심했다. 그래도 된다면 그 자리에서 그냥 고꾸라지고 싶었다.

그러나 천랑은 안간힘을 다해 버텼다. 비틀거리다 거의 쓰러지기 직전에 몸을 일으켰고, 한쪽 팔을 허공으로 뻗으려 해 보았다. 팔이 쇳덩이처럼 무거워 손가락 하나도 치켜들 수 없을 것만 같았다. 천랑은 온몸의 기를 그러모아 한쪽 팔을 치켜들었다. 견디기 힘든 고통에 온몸을 떨면서 천랑은 마음 속으로 외쳤다.

'울려라, 우레야. 제발 울려 다오.'

순간 천랑은 온몸이 갈가리 찢어지는 듯한 끔찍한 고통을 느꼈다. 더 이상은 버틸 수가 없어, 천랑은 풀썩 쓰러졌다. 바로 그때 우르르 쾅 우레가 울었고, 천랑은 정신을 잃었다.

한참 뒤에 천랑은 눈을 떴다. 바로 눈앞에 현무가 두 눈을 껌벅거리고 있었다. 천랑이 몸을 일으키려 하자 현무가 말했다.

"잠깐 그대로 누워 있으시오. 내가 그대에게 내 숨결을 불어넣었으니, 조금 있으면 몸이 원상태로 회복될 거요. 그대가 목숨 걸고 우레를 울려 주어, 난 잃었던 지혜를 되찾았소. 아둔한 짐승에서 도로 신수가 된 거요."

현무 옆에 운백과 다함이도 앉아 있었다. 운백이 떨리는 목소리로 말했다.

"자네가 해낸 걸세. 자네가."

천랑은 눈을 감았다. 또 한 고비 넘겼다는 안도감보다 피로감이 먼저 엄습했다. 이대로 내내 쉬고 싶었다. 문득 천랑은 누군가의 손이 자신의 손을 살그머니 잡는 것을 느꼈다. 천랑은 눈을 떴다. 다함이가 천랑의 손을 꼭 잡은 채 천랑을 보고 있었다. 어서 기운 차리고 일어나세요, 하는 눈빛으로 아이는 천랑을 바라보고 있었다.

천랑은 아이에게 한 번 웃어 주고는 도로 눈을 감았다. 피로감이 서서히 물러가는 것 같았다. 천랑은 한동안 눈을 감고 자는 듯이 누워 있다가 자리에 일어났다. 어젯밤 백호궁을 떠날 때보다 한층 깊은 밤이었다. 서둘러 떠나야 했다. 현무가 말했다.

"청룡궁 지하 통로로 들어가는 문은 물 속에서 열 수 있소. 내 속에 깃든 신성인 지혜를 잊으면서, 다른 일들까지도 기억하지 못하는 바보가 되어 버렸소. 그래서 문이 있다는 것조차 잊고 말았던 거요. 문은 바로 저기요."

현무가 앞발을 들어 한쪽 벽을 가리켰다. 기둥 맞은편 벽이 아니라, 연못 오른쪽, 동쪽 벽이었다. 현무는 엉금엉금 기어 연못 속으로 들어갔다. 조금 뒤 동쪽 벽이 옆으로 스르르 밀리면서 어두운 청룡궁의 지하 통로가 드러났다. 현무가 물 속에서 나왔다.

"어서 가서 뢰제 폐하의 혼을 구하시오. 나도 이제 더는 이 지하 감방에서 아둔한 짐승 노릇은 하고 싶지가 않소. 검은 대제의 뜰에 있는 내 연못으로 가고 싶소. 그리고 다음 파수꾼은 청룡이오. 청룡에게도 한 가지 고귀한 덕이 있었지만, 그 신성을 일깨울 순 없을 거요. 푸른 대제가 다른 대제보다 더 철저하게 청룡의 덕을 지워 버렸으니까. 지금 청룡은 고집불통 짐승인 데다 말이 전혀 통하지 않으니 청룡하고는 아마 싸워야 할 거요. 백호만큼은 아니지만 청룡도 사나운 짐승이라, 맨손으로는 결코 대적할 수 없소. 다만 청룡은 쇠붙이에 약하니, 칼로 싸우면 이길 가능성은 있소. 게다가 푸른 대제는 청룡이 죽어야만 주작궁 지하 통로로 들어가는 문이 저절로 열리게끔 해 놓았소. 대제가 아니면 아무도 청룡을 죽일 수 없다는 걸 믿고 그리한 거지만, 여기 꼭 하나 청룡을 죽일 비법이 있소."

현무가 입을 열고 바닥에다 무언가 뱉어 놓았다. 작고 동그란 푸른색 구슬이었는데, 꼭 포도 알 같았다.

"이걸 지니고 있다가 필요할 때 눌러 터뜨리시오. 그러면 독즙이 나올 테니, 칼에다 바르시오. 청룡에게 치명적인 독이라, 이 독을 바른 칼에 몇 번만 찔리면 청룡도 죽고 말 거요."

갑자기 현무가 땅이 꺼져라 한숨을 내쉬더니 눈물을 뚝뚝 흘렸다.

"사실 우리 네 마리 신수는 아주 절친한 사이요. 내가 목에 푸른 천을 감고 있는 것만 봐도 알겠지만, 청룡은 특히 내가 사랑하는 친구요. 허나 어쩌겠소. 청룡보다는 뢰제 폐하의 혼을 구하는 일이 먼저인 것을. 가슴이 찢어지는 아픔을 참으면서, 이 독을 그대들에게 주는 것이오."

청룡

청룡궁의 지하 통로도 지나온 지하 통로와 거의 같았다. 셋은 초롱에 의지하여 걷고 또 걷다가 피곤을 느낄 때쯤, 바닥에 자리잡고 앉았다. 환약을 먹고 다함이가 먼저 잠들자 운백이 말했다.

"내일 청룡과 싸우는 일은 내게 맡기게. 어차피 자넨 칼도 없고, 여태까지 혼자 큰일을 많이 했으니."

천랑은 고개를 끄덕였다. 칼도 없는 데다 아무리 짐승이라도 고통을 주는 일은 하고 싶지 않았다. 하지만 끝까지 운백에게만 맡겨둘 수는 없을 터였다. 운백이 청룡과 싸우다 지치면 천랑이 대신 나서야 한다. 그건 어려운 일을 함께하는 동료로서 당연한 일이었다. 운백이 뢰제의 아들이라는 사실은 그 다음 문제였다.

"자네가 청룡과 싸우기 전에 내가 청룡과 한번 얘기해 보고 싶어. 아무리 기억을 잊었다지만 청룡은 신수가 아닌가. 아니 예사 짐승이라도 그래. 죽인다는 건 좀……."

천랑은 말꼬리를 흐렸다.

"백호나 현무처럼 청룡도 신수로 돌아올 수만 있다면 얼마나 좋겠나. 하지만 그게 불가능하니까, 현무도 울면서 우리에게 독을 준 걸세. 게다가 청룡이 죽어야 문이 저절로 열린다지 않는가. 푸른 대제도, 주작궁으로 통하는 지하 통로까지 뚫리면 끝장이다 싶어서, 그런 극단적인 장치를 해 놓았을 거야."

천랑은 속으로 한숨을 내쉬었다. 운백의 말에는 한 치의 틀림도 없었다. 세상 모든 일에는 어쩔 수 없는 희생이 있게 마련이다. 뢰제의 혼을 구하기 위해, 지금까지 많은 계시 받은 젊은이들이 목숨을 바친 것처럼, 청룡 또한 우리의 길을 터 주기 위해 목숨을 바쳐야 하는 것이리라.

다음 날 늦은 오후에 셋은 청룡궁 지하 통로 끝에 이르렀다. 통로의 끝은 굳게 닫힌 나무문이었다. 문고리를 잡고 바깥 쪽으로 당기자 문이 삐걱 열리면서 환한 빛이 쏟아졌다. 셋은 등불이 환하게 밝혀진 널찍한 방 안으로 들어섰다.

천랑은 먼저 지하 통로의 문이 어디 있나 살펴보았다. 하지만 보이는 건 사방을 둘러싼 단단한 벽과, 자신들이 들어온 나무문뿐이었다.

방 안쪽, 왼편에는 푸짐하게 차린 식탁이, 오른편 바닥에는 보드라운 풀이 깔려 있었다. 청룡의 잠자리인 듯했다.

청룡은 네 다리로 방 안을 뚜벅뚜벅 걸어다니고 있었다. 몸은 뱀 같은데 온통 푸른 비늘이 뒤덮인 청룡은 몸통도 큰 뱀의 두세 배, 몸 길이도 보통 뱀보다 두 배 이상은 되는 것 같았다. 머리에는 뿔이, 발에는 날카로운 발톱이 있고, 네 발목에는 붉은 댕기가 곱게 매어져 있었다.

생각에 잠긴 듯이 방 안을 천천히 걸어다니던 청룡이 문득 문 쪽을 돌아보았다. 청룡은 크고 부리부리한 눈알을 굴리며 문 앞에 서 있는 셋을 번갈아 바라보았다.

"웬 놈들이냐? 어떻게 여기까지 왔지? 지금까지 겁없는 젊은 놈이 지하 통로에 침입했다는 말은 해마다 몇 번씩 들었지만, 여태껏 여기까지 온 놈은 하나도 없었는데……."

천랑이 대답했다.

"우린 주작궁 지하 통로로 들어가는 문을 찾고 있다. 우리한테 그 문이 어디 있는지 알려 줄 수 없겠느냐?"

"문은 원래 없나. 내가 문이다. 어떤 놈도 나를 죽이지 않고는 다음 통로로 들어가지 못하리라."

"정 그렇다면 너와 싸울 수밖에 없구나. 우린 널 베고서라도 주작궁 지하 통로로 들어가야만 하니……."

운백이 칼을 뽑으며 청룡 앞으로 나섰다. 현무가 준독을 미리 발라 둔 칼이었다. 청룡이 비웃듯 푸하하 웃음을 터뜨렸다.

"감히 그따위 장난감 같은 칼로 나를 베겠다고? 어림없는 소리 말아라. 내 주인인 푸른 대제 말고는 아무도 날 죽이지 못해. 네가 나한테 죽고 싶어 안달이 난 모양인데, 덤빌 테면 어서 덤벼라. 나도 심심하던 참인데 잘 됐군."

"자넨, 아이를 데리고 문 밖에 나가 있게."

운백이 천랑을 돌아보며 말했다. 칼도 없는 천랑과 어린 다함이가 방 안에 있는 것은 위험하기도 하고, 청룡과 싸우는 데에 방해가 될 수도 있었다.

"아이는 방 밖에 있게 하고, 나는 문 앞에 서 있겠네.

청룡과 싸우다 자네가 지치면 내가 교대해야 할 테니."

운백이 고개를 끄덕였다. 천랑은 초롱을 든 다함이를 데리고 마루로 나갔다.

"넌 여기서 기다려라. 싸움이 끝나면 부를 테니. 알았지?"

다함이는 천랑과 같이 있고 싶었지만, 싸움을 지켜보는 것은 아무래도 무서울 것 같아 잠자코 고개를 끄덕였다. 천랑은 다함이를 마루에 남겨 두고 방으로 들어왔다. 방문을 닫고 방문 앞에 섰다. 운백은 벌써 청룡과 싸우고 있었다.

청룡은 몸집이 크고 긴 대신 움직임이 느렸다. 단숨에 운백을 잡아먹을 듯 큰 입을 벌리고 덤벼들기도 했고, 운백의 몸을 뱀처럼 휘감으려 했으나, 그때마다 운백은 재빨리 잘 피했다. 게다가 운백이 휘두르는 칼을 피하면서 공격을 하려니, 공격이 거칠기만 할 뿐, 정확하지 못했다.

운백은 칼솜씨가 뛰어났다. 청룡의 거친 공격을 칼로 교묘히 막아 내면서 쉴새없이 청룡을 공격했다. 몇 번, 큰 상처는 아니지만 청룡에게 상처도 입혔다.

하지만 운백도 여러 번 청룡의 꼬리에 맞아 나가떨어지고, 발톱에 상처를 입었다. 그럴 때 천랑이 교대하려

했지만, 운백은 손을 내저으며 다시 청룡과 싸웠다. 싸움은 지루하게 계속되었다. 운백도 청룡도 상처를 많이 입었고, 숨을 헐떡였다. 공격하고 방어하는 몸짓이 눈에 띄게 느려졌다.

어느새 밤이었다. 천랑은 상처 입고 힘들어하는 운백을 지켜보기가 안쓰러워, 운백에게 소리쳤다.

"운백, 칼을 내게 넘겨 주게. 자넨 너무 지쳤어."

"조금 더 버틸 수 있어. 지금은 그럴 틈도 없고."

청룡과 운백은 한 치의 빈틈도 없이 서로 공격하고 방어하고 있는지라, 운백이 천랑에게 칼을 넘겨 줄 겨를이 없었다. 자칫하다가는 칼을 넘겨 주는 순간에 운백과 천랑이 한꺼번에 청룡의 공격을 받을 수도 있었다. 아무래도 운백이 틈을 보아 스스로 칼을 넘겨 줄 때까지 기다려야 할 것 같았다.

갑자기 청룡이 크르릉거리며 운백의 몸을 덮쳤다. 천랑이 다급하게 소리쳤다.

"조심해, 운백!"

운백은 가까스로 몸을 피하면서 칼을 내뻗었다. 칼은 청룡의 몸 한가운데 깊이 박혔다. 청룡이 긴 몸을 요동치며 처절하게 울부짖었다. 운백은 재빨리 칼을 뽑았고, 순간 청룡이 꼬리를 세차게 휘둘렀다. 꼬리는 정확하게 운백의 가슴을 후려쳤다. 운백은 비명을 지르며 칼을 쥔 채 저만치 나가떨어졌다. 천랑은 운백에게 달려갔다.

"괜찮은가?"

운백은 얼굴을 일그러뜨리며 힘겹게 몸을 일으키더니 청룡부터 살폈다. 저만치 앞쪽에 청룡이 죽은 듯이 널브러져 있었다. 거친 숨소리와 신음이 들렸다.

"독이 퍼지는 모양일세. 난 도저히 힘을 쓸 수 없으니, 자네가 청룡의 숨통을 끊어 주게. 저러다 기운을 되찾아 공격하면 우린 이곳을 빠져 나갈 수가 없어."

천랑은 운백의 칼을 집어 들고 청룡에게 다가갔다. 청룡은 널브러진 채 온몸을 가늘게 떨고 있을 뿐, 천랑이 다가가는데도 꼼짝을 하지 못했다.

'고통스럽지 않게 단칼에 끝내 주마. 어쩌겠느냐, 네가 죽어야 문이 열리는 것을……'

천랑은 두 손으로 칼자루를 잡고 칼을 치켜들었다. 순간 천랑의 눈이 청룡의 눈과 마주쳤다. 청룡은 크고 부리부리한 두 눈에 고통과 슬픔을 가득 담고 천랑을 쳐다보고 있었다. 청룡의 그 눈에 난폭함이나 살기는 없었다. 집에 두고 온 하늘늑대 마리우스가 생각났다. 고통과 슬픔 어린 청룡의 눈은 주인에게 사랑을 구하고 도움을 청하는 마리우스의 눈과 다르지 않았다. 청룡의 두 눈에서 굵은 눈물 방울이 뚝뚝 떨어졌다. 천랑은 저도 모르게 치켜든 칼을 내렸다.

"왜 그러나?"

기운을 좀 차렸는지, 운백이 다가와 물었다.

"꼭 죽어야 할까? 이렇게 상처를 심하게 입었는데……."

"청룡이 죽지 않으면 우린 여기서 나가지 못해. 자네가 못하겠으면 내가 하겠네."

청룡과 싸우느라 지친 운백에게는 미안한 일이지만, 천랑은 도저히 청룡을 죽일 자신이 없었다. 청룡이 죽는 것을 지켜볼 자신도 없었다.

"그럼 자네가 하게."

천랑은 운백에게 칼을 넘겨주고 발길을 돌렸다. 하지만 발길을 돌리고 눈길을 돌린다고 마음에서 사라지는 것은 아니었다. 눈물을 뚝뚝 흘리던 청룡의 두 눈이 천랑의 발목을 잡았다. 한 번만 청룡에게 기회를 주자는 생각이 들었다. 청룡과 마음을 터놓고 이야기해 보면, 어쩌면 방법을 찾을 수 있을지도 모른다.

천랑은 몸을 돌렸다. 운백이 칼을 치켜들고 청룡을 막 내리 찌르려 하고 있었다.

"잠깐만!"

천랑은 마음이 급해 운백을 밀치면서 소리쳤다. 순간 천랑은 가슴에 타는 듯한 통증을 느끼면서 짧게 비명을 질렀다. 청룡을 찌르려던 운백의 칼이 천랑의 가슴 깊숙이 박혀 버린 것이다. 운백이 눈을 휘둥그레 뜨며 급히 칼을 뽑았다. 선홍빛 피가 천랑의 하얀 저고리를 물들였다.

천랑은 한 손을 가슴에 대고 주저앉았다. 칼에 바른 독 때문인지, 가슴이 타는 듯이 아팠다. 운백이 칼을 내던지며 천랑 앞에 앉았다.

"많이 아픈가? 어쩐다지, 독이 곧 퍼질 텐데."

운백이 파랗게 질린 얼굴로 말했다. 운백은 거의 제정신이 아닌 듯했다. 천랑은 지그시 고통을 참으며 겨우 말했다.

"자네 잘못이 아니야. 내가 너무 성급했어. 날 좀 눕혀 주게. 어지러워."

운백이 조심스레 천랑을 바닥에 눕혀 주었다.

그때였다. 저만치 널브러져 있던 청룡이 요란한 소리를 내며 천장으로 솟구쳐 올랐다. 천장에서 온몸을 한 번 크게 요동친 다음, 바닥으로 사뿐히 내려앉았다. 청룡은 상처 하나 없는 말짱한 모습으로 뚜벅뚜벅 걸어오더니 앞발로 칼을 집어 저만치 던져 버렸다. 천랑도 운백도 멍하니 청룡을 바라보기만 했다. 청룡이 누워 있는 천랑에게 다가왔다. 운백이 앉은 자리에서 천랑 앞을 가로막았다. 청룡이 입을 열었다.

"난 짐승이 아니고 신수요. 내가 할 일이 있으니 비키시오."

청룡의 말에는 신수다운 위엄이 있었다. 운백이 순순히 길을 내주었다. 청룡이 천랑 바로 앞으로 왔다.

"그대의 여리고 어진 마음이 내 속에 깃든 신성을 깨우쳐 주었소. 내가 가진 덕은 인(仁)이요. 아마도 현무는 내 덕이 무엇인지 말하지 않았을 거요. 내 덕은 일깨워 줄 수 없다고 말했을 거요. 그 고약한 독을 준 것만 봐도 알 수 있소. 만약 현무가 내 덕을 말해 주었다면 그대는 결코 내 신성을 일깨우지 못했을 거요. 왜냐하면 인은 결코 의도적으로 지어내 보일 수가 없는 것이니까. 지혜로운 현무는 그걸 알고, 그대들에게 날 죽여야 한다고 거짓말을 한 거요. 내가 신성을 되찾는 순간, 조화를 부리는 능력도 되찾아 독을 능히 치유하리란 것도 알고 있으니까."

천랑은 이를 악물고 고통을 참으며 청룡의 말을 듣고 있었다. 갑자기 가슴에 격한 통증이 왔다. 찔린 자리를 한 번 더 찔리는 듯 아팠고, 그 아픔은 이내 온몸으로 퍼져나갔다. 독이 퍼지는 듯했다. 천랑은 신음하며 눈을 감았다.

"어서 저고리를 젖히고 내게 상처를 보여 주시오. 내게 해독제가 있으니."

운백이 얼른 다가와 천랑의 겉저고리와 속저고리를 열어 젖히고, 가슴의 상처를 청룡에게 보여 주었다.

"해독제는 바로 내 침이오. 내 침 속에 신령한 내 기가 다 스며 있소."

청룡이 입을 크게 벌리자 상처 위로 침이 툭툭 떨어졌다. 천랑은 움찔했다. 청룡의 침이 상처에 닿는 순간, 불에 덴 듯 화끈거렸기 때문이었다. 그러나 이내 그 화끈거림이 잦아들면서 온몸으로 번져 가던 통증이 가라앉았다.

"이제 됐소. 상처가 아물었으니, 조금 뒤에 일어나면 될 거요."

운백이 천랑의 속저고리와 겉저고리를 여며 주었다. 천랑은 눈을 감은 채 잠시 그대로 누워 있었다. 이윽고 천랑이 일어나자 청룡은 천랑의 가슴에 후 입김을 불었다. 칼에 찢기고 피얼룩이 져 있던 저고리가 도로 하얀 새 옷이 되었다. 청룡은 운백에게도 입김을 불어, 기운을 차리게 해 주었다.

밤이 꽤 깊었다. 천랑은 마루로 나갔다. 다함이는 기다리다 지쳐 머리맡에 초롱을 놓고 마루에 웅크린 채 자고 있었다. 그 모습이 애처로웠다. 천랑은 웅크리고 앉으면서 가만히 다함이를 깨웠다.

"애야, 일어나거라. 일이 다 잘되었단다. 이제 또 떠나야 한다."

다함이가 일어나더니 와락 천랑의 목을 그러안았다.

"아저씨가 또 해내셨군요. 아저씨가 해내실 줄 전 알고 있었어요."

아이의 믿음이 천랑의 마음을 따뜻하게 데워 주었다. 천랑은 엷게 웃었다.

"나보다는 운백 아저씨가 더 많은 일을 했어. 몇 시간 동안 청룡하고 싸웠거든. 자, 어서 들어가자."

천랑은 다함이의 손을 잡고 방 안으로 들어왔다.

청룡이 남쪽 벽을 향해 서더니 후 입김을 길게 불었다. 구름처럼 뿜어져 나온 입김이 남쪽 벽에 가 닿자, 순식간에 벽이 허물어지면서 지하 통로가 나타났다. 청룡이 천랑에게 작별 인사를 했다.

"어서 가서 뢰제 폐하의 혼을 구하시오. 나도 더 이상은 고집불통 짐승으로 되돌아가고 싶지 않소. 다음 파수꾼은 주작이오. 주작의 덕은 예(禮)요. 신수였을 때 주작은 우리 중 가장 예절바르고 우아했으나, 지금은 교만하고 허영심 많은 새일 뿐이오. 예의 가장 높은 경지는 악(樂)이요. 아까 보니 그대 품 속에 피리가 있더군. 신수였을 때 주작은 누구보다 아름답게 노래를 부를 줄 알았고, 음악을 감상하는 능력도 뛰어났소. 지금은 노래를 부를 줄도, 음악을 들을 줄도 모르지만, 주작의 신성을 일깨우는 방법은 계속해서 음악을 들려 주는 방법밖에는 없소. 그대가 주작에게 피리를 들려 주시오. 단, 주작이 자신의 덕을 깨우칠 때까지 한 순간도 쉬지 말고 계속 피리를 불어야 하오."

주작

그날 밤, 주작궁의 지하 통로에서 다함이와 운백이 잠들었을 때 천랑은 피리를 꺼내 불었다. 내일 주작에게 들려 줄 곡들을 미리 불어 보는 것이다. 죽기 전에 마음껏 피리를 불게 되어 다행이다 싶었다. 피리의 오묘한 선율 따라 사라라 공주의 얼굴이 떠올랐다. 공주에게 피리 소리를 꼭 한 번만이라도 들려 주고 싶은데, 이제 천랑에게 남은 시간은 이틀뿐이었다.

'난 다음 세상을 믿소. 다음 세상에서 우린 꼭 다시 만날 거요, 공주.'

몇 곡조 더 불다가 천랑은 피리를 품 속에 넣고 자리에 누웠다. 얼마나 오래 피리를 불어야 주작이 자신의 신성을 깨우칠까. 그런 생각을 하다 천랑은 잠이 들었다.

다음 날 해질 무렵, 천랑 일행은 주작궁 지하 통로 끝에 이르렀다. 통로 끝에는 역시 방이 있었다. 들어가는 문은 없고, 대신 잠자리 날개 같은 얇고 투명한 휘장이 쳐져 있었다.

휘장을 젖히고 안으로 들어가기 전에, 천랑은 환약을 미리 먹었다. 아직 허기나 갈증을 느끼는 건 아니지만 한번 피리를 불기 시작하면 계속 불어야 한다. 피리를 부는 도중에 허기나 갈증을 느껴 불기를 멈춘다면, 주작의 신성을 영영 일깨우지 못할지도 모른다. 그런 일이 없도록, 다른 때보다 곱절로 환약을 먹었다.

"어쩌면 밤새도록 피리를 불어야 할지도 몰라. 자네나 이 아이가 같이 밤을 샐 필요는 없으니까, 잠이 오면 자도록 해."

"우리 걱정은 말게. 쉬지 않고 피리를 불어야 하는 자네가 힘들지, 우린 괜찮아."

셋은 방 안으로 들어갔다. 방은 넓고, 등불 빛으로 환했다. 바닥에는 갖가지 새 깃털로 엮어 만든 화려한 깔개가 깔려 있어, 푹신하고 포근했다. 방 가운데는 장식이 요란한 탁자와 의자가 있고, 탁자 위에는 반짝이는 은 식기가 놓여 있었다.

그 방 역시 휘장이 쳐진 곳 말고는 세면이 모두 벽이고, 벽마다 여러 개씩 거울이 걸려 있었다. 둥근 거울, 네모난 거울, 마름모꼴 거울, 꽃 거울, 별 거울 등, 거울의 모양도 다양했다. 어쩌면 그 중 어느 한 거울 뒤편에 란궁으로 가는 비밀 문이 있을지도 몰랐다.

왼쪽 벽면에 걸린 불꽃 모양의 거울 앞에 키가 육 척쯤 되는 커다란 새 한 마리가 서 있었다. 얼굴은 닭 같고, 긴 목은 뱀, 등은 거북이, 꼬리는 물고기, 날개는 원앙처럼 생긴 새인데, 용처럼 몸에 비늘이 있고 온몸이 붉었다. 목에 걸고 있는 눈부신 황금빛 목걸이로 인해, 온몸의 붉은 색이 한층 돋보이는 그 새가 바로 주작이었다.

주작은 거울 앞에 서서 자신의 모습을 황홀한 듯 바라보며 중얼거렸다.

"역시 나는 대단히 아름다워. 뢰제의 나라에서 나보다 더 아름다운 존재가 또 있을까?"

"네가 아름답기는 하지만 그건 겉모습일 뿐이다. 네 속에 깃든 신성을 기억해 낸다면, 넌 진정한 아름다움을 지닌 새가 될 텐데……."

천랑이 말했다. 주작이 홱 돌아서더니 사뿐사뿐 걸어 천랑 일행 앞으로 왔다.

"네놈들은 누구냐? 여기까지 어떻게 왔지? 백호, 현무, 청룡이 가만히 있지는 않았을 텐데……."

"네 친구들은 모두 신성을 되찾아 다시 신수가 되었다. 너도 네 덕을 되찾아 신수로 돌아가야 하지 않겠느냐?"

"내 부리로 네 눈알을 쪼아 버리기 전에 어서 썩 꺼지지 못해?"

"우린 뢰제 폐하의 란궁으로 가야 한다. 그곳으로 가는 문은 어디 있느냐?"

"그 문이 어디 있는지 난 확실히 알지. 하지만 절대 안 가르쳐 줘. 난 시종들이 필요하거든. 너희들이 꺼지기 싫다면 여기 눌러 살면서 내 시중이나 들도록 해. 날마다 맛있는 모이를 은 식기에 담아 잔뜩 먹여 줄 테니."

"우리가 여기 좀 앉아도 될까?"

천랑이 바닥을 가리키며 물었다. 주작은 한동안 천랑을 빤히 보더니, 운백과 다함이도 한 번 돌아보았다.

"나만큼은 아니지만 웬만큼 생긴 것들이군. 난 못생긴 것들은 딱 질색이거든. 내 깔개에 앉아도 돼. 근데, 거기 앉아서 뭘 하려는 건데?"

셋 다 자리에 앉자, 천랑이 품에서 피리를 꺼내며 말했다.

"이건 피리야. 아주 아름다운 소리를 내지. 너도 피리 소리를 듣다 보면 음악이 얼마나 아름다운지 알게 될 거다."

"세상에 나보다 아름다운 건 없어. 만약 피리 소리가 시끄러우면 그땐 낭상 너희들을 쫓아 낼 테니, 알아서 해."

천랑이 피리를 불기 시작했다. 화사하면서도 애조 띤 가락이 흘러 나왔다. 주작은 잠시 고개를 갸웃하고 듣는 듯하더니 이내 콧방귀를 뀌었다.

"고작 모기 우는 소릴 가지고 아름답다는 거야? 시끄럽지는 않으니 계속 불든 말든 마음대로 해. 난 내 할 일을 할 테니."

주작은 다시 벽에 걸린 거울 앞으로 갔다. 거울 앞에서 홀린 듯 제 모습을 바라보다가 다음 거울로 가서 또 들여다보았다. 벽을 따라 거울 앞을 순례하면서 질리지도 않고 계속 거울만 들여다보았다. 천랑이 부는 피리 소리는 귀에 전혀 들리지도 않는 듯했다.

천랑은 계속 피리를 불었다. 자신이 알고 있는 모든 아름다운 곡조를 차례대로 불었다. 피리 불기를 좋아하는 천랑이지만, 쉬지 않고 피리를 불려니 차츰 힘에 부쳤다. 운백과 다함이가 옆에 앉아 응원하듯 피리 소리에 귀

기울일 뿐, 주작은 아예 귀를 막아 버린 것 같았다. 거울 따라 세 벽면을 몇 바퀴나 돌더니, 식탁 앞에 앉아 은 식기에 담긴 모이와 물을 먹는 등, 제 할 일만 할 따름이었다.

밤이 깊었다. 주작은 또 거울 앞을 순례했다. 천랑의 이마에서 진땀이 흘렀다. 숨도 차고, 혀와 입술도 얼얼했다. 손가락도 마찬가지로 감각이 별로 없었다. 꼼짝 않고 앉아서 피리를 부는지라, 온몸이 뻐근했다.

다함이가 바지 주머니에서 손수건을 꺼내 천랑의 이마에 맺힌 땀을 닦아 주었다. 아이의 그 정성스런 몸짓이 아로를 생각나게 했다. 피리 불기의 힘겨움이 조금은 덜어지는 듯했다. 천랑은 아이에게 마음이 담긴 눈길을 한 번 주고는 계속 피리를 불었다. 주작은 피리 소리에 아랑곳 않는데, 시간은 피리 소리 따라 흐르고 또 흘렀다.

새벽이 왔다. 이마의 땀을 닦아 주던 다함이는 벌써 잠이 들었고, 대신 땀을 닦아 주던 운백도 앉은 채 졸고 있었다. 벽을 따라 여러 바퀴째 거울 앞을 순례하던 주작도 이젠 지쳤는지 의자에 앉아 꼬박꼬박 졸기 시작했다.

천랑 혼자만 깨어 아무도 듣지 않는 피리를 불고 있었다. 온몸이 땀으로 흠뻑 젖고, 입술도 손가락도 마비된 듯했다. 온몸의 기가 다 빠진 듯 눈앞이 횡했다. 피리 불기를 그처럼 좋아했는데, 그 일이 이렇듯 고통스러운 일이 되다니…….

왈칵 외로움이 밀려왔다. 모두가 잠든 밤에 홀로 깨어 있는 외로움, 좋아하는 일이 고통이 되어 버린 외로움, 이제 곧 삶의 마지막 날을 맞아야 하는 외로움, 무엇보다 사랑하는 사라라 공주를 다시는 볼 수 없다는 지독한 외로움…….

이제 알고 있는 곡은 다 불었다. 또 무슨 곡을 불어야 할지 도무지 생각나지 않았다. 천랑은 손가락이 움직이는 대로, 혀와 입술이 숨결을 불어넣고 싶은 대로 피리를 불기 시작했다. 처음 뢰제의 계시를 받았을 때의 감정이 피리 가락으로 흘러나왔다. 뢰옹을 만나 자신이 뢰제의 아들이 아님을 알았을 때의 마음도 묻어 나왔다. 사라라 공주를 만났을 때의 황홀한 기억이 소용돌이치며 흘러나와 온 방 안이 휘황한 선율로 출렁거렸다. 백호를 만나 견디기 힘든 고통을 겪고, 그 고통이 한순간에 치유되고, 그러다 다시 되풀이되는 고통과 치유 속에서 자신을 지키기 위해 오롯이 잡고 있던 공주에 대한 기억…….

천랑의 두 눈에 눈물이 고였다. 천랑은 눈을 질끈 감았다 뜨면서 눈물을 억제했다. 하지만 마음의 눈물은 멎게 할 수가 없었다. 마음의 흐느낌이 피리 소리로 흘러

나왔다. 피리를 불면서 천랑은 마음으로 울고 또 울었다. 눈물이 마음을 가득 채우고 흘러 넘칠 때까지, 흘러 넘친 눈물이 아스라이 잦아들 때까지 천랑은 피리와 함께 울었다.

몸에 느껴지는 기가 해가 떠오르고 있음을 알려 주었다. 한없이 고요하면서도 해맑은 피리 소리가 방 안 가득 울려퍼졌다. 해가 뜨고, 천랑의 마음에도 아침햇살이 스며들었다. 불현듯 고통스러운 기억 하나가 떠올랐다. 천랑은 기억에 그냥 마음을 맡겼다. 기억이 아프다면 아픈 대로 견디리라. 그런데 신기하게도 기억이 전혀 아프거나 고통스럽지 않았다. 기억은 그냥 기억일 뿐이었다. 지나간 일도, 앞으로 다가올 일도, 이젠 어떤 일이건 다 받아들일 수 있을 것 같았다. 한없는 고요함 속에서 문득 기쁨이 샘물처럼 솟구쳤다.

갑자기 방 안이 기우뚱했다. 마음은 가뿐한데, 몸의 기가 다한 모양이었다. 그대로 쓰러질 것 같았지만 천랑은 남은 힘을 그러모아 피리를 불었다.

홀연 푸드득 날개치는 소리가 들렸다. 의자에 앉아 있던 주작이 단숨에 날아오르더니 천랑 앞에 내려앉았다. 천랑은 내쳐 피리를 불면서 무슨 일이 생긴 것인지 헤아려보려 애썼다.

"정말 아름다운 소리예요. 드디어 기억났어요. 내가 얼마나 음악을 사랑했는지를."

천랑은 피리 불기를 멈췄다. 주작에게 확인하듯 무언가 물어 보려 했으나 눈앞의 모든 것이 한 바퀴 핑그르르 돌았다. 천랑은 피리를 떨어뜨리면서 그대로 쓰러지고 말았다.

천랑이 깨어난 것은 한낮이었다. 주작과 운백과 다함이가 걱정스러운 얼굴로 천랑을 들여다보고 있었다.

"괜찮아요?"

주작이 물었다. 천랑은 고개를 끄덕이며 일어나 앉았다. 한잠 깊이 잔 덕분인지 웬만큼 몸이 회복된 것 같았다. 주작이 말했다.

"그대가 내 신성을 일깨워 주었으니, 그대에게 내 노래를 들려 주겠어요. 내 노래에 깃든 감동의 기는 그 어떤 기보다 강렬하니, 그대에게 큰 힘이 될 거예요."

주작이 노래를 부르기 시작했다. 노래는 청아하고 깊고 아득했다. 별 같고 무지개 같고 노을 같았다. 아니 그 이상이었다. 지금까지 그처럼 뜻깊고 아름다운 노래를 천랑은 들어 본 적이 없었다. 감동이 빛처럼 천랑의 몸과 마음을 감쌌다. 온몸이 공기처럼 가벼워져 하늘을 훨훨 날 것만 같았다.

노래가 끝났다. 천랑도 운백도 다함이도 한동안 감동에 잠겨 할 말을 잃었다. 주작이 셋을 일깨워 주었다.

"이제 떠나야겠죠? 란궁으로 가려면 저 위로 가야 해요."

주작이 날개로 천장을 가리키며 말했다. 천장은 뻥 뚫려 있었다.

"내가 그대들을 저 위쪽으로 데려다 줄게요. 하지만 그대들을 한꺼번에 데려다 줄 순 없어요. 너무 무거우니까."

주작이 다함이를 보았다.

"네가 먼저 내 등에 타거라."

다함이가 초롱을 들고 주작의 등에 타자 주작은 천장 위로 훌쩍 날아갔다. 주작은 이내 돌아와 운백을 태웠다. 마지막으로 천랑을 태우고 천장 위로 날아올라 오른편으로 잠시 날더니, 작은 방만한 마루에 천랑을 내려놓았다. 운백과 다함이도 거기 있었다. 초롱 불빛에, 마루 한쪽에 있는 계단이 보였다.

"이 계단 위로 올라가면 란궁이에요. 어서 가서 뢰제 폐하의 혼을 구하세요. 나도 더 이상은 내 노래를 잊은 채, 예절도 모르는 새로 살고 싶진 않으니."

뢰제의 노래

　계단을 올라가니 문이 있었다. 천랑이 문고리를 잡고 안으로 밀자, 문은 누군가가 밀어 주기를 기다렸다는 듯이 순순히 열렸다. 문 안쪽은 작은 방이었다. 셋은 그 방을 나와 마루를 지나, 전각 밖으로 나왔다. 그리 크지는 않았지만, 황금빛에 감싸인 아름다운 전각이었다.

　바깥은 작은 나무와 꽃들로 꾸며진 뜰이었다. 한낮의 햇살이 눈부셨다. 돌계단을 밟고 뜰로 내려서면서 천랑이 다함이를 돌아보았다.

　"이제 초롱은 필요없겠구나. 그 동안 우릴 도와 준 반딧불이들을 놓아 주자."

　천랑이 초롱을 열고 반딧불이들을 놓아 주었다. 햇살

아래 빛을 잃은 반딧불이들이 허공으로 흩어졌다.

"여기가 미로의 입구일세. 네 대제가 이곳을 아예 폐쇄해 버려, 아무도 여기 들어오지 못하지. 저쪽으로 가면 정자가 있고, 울창한 숲이 있어. 란원으로 가는 미로가 시작되는 숲일세."

운백이 길을 잘 아는 듯 앞장 서며 말했다. 뢰옹이 말했듯이 간밤에 뢰제의 계시를 받은 듯했다. 이미 예상한 일이라, 천랑은 잠자코 운백을 뒤따랐다.

얼마 뒤 커다란 연못과 정자가 나왔다. 정자 뒤편은 울창한 숲이었다. 운백은 망설임 없이 숲으로 들어섰다. 숲은 크고 깊었다. 한낮인데도 햇빛이 잘 들지 않아 저녁 무렵처럼 어둑했다. 나무들 사이로 돌이 깔린 오솔길이 희미하게 보였다.

그런데 길은 하나가 아니고 여러 갈래였다. 그 중 하나를 택해 조금 걷다 보면 또 몇 갈래 길이 나왔고, 그런 일이 되풀이되었다. 게다가 똑같은 나무들이 똑같은 간격으로 서 있어서, 자칫하면 길을 잃고 같은 길을 뱅뱅 돌게 될 것 같았다.

운백은 갈래길이 나오면 망설임 없이 한 길을 선택하여 부지런히 걸었다. 천랑은 혹시나 싶어 다함이의 손을 꼭 잡은 채 부지런히 운백의 뒤를 따랐다. 운백이 어느

길을 가건, 길도 풍경도 똑같아서, 천랑은 어디가 어딘지 전혀 분간을 할 수가 없었다. 다만 운백을 믿고 따라갈 뿐이었다.

지루할 만큼 한참을 걸은 뒤에 운백이 멈추어 선 곳은 숲이 끝난 곳, 황금빛 나무문 앞이었다. 문 양쪽으로는 황금빛 기와를 얹은 돌담이 길게 이어져 있었다.

"여기가 란원, 뢰제 폐하의 정원일세."

운백이 문을 밀고 먼저 안으로 들어갔다. 천랑이 다함이의 손을 잡고 뒤따랐다. 오후의 햇살이 내리쬐는 아름다운 정원이 눈앞에 펼쳐졌다. 갖가지 진기한 꽃과 나무들, 온갖 맑고 고운 새 소리, 정신까지 맑게 해 주는 듯한 은은한 향내.

이 정원에서 가장 아름다운 것은 신령스러운 하늘새인 난새라고 들었는데, 지금은 안타깝게도 난새를 볼 수가 없었다. 뢰제가 변을 당한 그날, 란원의 난새 한 쌍이 어디론가 사라져 버렸다는 것이다. 뢰제의 아들이 뢰제의 혼을 구하면 난새 한 쌍도 저절로 돌아올 거라고 신민들은 믿고 있었다.

천랑은 정원의 아름다운 풍경을 눈여겨보며 걸었다. 이제 다시는 볼 수 없는 풍경이라, 그 아름다움이 한층 마음에 닿아왔다. 정원은 꽤 넓었다. 정원이 끝나는 곳에 넓은 연못이 있고, 연못가에 쉴 수 있는 정자가 있었다.

"천기전은 저쪽일세."

운백이 연못 동남쪽을 가리켰다. 천랑은 천기전을 바라보았다. 우레처럼 강렬한 기가 흐른다는 천기전도 멀리서 보기에는 황금빛에 감싸인 예사 전각일 뿐이었다.

천랑은 눈길을 돌려 다함이를 보았다.

"애야, 넌 여기 정자에서 기다려라. 천기전에는 엄청난 기가 흐른단다. 넌 아직 인간의 혼이니, 거기까지는 안 가는 게 좋을 것 같구나."

비두한테 천기전 얘기를 이미 들어서, 다함이는 천랑의 말이 무슨 뜻인지 알 수 있었다. 다함이는 고개를 끄덕이며 품 속에서 환약 주머니를 꺼냈다.

"이거 드릴게요. 많이 남았거든요. 혹시 필요하시면……."

천랑은 부드럽게 웃으며 다함이가 내민 주머니를 받아 품 속에 넣었다. 작별 인사 대신 다함이를 한 번 가만히 안아 주었다.

'잘 가거라, 애야. 네가 나를 무조건 믿어 준 것이 내게는 큰 힘이 되었단다. 넌 네가 여기까지 오는 동안 별로 한 일이 없는 줄 알지만, 사실은 네가 할 수 있는 가장 큰일을 한 거란다. 잘 가거라.'

천랑은 자신의 마음이 아이에게 전해지기를 바라며 다시 한 번 힘주어 아이를 안아 주었다. 순간 아이의 가슴에서 불꽃 같은 기가 느껴지면서, 천랑의 가슴이 빠르게 소리내며 뛰었다.

홀연 천랑은 알아차렸다. 아이가 지닌 부적에는 아이를 살리고 싶은 아이 할아버지의 소망만 담긴 것이 아니라는 사실을. 부적에는 모든 인간의 공통적인 소망이 함께 깃들어 있었다. 증오와 파괴가 아닌 사랑과 희망의 삶, 오늘보다 나은 내일, 지금보다 더 나은 세상을 그리는 인간들의 간절한 소망이 아이와 함께 여기까지 자신을 따라왔음을 알아차린 것이다. 이제 자신의 한몸을 기꺼이 뢰제의 제단에 던져 인간들의 그 소망 또한 이루어 주어야 한다는 것을 천랑은 깨달았다.

얼마 뒤 천랑은 운백과 함께 천기전에 이르렀다. 천기전은 단아하고 우아한 전각이었다. 천랑은 돌계단 앞에서 잠시 전각을 쳐다보다가, 조용히 돌계단을 올라갔다. 운백이 문을 열었다. 둘은 넓은 대청 안으로 들어섰다. 대청 안쪽에 큰 방이 있었다. 뢰제가 갇혀 있는 방이었다.

둘은 방문 앞으로 걸어갔다. 방문 문고리에는 큼직한 자물쇠가 채워져 있었다. 운백이 난감하다는 얼굴로 천랑을 보았다.

"자물쇠를 어떻게 열지? 열쇠가 없는데?"

"뢰옹께서 자물쇠를 깨트릴 방법을 내게 일러주셨네."

"내가 뭘 도우면 되겠나?"

"그냥 옆에 있어 주면 돼."

천랑은 잠시 눈을 감고 정신을 집중하여 온몸의 기를 두 손에다 모았다. 그리고는 눈을 뜨고 두 손으로 자물쇠를 잡은 다음, 마음 속으로 정성을 다해 뢰제의 노래를 불렀다.

뢰제의 덕이 넓게 퍼져
만물이 깨어 일어나니
뭇 신령이 그 소리에 귀기울이네
하늘이 비록 말이 없을지라도
모름지기 우레로 깨우치게 하나니
크시도다, 뢰제의 덕이여
아름답도다, 뢰제의 지혜여

오랜 세월 신민들은 뢰제에 대한 사랑과 존경의 마음으로 이 노래를 불렀다. 노래가 금지된 다음에는 뢰제에 대한 그리움이 덧붙여졌다. 노래에 깃든 사랑과 존경과 그리움의 기가 천랑의 기와 합쳐 결국은 자물쇠를 깨뜨릴 것이라고 뢰옹은 말했다.

천랑은 마음 속으로 노래를 부르고 또 불렀다. 자물쇠는 여전히 단단하기만 했지만, 몸 안의 기가 자물쇠로 조금씩 빠져 나가는 것은 느낄 수 있었다.

시간이 흘러갔다. 몸에 느껴지는 기로 해가 서녘으로 설핏 기울었음을 알 수 있었다. 천랑은 차츰차츰 기운이 빠졌고, 자물쇠를 쥐고 있는 두 손이 저릿저릿 아파왔다. 운백이 안타까운 듯 물었다.

"많이 힘든가? 내가 도울 일은 정말 없나?"

천랑은 고개를 저었다. 마음 속으로 뢰제의 노래를 부르고 또 부르면서 자물쇠를 더 힘껏 움켜쥐었다. 저릿한 아픔이 손에서 팔로 올라왔다. 노래가 거듭될수록 아픔도 심해졌다. 어깨까지 올라온 저릿한 아픔이 이제 온몸으로 퍼져 나가기 시작했다.

해는 점점 더 서쪽으로 기울고, 다리가 후들후들 떨려왔다. 해가 지기 전까지 뢰제를 모시고 나오려면 자물쇠가 어서 깨어져야 하는데, 자물쇠는 끄떡도 하지 않았다. 자물쇠를 잡은 두 손이 불덩이가 된 듯 화끈거렸다. 현기증이 일었고, 그 자리에 주저앉고 싶을 만큼 몸이 무거웠다.

어느새 노을이 지려 하고 있었다. 천랑은 남은 기를 죄다 두 손에 그러모으고 마음을 다해 또 노래를 불렀다.

뢰제의 덕이 넓게 퍼져
만물이 깨어 일어나니
뭇 신령이 그 소리에 귀기울이네
하늘이 비록 말이 없을지라도
모름지기 우레로 깨우치게 하나니
크시도다, 뢰제의 덕이여
아름답도다, 뢰제의 지혜여

별안간 툭 하는 소리가 들리면서 자물쇠가 두 쪽으로 갈라졌다. 천랑은 한 손에 자물쇠 한 쪽씩을 쥔 채 그 자리에 주저앉았다. 자물쇠 두 쪽이 저절로 바닥에 나뒹굴었다. 천랑은 잠시 그대로 주저앉아 있다가 품에서 환약 주머니를 꺼냈다. 남은 환약을 다 먹고, 다함이가 준 환약도 먹었다. 운백이 제 주머니도 내밀었다.

"여기도 환약이 남았네."

천랑은 그 환약까지 다 삼켰다. 조금 뒤에 천랑은 일어서서 방 문고리를 잡았다.

"이제 괜찮은가? 내가 먼저 들어갈까?"

운백이 걱정스런 얼굴로 물었다. 천랑은 고개를 저었다.

"걱정 말게. 환약 덕분에 기운을 되찾았어. 내가 안에 들어가 폐하를 모시고 나오다가 쓰러지면, 그땐 자네가 들어와서 폐하를 모시고 나오게."

천랑은 숨을 한 번 크게 들이쉬고는 방 안으로 들어갔다. 순간 숨도 쉬기 힘들 만큼 강렬한 기가 천랑을 덮쳤다. 천랑은 비틀거리다 주저앉았다. 우레의 환약을 삼켰을 때처럼 온몸이 찢기는 듯한 고통이 엄습했다. 천랑은 이를 악물고 몸을 일으키려 애쓰면서 방 안을 살펴보았다. 바닥에는 푹신한 깔개가 깔려 있는데, 다탁이며 의자 같은 호사스런 가구들이 넘어져 딩굴고 있었다. 28년 전 이 방에서 어떤 변란이 있었는지 짐작이 갔다. 저편 방 안쪽에 휘장이 반쯤 쳐진 침상이 보였다. 꽤 넓은 방이어서, 침상까지 가려면 스무 걸음은 걸어야 할 것 같았다.

스무 걸음. 다시 돌아오는 데에 스무 걸음. 몇 걸음째 내가 쓰러질까? 고통을 잊으려고 짐짓 무심히 그런 생각을 하면서 천랑은 가까스로 몸을 일으켰다. 한 걸음 내딛는 순간, 온몸을 찢는 듯한 고통이 새삼 엄습했다. 하마터면 다시 주저앉을 뻔했지만 천랑은 있는 힘을 다

해 버렸다. 또 한 걸음 옮겼다. 발걸음을 옮길 때마다 고통이 엄습했으나 천랑은 멈추지 않았다. 오로지 발걸음을 옮기는 데에만 정신을 집중하여 한 발짝, 두 발짝 침상으로 다가갔다.

마침내 천랑은 침상 앞에 섰다. 뢰제는 침상에 자는 듯이 누워 있었으나 그 얼굴에는 심한 고통의 빛이 어려 있었다. 순간 천랑은 심장이 터지는 듯한 아픔을 느꼈다. 어째서 뢰제의 얼굴을 보는 순간, 육신의 고통 못지않은 이런 지독한 아픔이 마음을 훑고 가는지 알 수 없는 일이었다.

천랑은 얼른 마음을 추스르고 두 팔로 뢰제를 안아 들었다. 기가 빠져 나간 뢰제의 몸은 가벼웠다. 그 가벼움이 한층 천랑의 마음을 아프게 했다. 어떻게든 뢰제의 혼을 구해 드리고 싶었다. 마지막 순간에 운백이 뢰제를 방 밖으로 모시고 나갈 수 있도록, 한 발짝이라도 더 방문 쪽으로 다가가고 싶었다.

뢰제를 안은 채, 천랑은 몸을 돌려 방문 쪽으로 발걸음을 옮겼다. 한 발짝 옮길 때마다 온몸을 찢는 듯한 고통이 새롭게 천랑을 후려치고 또 후려쳤다. 이제 몸은 만신창이가 되어 버린 것 같았다. 눈앞에 아무것도 보이지 않았다. 몇 발짝을 옮겼는지, 방문 쪽으로 제대로 가고 있는 건지, 도무지 알 수가 없었다. 그저 한 발짝이라도 더 가야 한다는 생각 말고는 아무 생각도 나지 않았다.

갑자기 천랑은 무언가에 걸려 뢰제를 안은 채, 앞으로 고꾸라졌다. 방 안에 널려 있는 가구에 걸려 넘어진 듯했다. 천랑은 마지막 힘을 다해 몸을 일으키려 했으나, 눈앞이 아뜩해지면서 손가락 하나도 까딱할 수가 없었다.

운백, 어서 폐하를……, 목젖까지 차오른 이 말을 내뱉지 못한 채 천랑은 끝내 정신을 잃고 말았다.

뢰제의 아들

깊은 밤, 천랑은 눈을 떴다. 낯선 천장이 보였다. 둘러보니 휘장이 쳐진 호화로운 침상에 자신이 누워 있었다. 천기전 방에서 뢰제를 모시고 나오다가 쓰러진 일이 기억났다. 그땐 그것으로 끝인 줄 알았는데, 고맙게도 자신의 몸이 천기전의 강한 기를 이겨낸 듯했다. 남은 환약을 한꺼번에 다 삼킨 덕분인지도 모른다. 남은 환약을 준 다함이도 운백도 새삼 고마웠다. 운백은 당연히 뢰제 폐하를 구했을 테고, 지금은 뢰제의 아들로서 대신들을 만나고 있으리라.

그런데 여기는 대체 어디인가. 고개를 갸웃하며 천랑이 몸을 일으키는 순간 저릿한 통증이 온몸을 휘감았다.

천랑은 얼굴을 찡그리며 잠시 침상에 앉아 있었다. 서서히 통증이 잦아들면서 몸이 편안해졌다. 천랑은 침상에서 내려와 방 안을 천천히 걸어 보았다. 희미하게 통증이 느껴지긴 했지만 몸은 거의 회복이 된 듯했다. 내가 정말 살았구나, 하는 실감이 비로소 천랑의 마음을 적셨다.

천랑은 방문을 열고 밖으로 나갔다. 침실 밖은 또 다른 방이었다. 바닥에는 무늬가 화려한 깔개가, 방 가운데는 옥을 깎아 만든 크고 둥근 탁자가 있었다. 그 탁자 양쪽에 의자가 있었다. 하나는 등받이에 예사 꽃무늬 장식이, 맞은편 의자는 등받이 위쪽에 새 한 마리가 조각되어 있었다. 한 번도 본 적이 없지만, 신령스러운 난새 조각이 분명했다. 자신이 누워 있던 침실도, 이 방도 예사 방은 아닌 것 같았다.

방 저쪽에 뢰옹이 서 있었다. 천랑이 나오는 소리를 듣고 뢰옹이 돌아보았다.

"깨어나셨군요, 태자 전하."

뢰옹이 깍듯하게 말했다. 천랑은 눈을 크게 뜨고 뢰옹을 바라보았다.

"태자 전하, 절 받으십시오. 전하의 신하 뢰사호옹입니다."

갑자기 뢰옹이 바닥에 엎드려 큰절을 했다. 천랑은 급

히 뢰옹을 일으켰다.

"왜 이러십니까, 어르신?"

"전하께서 바로 뢰제의 아드님이십니다. 잠시 전하를 속였던 것을 용서하십시오. 전하께서 뢰제 폐하를 천기 전 방 밖으로 모시고 나오셨습니다. 그것으로 전하의 존재를 증명하셨지요."

천랑과 함께 일어서면서 뢰옹이 말했다. 천랑은 여전히 믿을 수 없다는 눈빛으로 뢰옹을 바라보기만 했다.

"여기 앉으십시오. 지난 일들을 말씀드릴 테니."

뢰옹이 난새가 조각된 의자를 가리키며 말했다. 천랑이 선뜻 의자에 앉지 않자, 뢰옹이 재촉했다.

"전하의 자립니다. 어서 앉으십시오."

천랑이 마지못해 의자에 앉았다. 탁자에는 차가 담긴 찻잔과 찻주전자가 놓여 있었다. 뢰옹도 맞은편 의자에 앉았다.

"우선 차부터 드십시오. 뢰제께서 즐겨 드셨던 우레차입니다. 지금 전하의 몸에는 강한 천기가 많이 스며 있을 겁니다. 전하의 몸이 아직은 천기를 완전히 받아들일 수 없으니, 이 차로 그 기를 씻어 내야 합니다. 강한 천기가 몸에 오래 머물면 병이 되니, 어서 드시지요."

천랑은 한 모금씩 차를 마셨다. 차맛은 특별했다. 무어라 말할 수 없는 오묘한 기운이 온몸에 퍼지면서, 미세하게 남아 있던 통증이 죄다 가시는 듯했다. 뢰옹이 또 한 잔 차를 따랐다.

"차를 세 번 드셔야 합니다. 첫 번째 차가 천기를 순화시켰다면, 이번 차는 천기를 말끔하게 씻어 내지요. 그리고 마지막 차는 전하께서 의식을 잘 치르도록, 청정한 기운을 드릴 겁니다."

"의식이라니요?"

"이따 자정에 뢰제 폐하의 혼을 보내 드리는 의식을 치를 겁니다. 당연히 태자 전하께서 의식을 주재하셔야지요."

천랑은 다시 차를 마신 다음, 뢰옹에게 물었다.

"아이는 어디 있습니까? 운백은요?"

"아이는 다른 곳에 잘 있습니다. 영부 대왕에게 율령을 보냈으니 우판관도 곧 죄값을 치를 테고, 아이 또한 이틀 뒤에는 인간 세상으로 돌아갈 겁니다. 그리고 운백은 이따 의식에 참여할 겁니다."

"운백은 대체 누굽니까? 단순히 계시 받은 젊은이인가요? 운백은 란원으로 가는 미로의 길을 정확히 알고 있었습니다. 그건……."

"운백은 뢰제 폐하의 둘째 시종장의 막내아들입니다.

이십팔 년 전 전하와 운백이 어떻게 살아 남았는지, 그 이야기를 들려 드리지요."

뢰옹이 따라 준 세 번째 차를 마시면서 천랑은 뢰옹의 이야기를 들었다.

변란이 있던 그날 두 시종장은 황후를 모시고 자신들의 식구들과 함께 궁궐을 탈출하여 모란성으로 갔다. 모란성은 뢰제의 대신들과 란궁 관리들이 모여 사는 성으로, 란궁에서 그리 멀지 않았다. 처음에는 모두 함께 뢰제의 측근인 어느 대신 집에 숨었다. 그곳이 비교적 안전했고, 또 궁궐 소식도 정확히 들을 수 있기 때문이었다. 혹시라도 변란이 바로잡힌다면, 곧바로 궁궐로 들어갈 수도 있었다.

하지만 변란은 바로잡히지 않았고, 황후 일행을 잡으려는 병사들이 나라 안 곳곳을 수색하고 다녔다. 병사들은 물론 모란성을 맨 먼저 샅샅이 수색했다. 성에 사는 대신들과 관리들이 한마음으로 도와 주어, 황후 일행은 모란성도 무사히 탈출했다. 일행은 함께 숨으면 더 위험하다고 판단하여 각자 흩어지기로 했다.

첫째 시종장이 황후와 갓난 태자를 모시기로 했다. 첫째 시종장의 아내는 아들과 딸, 두 아이를 데리고 다른 곳에 숨기로 했다. 둘째 시종장은 다 자란 두 아들과 함께 가고, 시종장의 아내는 태어난 지 얼마 안 되는 막내 아들을 품에 안았다. 모두 좋은 날을 기약하면서, 각자네 대제가 다스리는 신민들의 마을로 숨어들었다.

일행 중 둘째 시종장의 아내가 가장 먼저 세상을 떠났다. 푸른 대제의 기린성 어느 마을에 숨어 살던 시종장의 아내는 갑작스러운 환경 변화와 식구들과 헤어진 슬픔을 이겨 내지 못해 어느 날 갑자기 숨을 거둔 것이다. 이웃에 살던 선량한 신민 내외가 혼자 남은 아이를 거두었다. 며칠 뒤, 병사들이 그곳까지 수색하여 둘째 시종장의 아내가 죽었다는 사실을 밝혀 냈지만, 아이는 찾지 못했다. 마을 신민들이 입을 모아 아이도 함께 죽었다고 말했던 것이다. 아이를 데려간 내외는 뒤탈을 염려하여, 같은 기린성이지만 그곳과는 아주 멀리 떨어진 구름다리 마을로 이사를 했다. 운백이 자란 마을이었다.

그로부터 한 달쯤 뒤, 둘째 시종장도 두 아들과 함께 잡혀 목숨을 잃었고, 그 다음에는 첫째 시종장의 아내와 아이들이 잡혔다. 맨 마지막에 작약성 어느 마을에 숨어 살던 황후와 태자와 첫째 시종장이 잡혔다. 밤에 아무도 모르게 처형할 요량으로, 병사들은 일단 황후 일행을 작약성 관청 안에 있는 비밀옥에 가두었다.

그런데 비밀 옥을 지키는 두 사령도 다른 신민들처럼

네 대제의 변란에 분개하고 있었다. 둘은 무슨 수를 써서라도 태자만이라도 살려야 한다고 의견을 모았다. 하지만 두 사령에게는 태자만한 갓난 아들이 없었다. 사령 하나가 급히 자신이 사는 마을로 달려가 촌장에게 도움을 청했다.

마침 그 마을에는 갓난아이가 있는 집이 세 집 있었다. 두 집은 젊은 내외였고, 한 집은 얼마 전에 아들과 며느리를 잃은 할머니였다. 촌장은 두 젊은 내외와 할머니를 불러 사정을 설명하고 도움을 청했다. 두 젊은 내외는 망설였지만, 할머니는 울면서 자신의 손자를 바치겠다고 했다.

사령은 할머니의 손자를 몰래 옥으로 데려와 태자와 바꾼 다음, 다시 할머니에게 달려갔다. 그날 밤 할머니는 태자를 안고 마을을 떠났고, 며칠 뒤 처녀 적에 살던 부용성 함지 마을에 도착했다. 천랑이 어린 시절 할머니와 살던 마을이었다.

한편 운백은 열일곱 살이 되던 해부터 기이한 꿈을 꾸었다. 뢰제의 계시를 받은 세 소년이 처음 나타난 해였는데, 꿈에 둘째 시종장이 나타나 아버지라면서 운백에게 란원 미로의 길을 가르쳐 주었다. 시종장은 미로가 시작되는 숲에서부터 란원 황금빛 대문 앞까지 운백과 함께 가면서 길을 일러주었다. 그런 다음, 운백에게 혼자 길을 찾아보라고 했다. 운백은 미로를 헤매다 꿈에서 깨어났다. 그 해 운백은 똑같은 꿈을 세 번 꾸었다. 번번이 미로를 헤매다 깨곤 했다.

다음 해 계시 받은 네 젊은이가 나타났고, 운백은 그 꿈을 네 번 꾸었다. 꿈 속에서 아버지는 미로의 길을 자세히 가르쳐 주었지만, 운백은 여전히 미로를 헤매곤 했다. 해마다 계시 받은 젊은이의 수만큼 운백은 같은 꿈을 꾸었다. 꿈이 되풀이될수록 똑같아 보이는 길이 눈에 익었으나, 어느 순간 다시금 길을 잃곤 했다.

그러다 올해 운백은 마침내 꿈에서 미로의 길을 제대로 찾아 란원 황금빛 문 앞에 이르렀다. 아버지는 뛸 듯이 기뻐하며 이제 뢰제의 아들이 나타나실 것이니, 어서 뢰옹을 찾아가 그분을 도우라고 일러주었다.

"그럼 운백은 처음부터 제가 뢰제의 아들임을 알고 있었겠군요. 뢰옹께서도 역시 알고 계셨고. 맞습니까?"

"예. 운백에게는 신이 다짐해 두었지요. 전하께는 이 사실을 비밀로 해야 하니, 벗으로 허물없이 지내면서 성심껏 전하를 도우라고 말입니다."

"왜 처음부터 제게 사실대로 말해 주지 않았지요? 절 믿지 못하셨던 겁니까?"

"그건 아닙니다. 다만, 영광보다는 고통의 기가 훨씬 순수하고 강한지라, 그 편이 뢰제 폐하를 구하는 데에 더 도움이 되리라 판단했기 때문에……."

"뢰옹의 판단은 옳았습니다. 하지만 전……."

천랑은 뒷말을 잇지 못하고 허공에 눈길을 주었다. 자신의 착잡한 마음을 어떻게 표현하면 좋을지 알 수 없었다. 자신이 뢰제의 아들이라는 기쁨보다는 자신 대신 죽은 할머니의 친손자가 마음을 쳤다. 친손자를 희생하고 자신을 정성껏 키워 준 할머니도 자꾸 눈에 밟혔다. 뢰제의 혼을 구한 것, 자신의 영광은 그것만으로 충분하다는 생각이 들었다. 한참 뒤에 천랑은 뢰옹에게 눈길을 돌렸다.

"네 대제는 어찌 되었습니까?"

정작 궁금한 것은 네 대제가 아니라 사라라 공주의 안부였지만, 천랑은 먼저 그렇게 물었다.

"네 대제는 지금 신부 지하옥에 갇혀 있고, 네 대제의 측근들도 모두 잡아들였습니다. 네 대제의 아들딸들은 우선 자신들의 전각 밖으로 나오지 못하도록 조처해 두었지요."

"대제들의 아들딸들도 벌을 받아야 합니까?"

천랑이 안타까운 목소리로 물었다. 이미 짐작한 일인

데도 공주를 생각하면 가슴 속에 풍랑이 일었다. 뢰옹이 고개를 끄덕였다.

"네 대제는 아마도 평생 지하옥에 갇혀 있어야 할 겁니다. 그리고 네 대제의 아들딸들은 성밖 외진 산골로 쫓겨나 평생 병사들의 감시를 받으며 살게 될 겁니다. 지난 영화를 되찾고 싶어서 대제의 아들딸들이 또다시 변란을 꾸밀 수도 있으니, 대비를 철저히 해 두어야지요."

천랑은 눈길을 내리깔고 침묵에 빠져들었다. 꽤 긴 침묵 뒤에 천랑이 다시 눈을 들었다.

"부탁이 있습니다, 뢰옹."

"말씀하십시오, 태자 전하."

"하야나 대제의 딸 사라라 공주가 절 도와 주었습니다. 공주가 아니었다면 첫 번째 관문인 백호를 넘지 못하고 무너졌을지도 모릅니다."

천랑은 분수처럼 치솟는 그리움을 지그시 누르며 말했다. 뢰옹이 잠시 생각하더니 선선히 대답했다.

"알겠습니다, 태자 전하. 예전처럼 궁궐에서 살지는 못하지만, 사라라 공주가 성 안 마을에서 일반 신민으로 살도록 특별히 조처하겠습니다."

천랑은 속으로 한숨을 내쉬었다. 고작 그것밖에 공주를 도울 수 없는 걸까.

"그럼 태자 전하, 잠시 쉬십시오. 자정에 다시 모시러 오겠습니다."

뢰옹이 자리에서 일어나 방을 나갔다. 천랑은 자리에서 일어나 방 안을 서성였다. 이상하게 마음이 편치 않아, 자리에 가만히 앉아 있을 수가 없었다.

자정이 가까워지자 시녀들이 예복과 관을 내왔다. 의식을 치를 때 입는, 단아하면서도 위엄이 느껴지는 옷과 관이었다. 천랑은 옷을 갈아 입고 관을 썼다.

뢰옹과 운백이 왔다. 뢰옹 역시 예복을 입고 있었고, 손에는 우레를 부리는 지팡이를 들고 있었다. 운백이 뢰옹처럼 천랑에게 큰절을 했다.

"태자 전하, 시종장의 아들 운백이옵니다."

천랑은 얼른 운백을 일으켰다.

"이러지 말게. 애초에 자넨 내 동료이자 벗이었어. 그건 지금도 마찬가지야."

"아닙니다, 전하. 뢰옹께서 명하셔서 그 동안 전하께 흉허물 없이 대하긴 했지만, 마음이 편치는 않았습니다. 제 자리를 지키게 해 주십시오."

"어서 가시지요, 전하."

뢰옹이 재촉했다. 천랑은 뢰옹을 따라 방을 나섰다. 바깥에 나가자 호위 병사들과 시녀들이 줄줄이 천랑을 뒤따랐다.

뢰옹은 천랑을 의식을 치르는 큰 전각으로 안내했다. 전각 안으로 들어서자 휘황한 등불과 두 줄로 길게 늘어선 대신들이 천랑을 맞았다. 대신들이 입을 모아 태자 전하라고 외치며 허리를 굽혔다.

천랑은 뢰옹이 이끄는 대로 대신들 앞쪽 제단으로 올라갔다. 제단 뒤에는 병풍이 쳐져 있고, 가운데는 꽃으로 장식된 침상이 있었다. 그 침상에 뢰제가 누워 있었다. 사방에 피워 놓은 향이 높다란 천장을 향해 가녀리게 타오르고 있었다.

천랑이 먼저 뢰제께 절을 올리자, 뢰옹과 뒤에 늘어선 대신들이 절을 올렸다. 악기를 든 악사들이 제단 옆으로 와서 앉았다. 악사들이 악기를 연주하자 뢰옹이 그 음률에 맞추어 노래하듯 읊었다.

"혼이여, 이제 편히 떠나소서. 갈 곳으로 돌아가소서. 육신은 기(氣)로 돌아가 스러지고, 혼은 빛으로 돌아가 내세를 기약하소서."

"기약하소서, 기약하소서, 기약하소서."

대신들이 입을 모아 따라 말했다. 이어 악사들이 음악을 연주했다. 비장하면서도 신비로운 선율이 전각을 출렁거리게 했다.

연주가 끝나자 뢰옹이 침상 바로 앞으로 가서 섰다. 뢰옹은 한 손으로 지팡이를 높이 치켜들고 나지막이 외쳤다.

"우레야, 크게 울려 폐하의 혼을 인도하여라."

그 외침에 답하듯 먼 하늘에서 우레가 울었다. 뢰제의 몸이 휘황한 빛에 감싸였다. 천랑이 다시 뢰제께 절을 올렸다. 뢰옹과 대신들도 절을 올렸다.

이제 침상을 감쌌던 빛은 사라지고, 침상에는 꽃송이들뿐이었다. 뢰제의 몸은 깨끗하게 기화(氣化)되고, 혼은 먼 길을 떠난 것이다. 악사들이 뢰제의 혼이 무사히 떠나심을 기리는 장중한 음악을 연주했다. 의식이 끝났다.

천랑은 뢰옹과 함께 방으로 돌아왔다. 천랑은 우선 침실로 들어가 옷부터 갈아 입었다. 관도 벗었다. 어쩐지 그런 옷차림이 자신에게는 어울리지 않는 것 같았다. 침실을 나와 뢰옹과 탁자에 마주앉았다. 시녀가 차를 내왔다.

"이런 큰 의식은 처음이실 텐데, 잘 치르셨습니다. 오늘은 이만 푹 쉬십시오. 내일부터는 바빠지실 것이니."

천랑은 차를 마시면서 잠자코 뢰옹의 말을 들었다.

"내일부터 나랏일을 익히셔야 합니다. 대신들도 만나야 하고, 새 뢰제의 자리에 오르실 준비도 해야지요. 무엇보다 태자비를 맞는 일이 급합니다."

"태자비라니요?"

"뢰제의 나라는 조화와 질서의 나라입니다. 태자비를
맞은 다음, 뢰제의 자리에 오르시는 것이 법도이지요."

태자비. 천랑은 찻잔을 내려놓으면서 침묵을 지켰다.

"혹 마음에 둔 분이라도 계신지요? 여태까지는 대신
의 딸들 중에서 태자비를 간택했지만, 전하께서 마음에
둔 분이라면 일반 신민이라도 괜찮습니다."

긴 침묵 뒤에 천랑은 뢰옹을 똑바로 쳐다보며 입을
열었다.

"제 마음 속엔 오직 사라라 공주뿐입니다."

뢰옹의 얼굴이 굳어졌다. 뢰옹은 고개를 절레절레 저
었다.

"사라라 공주는 안 됩니다. 다른 대제의 아들딸들보다
가볍게 벌을 받아 일반 신민이 된다 해도, 공주는 여전
히 죄인의 딸입니다. 죄인의 딸이 황후 폐하가 될 수는
없습니다. 죄인도 예사 죄인이 아니잖습니까. 지난 세월
동안, 폐하의 혼은 물론이고 전하와 계시 받은 젊은이들,
그리고 일반 신민들이 얼마나 많은 고통과 희생을 치렀
는지 생각해 보십시오. 그 모든 일이 네 대제의 욕심 때
문이고, 사라라 공주는 네 대제 중 하나인 하야나 대제의

딸입니다. 공주는 잊으셔야 합니다."

뢰옹의 말은 단호하여, 천랑은 더 이상 할말이 없었다.

"이만 편히 쉬십시오. 내일 뵙겠습니다, 태자 전하."

뢰옹은 깍듯하게 허리 굽혀 인사한 다음 방을 나갔다. 천랑은 꼼짝 않고 그대로 탁자 앞에 앉아 있었다.

그날 밤, 천랑은 한숨도 잠을 이룰 수가 없었다. 침실에는 아예 들어가지도 않았다. 밤새 방 안을 거닐었고, 지치면 잠시 의자에 앉아 생각에 잠기곤 했다.

날이 밝았다. 시녀들이 진수성찬을 가득 차린 상을 들여 왔으나 천랑은 거의 손도 대지 않았다.

뢰옹이 왔다. 탁자에 마주앉자 천랑은 밤새 생각하고 결심한 말을 꺼냈다.

"저는 새 뢰제가 되지 않겠습니다. 오늘 제가 살던 곳으로 돌아가겠습니다."

"무슨 말씀이십니까, 태자 전하?"

"뢰옹께서 운백이 뢰제의 아들이라고 하셨을 때 전 생각했습니다. 제 몫은 영광이 아니고 고통이라고. 새 뢰제가 되는 영광은 제 몫이 아니니 받아들일 수 없습니다."

"태자 전하."

"제 말, 끝까지 들어 주세요. 제가 비록 폐하의 혼을 구했다고는 하나 그건 저 혼자 한 일이 아닙니다. 뢰옹께서도 말씀하셨듯이 뢰제의 제단에 몸바친 젊은이들의 희생과 수많은 신민들의 간절한 소망이, 그 일을 가능하게 한 겁니다."

"그 희생과 소망을 생각해서라도, 전하께서 새 뢰제가 되셔야 합니다."

"누가 새 뢰제가 되느냐가 중요한 게 아닙니다. 중요한 것은 지난날로 돌아가는 것이지요. 질서와 조화의 뢰제의 나라로 말입니다. 어차피 네 대제까지 쫓겨났으니, 이 나라에는 새 질서가 필요합니다. 뢰옹께서 나랏일을 잘 아는 대신들과 더불어 나라를 다스려 주십시오. 대제들이 헝클어 버린 질서를 바로잡고, 예전 방식대로만 해 나간다면, 굳이 제가 아니어도 나랏일이 잘 되어가리라 믿습니다."

"그 결심, 사라라 공주 때문이신지요?"

"뢰옹께선 제게 천기전 방에서 폐하를 모시고 나오다가 죽을 수도 있다고 하셨지요. 그때 이미 저는 죽음을 각오했습니다. 제가 당연히 죽을 거라고 생각하여, 다음 세상을 기약했지요. 그런데 죽지 않고 살았으니, 이 삶이 제게는 다음 세상이나 다름없습니다. 이젠 선택받는 삶이 아니라, 제가 원하는 삶을 살고 싶습니다. 뢰옹께서는 더 이상 절 막지 말아 주십시오."

"전하의 그 결심, 바꿀 수 없는 것인지요?"

"바꿀 수 있는 일이라면 혼자 삭이고 말았겠지요."

뢰옹은 한동안 깊은 생각에 잠겼다. 길고 긴 침묵 끝에 뢰옹이 입을 열었다.

"처음 신을 찾아오셨을 때가 생각나는군요. 뢰제의 아들이 아니어서 서운하냐고 물었을 때 전하는 이렇게 대답하셨지요. 할 일은 하겠으나 기분까지는 묻지 말아 달라고. 그때 신은 이상한 예감을 받았습니다. 전하께서 폐하의 혼을 구하는 건 분명한데, 우리가 새 뢰제를 모시려면 아직도 한참은 더 기다려야겠구나 하는 예감이었지요."

그때 뢰옹의 얼굴에 떠올랐던 묘한 표정을 천랑도 기억하고 있었다. 뢰옹이 짧게 한숨을 내쉬었다.

"전하의 뜻대로 당분간은 신이 다른 대신들과 더불어 나라를 다스리겠습니다. 예전에 뢰제께서 하시던 대로만 하면, 큰 허물은 없겠지요. 허나 언젠가는 전하의 다스림이 필요할 때가 올 겁니다. 이번에 폐하의 혼을 구한 일처럼 전하의 힘이 꼭 필요할 때, 그땐 꼭 돌아오시겠다고 약조하십시오. 약조하지 않으시면 신이 죽는 한이 있어도 전하를 보내 드릴 수가 없습니다."

천랑은 잠시 생각하다 고개를 끄덕였다. 이번 일처럼 자신이 꼭 필요한 일이 생긴다면 그땐 자신도 더 이상 거부할 수 없으리라.

"그건 약조하겠습니다. 정말 그런 때가 오면, 반드시 돌아오겠습니다. 대신, 지금 고향으로 돌아가도 되겠지요?"

"내일 떠나십시오. 오늘은 궁궐을 둘러보시고, 대신들을 만나셔야 합니다. 뢰제 폐하와 네 대제를 대신하여 누가 나라를 다스릴 것인지, 그 일도 함께 결정하시고, 나랏일도 웬만큼은 알아 두셔야 하니까요."

집으로

그날 천랑은 하루 종일 눈코 뜰 새 없이 바빴다. 뢰옹이 말한 일들을 하루에 다 하려니 한순간도 쉴 틈이 없었다. 가장 중요한 일은 나랏일을 맡아 볼 대신을 정하는 일이었다. 천랑은 뢰옹과 의논하여 뢰제께서 가장 신임했던 네 대신을 골랐다. 뢰옹이 란궁을 맡고, 네 대신이 주인 없는 네 대제의 궁궐을 맡아 관리하면서 서로 의논하여 나랏일을 보기로 했다.

뢰옹은 아주 중요한 일은 직접 찾아와 천랑에게 의견을 묻겠다고 했다. 그것까지 마다할 수는 없어서 천랑은 허락했다.

또 한 가지 중요한 일은 신부의 일을 바로잡는 것이

었다. 이제 신부에서 인간의 혼을 세상으로 내려보낼 때는 예전처럼 자연스럽게 형성된 순서에 따르도록 아예 법으로 못박아 두었다. 앞으로는 누구도 네 대제가 했던 것처럼 기를 조작하여 인간의 명운을 마음대로 만드는 일은 하지 못하리라.

네 대제와 측근들을 벌하는 일과 대제들의 아들딸들 문제도 뢰옹이 이미 말한 대로 시행하기로 했다.

그날의 일과는 저녁이 되어서야 겨우 끝났다. 천랑은 집으로 돌아갈 준비를 마치고 다함이를 데려오게 했다. 다함이는 내일 인간 세상으로 돌아가는데, 천랑이 부용성 집으로 데려갔다가 내일 아침에 보낼 작정이었다. 자신을 무조건 믿어 준 아이를 자신의 집에서 하룻밤 편히 쉬게 해 주고 싶었다. 아로도 좋아할 것 같았다. 아로는 그 아이를 보자마자 마음에 들어했으니⋯⋯.

아로의 귀여운 얼굴이 떠올랐다. 천랑의 얼굴에 엷은 웃음이 번졌다. 시녀 둘이 다함이를 데려왔다. 시녀들이 나가고, 천랑은 다함이와 탁자 앞에 마주앉았다.

"이제 우린 집으로 돌아간다. 넌 내일 인간 세상으로 돌아가고."

다함이의 눈이 반짝 빛나더니 금세 얼굴이 흐려졌다.

"저, 전하."

"전하라니, 그냥 아저씨라고 불러라."

"누나들이 그렇게 불러야 한다고 했어요. 전하라고 부를래요."

누나들이란, 어제 저녁부터 다함이를 돌봐 준 시녀들을 말하는 것이었다.

"그런데 전하의 집으로 그렇게 금방 돌아갈 수 있나요?"

집에서 떠나올 때 꼬박 사흘 말을 타고 달린 일이 기억난 모양이었다.

"걱정 말아라. 뢰제의 천마를 타고 갈 거니까. 일반 천마는 나는 듯이 달리지만 뢰제의 천마는 날아간단다. 부용성까지 멀긴 하지만 날아가니까, 한밤중에는 집에 닿을 거다."

그제야 다함이는 밝게 웃었다. 천랑도 부드럽게 웃음을 머금었다.

"너한테 뭔가 해 주고 싶은데, 나한테 부탁할 거 없니? 집으로 돌아가면 난 평범한 신민이지만, 여기서는 웬만한 일은 다 들어 줄 수가 있단다."

다함이의 눈앞에 엄마, 아빠의 얼굴이 어른거렸다. 비두가 말했다. 어쩌면 엄마 아빠의 혼이 '신부'라는 곳에 머물고 있을지도 모른다고.

"신부라는 곳이 여기서 먼가요?"

"신부는 란궁 바로 앞에 있는 관청이란다. 그런데 신부는 왜?"

"우리 엄마는 작년에 돌아가셨어요. 우리 아빠는 제가 다섯 살 때 돌아가셨구요. 절 잘못 데려온 사자 형이 말했어요. 어쩌면 엄마 아빠의 혼이 신부에 있을지도 모른다고……."

"엄마, 아빠, 보고 싶니?"

다함이가 고개를 끄덕였다. 천랑은 생각에 잠긴 얼굴로 방 저편을 한참 바라보다가 다함이를 보았다.

"애야, 어쩌면 네 엄마 아빠가 아직 신부 '기다림의 집'에 있을지도 모르겠구나. 특히 엄마는 작년에 돌아가셨다니 그곳에 있을 수도 있지. 하지만 지금 만난다 해도 네 엄마한테 괴로움만 줄 뿐이란다. 왜냐하면 네 엄마는 그곳에서 세상일을 잊는 연습을 하고 있거든. 어쩌면 엄마가 널 기억하지 못할 수도 있으니, 너 또한 그리 되면 마음만 아플 거다."

다함이의 얼굴에 실망의 빛이 어렸다. 천랑이 위로하듯 말했다.

"너한테는 분명 엄마 아빠에 대한 좋은 기억이 많을 것 같구나. 아름다운 기억이 있는 한, 엄마 아빠는 죽은 게 아니라, 네 기억 속에서 영원히 살아 있단다."

엄마. 엄마는 너무도 많은 아름다운 기억을 다함이와 다예에게 남기고 갔다. 하지만 아빠는 달랐다. 다함이는 눈을 내리깔며 중얼거리듯 말했다.

"아빤 기억할 게 하나도 없어요. 우리 아빠는 너무 일찍 돌아가셨거든요……."

"기억할 게 없는 게 아니라 단지 기억 못할 뿐이란다. 네가 너무 어렸을 때 일이라서 말이다. 하지만 네가 다섯 살 때까지 아빠와 함께 지낸 일들은 틀림없이 네 머릿속 어딘가에 저장되어 있을 거다. 이리 와 보렴. 내가 네 머릿속에 저장되어 있는 기억을 불러 줄 테니."

다함이는 자리에서 일어나 천랑 앞으로 가서 섰다. 천랑이 두 손을 쫙 펴서 다함이의 머리에 얹었다.

"두 눈을 감고 숨을 한 번 크게 들이쉬려무나."

다함이는 눈을 감고 숨을 크게 들이쉬었다. 그러자 천랑의 두 손에서 서늘하면서도 기분 좋은 바람 같은 것이 느껴졌다. 그 바람은 이내 머릿속으로 상쾌하게 스며들었다. 홀연 눈앞으로 영상이 한 장면, 한 장면 지나갔다.

병원에서 갓난 저를 안고 기뻐하는 아빠. 아빠는 아들이 태어나 기쁘다면서 어린아이처럼 눈물을 글썽였다. 조금 자란 다함이를 엄마 대신 목욕시키는 아빠도 보였다. 옹알이하는 다함이를 얼르면서 아빠는 신기한 듯 엄마한테 말했다. 여보, 우리 다함이가 벌써 나한테 말을 하는군 그래.

아장아장 걷기 시작하는 다함이를 보며 사진을 찍어 주는 아빠. 한밤에 경기를 일으키며 울어 대는 다함이를 들쳐 업고 엄마와 함께 병원으로 뛰어가는 아빠. 다함이를 등에 태우고 말놀이를 하는 아빠. 회사에서 퇴근하여 집으로 돌아오면 맨 먼저 다함이를 숨이 막힐 만큼 꼭 껴안아 주던 아빠.

다함이의 기억에 남아 있는 아빠의 무서운 모습도 떠올랐다. 다섯 살 다함이가 세 살박이 다예한테 심술을 부리며 다예를 세차게 한 대 때렸을 때였다. 아빠는 약한 동생을 때린다면서 무섭게 화를 내고 생전 처음 회초리를 들었다. 매를 맞고 훌쩍이는 다함이에게 아빠가 다가와 말없이 다함이를 안아 주었다. 다함이는 아빠 품에 안겨 흐느껴 울었다.

기억이 아빠의 사랑을 일깨워 주었다. 기억 속의 아빠는 엄마 못지않게 다함이를 사랑했다. 불러온 기억 속에 숨어 있던 아빠에 대한 그리움이 봄날의 새싹처럼 뾰족뾰족 고개를 내밀었다.

"이제 다 기억나지?"

천랑이 다함이의 머리에서 손을 떼며 말했다. 다함이는 눈을 뜨며 고개를 끄덕였다. 그런데 왜 갑자기 눈물이 핑 도는 것인지……. 다함이는 저도 모르게 와락 천랑의 목을 안으면서 울음을 터뜨렸다. 천랑이 다함이를 안아 주면서 다함이의 등을 다독여 주었다. 조금 뒤에 다함이는 울음을 그쳤다.

"이제 괜찮니?"

천랑이 다정하게 웃으며 말했다. 다함이는 멋쩍게 웃으며 눈물을 닦았다. 시녀가 들어와 뢰옹과 대신들이 밖에서 기다린다고 말했다. 천랑이 다함이의 손을 잡고 밖으로 나갔다.

어둠이 내려앉은 넓은 뜰에 눈부시게 하얀 천마가 천랑과 다함이를 기다리고 있었다. 뢰옹과 운백과 대신들이 천랑을 배웅하려고 천마 주위에 둘러서 있고, 시종과 시녀들이 등불을 들고 길을 밝히고 있었다.

천랑이 천마 등에 탔다. 다함이가 그 뒤에 타면서 천랑의 허리를 꼭 잡았다. 운백이 다가와 허리 굽혀 인사하며 말했다.

"전하, 신도 곧 하늘못 마을로 가겠습니다. 전하 곁에 살면서 전하를 모시겠습니다."

"우린 친구라고 하지 않았나. 날 보고 싶으면 그냥 놀러오게."

천랑이 웃으며 말했다. 뢰옹과 대신들이 다가와 깊숙이 허리 굽혀 인사했다. 천랑도 말에 탄 채 마주 인사했다.

"전하, 살펴 가시옵소서."

천랑이 고삐를 잡아당기자 천마는 밤 하늘 높이 날아올랐다. 어둠 저편에 사라라 공주의 얼굴이 하얗게 떠올랐다. 천랑은 가슴 가득 밤 공기를 들이마셨다. 아이를 보내고 나서, 공주를 찾아가리라. 공주에게 맡긴 내 칼을 돌려받고, 공주에게 피리를 들려 주리라. 그리고 남은 삶을 공주에게 피리를 들려 주며 살리라.

천마는 단숨에 먼 길을 날고 또 날아 한밤중에 부용성 하늘못 마을 천랑의 집 마당에 사뿐 내려앉았다. 아로가 달려나와 천랑의 품에 안겼다. 마리우스도 쏜살같이 달려왔다. 천랑은 아로를 한 번 꼭 안아 준 다음, 마리우스의 부드러운 털도 어루만져 주었다.

"오빠, 돌아오셨군요. 우리 모두 소식을 듣고 얼마나 자랑스럽고 기뻤는지 몰라요. 무엇보다 오빠가 이렇게 돌아와 주셔서 정말 행복해요."

"그래, 아로야. 이제 다시는 네 곁을 떠나지 않으마."

눈물을 흘리며 기뻐하는 아로를 보니 다함이는 다예

가 생각났다.

갑자기 마당이 시끌시끌해졌다. 천랑이 돌아왔다는 소식을 듣고 마을 신민들이 달려온 것이다. 천랑은 마을 신민들과 얼싸안고 인사하면서 다시 만난 기쁨을 나누었다. 신민들은 한결같이 천랑이 뇌제의 자리를 마다하고 평범한 신민으로 돌아온 것에 감동하고 있었다.

밤이 이슥해졌다. 신민들은 내일 저녁에 천랑이 돌아온 것을 축하하는 마을 잔치를 열기로 하고는, 모두 집으로 돌아갔다.

천랑도 아이들과 함께 집 안으로 들어왔다. 아로가 차를 내왔다.

"역시 우리 아로가 끓인 차가 제일 맛있구나. 오빠는 집을 떠나 늘 이 차를 그리워했단다."

차를 다 마신 다음, 천랑이 다함이에게 말했다.

"피곤해 보이는구나. 내일은 네 집으로 돌아갈 테니, 오늘 밤 편히 푹 쉬어라."

며칠 전처럼 다함이는 아로의 작은 방 침상에 누웠다. 잠이 올 것 같지는 않았지만, 다함이는 억지로 눈을 꼭 감았다. 다시 눈을 뜨면 아침이 와 있을 것이다. 집으로 돌아가는 날 아침이⋯⋯.

다음 날 아침 다함이는 일찍 일어났다. 집으로 돌아간다는 설렘에 잠을 제대로 못 잤지만 기분은 상쾌했다. 천랑과 함께 아로가 차려 준 맛있는 아침을 먹었다. 식사가 끝나고 차를 마시면서 천랑이 말했다.

"조금 있으면 율령 오십사 호가 널 데리러 올 거다."

"저, 또 영부로 가게 되나요?"

이승에서 잘못 데려온 혼은 일단 영부 대왕을 접견해야 한다고 했던 루한의 말이 생각나서 다함이는 물었다. 어쩐지 영부에는 다시 가고 싶지 않았다.

"원칙은 그렇지만 넌 특별한 경우잖니. 곧바로 강가로 데려갈 거다. 거기 널 데려다 줄 사자와 배가 기다리고 있을 거다."

다함이는 안도의 숨을 내쉬었다. 천랑이 다함이를 보더니 문득 생각난 듯 말했다.

"오른손 좀 내밀어 보려무나. 내 기를 불어넣어 주마. 세상에 돌아가면 오래 의식을 잃고 있었던 터라 건강을 회복하려면 시간이 좀 걸릴 거다. 네가 건강을 회복하는 데에, 내 기가 조금은 도움이 될 거다."

다함이는 천랑 앞으로 오른손을 내밀었다. 천랑이 두 손으로 다함이의 오른손을 감싸 잡았다. 천랑의 손에서 전기 같은 것이 쩌르르 다함이의 손으로 흘러들었다. 다함이는 머릿속이 맑아지면서 몸이 가뿐해지는 것을 느꼈다.

"태자 전하, 아이를 데리러 왔습니다."

마당에서 소리가 들렸다. 천랑이 원치 않는데도 이제 모두 천랑을 태자 전하라고 부르기로 작정한 것 같았다. 천랑은 다함이를 데리고 마당으로 나갔다. 아로도 따라 나왔다. 율령 54호 묘묘가 기다리고 있었다.

천랑은 다함이를 마지막으로 한 번 안아 주었다. 천랑의 품은 이제 다함이가 생생하게 기억하는 아빠의 품처럼 크고 넓었다. 마치 아빠의 품에 안긴 듯하여 다함이는 행복했다. 천랑이 포옹을 풀며 말했다.

"잘 가라, 애야. 세상에 돌아가면, 이곳에서 있었던 나쁜 일은 잊고, 좋은 일 아름다운 일만 기억했으면 좋겠구나. 네가 날 무조건 신뢰하고 믿어 준 일, 나 또한 언제까지나 기억할 거다."

아로가 서운함이 가득 담긴 눈빛으로 다함이를 보았다.

"잘 가. 네 이름을 한 번 불러 보고 싶은데, 넌 완전히 죽은 혼이 아니어서 이름을 불러 줄 수가 없어."

그제야 다함이는 이곳에서 한 번도 제 이름을 들어 본 적이 없다는 것을 깨달았다. 너 아니면 애, 그런 식이었다.

"너, 나 잊으면 안 돼. 기억하는 한 사라지지 않으니까. 알았지?"

"알았어, 아로. 너도 태자 전하도 언제까지나 기억할 거야."

다함이는 불현듯 코끝이 찡해지는 것을 느꼈다. 집으로 돌아가는 것은 기쁜 일이지만 이별은 역시 마음 시렸다. 묘묘가 다함이의 손을 잡으며 천랑에게 인사했다.

"그럼 전하, 신은 이만 가 보겠습니다."

묘묘의 발걸음은 정말 천마처럼 빨랐다. 묘묘와 함께 나는 듯이 휙휙 달려 다함이는 강가에 이르렀다. 강가에 서 있던 비두가 다함이를 보자마자 얼싸안았다.

"정말 반갑다. 난 널 다시는 못 보고 영부옥에서 썩는 줄 알았지."

"나 때문에 그 동안 옥에 갇혀 있었군요."

다함이가 미안한 듯 말하자 비두는 씩 웃었다.

"너 때문이 아니야. 그 동안 나라가 잘못된 탓이지 뭐. 그래도 이제 모든 일이 잘되어 나도 루한 형도 제자리로 돌아왔지. 루한 형이 너한테 안부 전하라고 했어."

선량하게 생긴 루한의 얼굴이 떠올랐다 사라졌다. 묘묘가 다함이를 보며 웃었다.

"잘 가라, 꼬마야. 난 바쁜 일이 있어서 이만 가 봐야겠다."

묘묘가 떠난 뒤, 다함이는 비두와 배에 올라탔다. 머리가 하얀 노인이 인자하게 웃으며 다함이를 맞아 주었다.

"드디어 돌아가는구나. 네가 꼭 돌아갈 거라고 믿었다."

다함이는 가슴이 벅차올라 말이 나오지 않았다. 그냥 노인을 보며 웃기만 했다. 배가 강 맞은편에 닿았다. 비두가 다함이의 손을 잡고 배에서 내렸다.

"덤벙대지 말고, 제대로 잘 데려다 주어라."

노인이 비두에게 말했다. 다함이가 노인에게 인사했다. 노인은 할아버지처럼 그윽히 다함이를 보더니 어서 가라고 손을 흔들었다. 비두가 다함이의 손을 꼭 잡은 채 강변 모래밭을 걸었다. 한참 뒤 모래밭이 끝나고, 휑한 빈 터가 나왔다. 빈 터는 온통 눈부신 빛에 감싸여 있었다. 마치 빛의 층 같았다.

"자, 이제 정말 간다. 두 눈을 꼭 감아라. 단숨에 네 몸이 누워 있는 병원으로 갈 거니까."

눈부신 빛 때문에 다함이의 두 눈이 절로 감겼다. 순간 다함이는 제 몸이 엄청난 회오리바람에 휩싸이는 것을 느꼈다. 회오리바람은 다함이를 어디론가 끝없이 빨

277

아들이는 듯하더니 갑자기 멎었다. 비두의 목소리가 들렸다.

"이제 눈을 떠 봐라."

다함이는 병원 중환자실 침대 앞에 비두와 함께 서 있었다. 그 침대에 또다른 다함이가 코에 산소 호흡기를 댄 채, 의식을 잃고 누워 있었다. 누워 있는 자신을 또다른 자신이 보다니, 말로는 표현할 수 없는 기묘한 느낌이 들었다.

"그 동안 마음 고생이 많았지? 어서 네 몸 안으로 들어가거라."

비두가 말하면서 다함이를 살짝 밀었다. 얼결에 다함이는 누워 있는 다함이의 몸 위로 넘어졌고, 이내 형체도 없이 사라져 버렸다.

그때였다. 병원 침상에 죽은 듯이 누워 있던 다함이가 보일 듯 말 듯 오른손을 움직인 것은. 저승사자 368호가 만족한 듯 웃었다.

"하루 빨리 건강을 회복하렴. 가끔은 네가 생각날 것 같구나."

천랑성

"다함아, 이리 좀 온나."

토요일 저녁, 부엌에서 할머니가 불렀다.

"네, 할머니."

다예와 함께 컴퓨터 게임을 하던 다함이는 자리에서 일어나면서 탁상시계를 보았다. 아홉 시가 다 돼 가고 있었다. 사랑채 할아버지의 강의가 끝날 시간, 과일을 가져갈 시간이었다. 다함이는 부엌으로 달려갔다. 식탁에 과일 접시가 놓여 있었다. 다함이는 과일 접시를 쟁반에 받쳐들었다.

"퍼뜩 갖다드리고 온나. 춥다."

"네, 할머니."

"그마 할매가 갖고 가까?"

할머니가 다함이를 보며 안쓰러운 듯 말했다. 다함이가 교통사고를 당해 오래 병원에 있다가 퇴원한 다음부터 할머니는 다함이만 보면 걱정이 되는 듯했다. 추울까 걱정, 감기 들까 걱정, 불면 날아갈까 걱정. 다함이는 피식 웃었다.

"괜찮아요, 할머니. 금방 갖다드리고 올게요."

안채를 나서자 찬바람이 쌩 다함이의 얼굴을 덮쳤다. 다함이는 마당을 가로질러 사랑채로 갔다. 토요일 저녁이면 으레 그렇듯이 권 선생님의 목소리가 쩌렁 귓전을 울렸다.

"유전자 조작 옥수수를 먹인 닭의 사망률이 보통 옥수수를 먹인 닭의 두 배가 된다 안 카니껴. 광우병도 그렇지예. 풀을 먹는 소한테 동물성 사료를 주니, 그기 안 미치고 배기겠니껴. 인자 곧 인간도 복제가 된다 카는데, 세상 말세라예, 말세. 이라다 인간들이 지 꾀에 지가 망하고 말지 싶네예."

다함이는 사랑채 서재 앞에서 소리쳤다.

"할아버지, 과일 가져왔어요."

방문이 열리더니 한약방 누나가 쟁반을 받았다. 누나가 활짝 웃으며 말했다.

"고맙다, 과일 잘 먹으께."

다함이는 곧장 안채로 가려다 마당 한가운데서 저도 모르게 멈추어 섰다. 남쪽 밤 하늘에 유난히 희고 푸르게 빛나는 별 하나가 눈길을 끌었다. 천랑성이었다.

지난 일들이 머리를 스쳤다. 문화재 도둑들에게 쫓기다 교통사고를 당했고, 머리를 다쳐 의식을 잃은 채 병원에 누워 있었다. 다행히 다예가 차 번호를 잘 외워둔 덕에 문화재 도둑은 잡혔다.

다함이는 뢰제의 나라에 꼭 열흘 있었을 뿐인데, 깨어나 보니 석 달이나 지난 뒤였다. 모두 다함이가 깨어난 것이 기적이라고 했다. 의사도 가망이 없다고 했지만 할아버지 할머니와 다예는 다함이가 꼭 깨어날 거라고 믿었다. 할머니는 다함이가 퇴원할 때 입힌다면서, 사고를 당할 때 입었던 옷과 운동화를 깨끗하게 빨아 병원에다 갖다 놓았다. 할아버지는 병원에 올 때마다 다함이의 셔츠 호주머니에서 부적 주머니를 꺼내들고 정성스러운 마음으로 하늘에 기도를 올렸다.

그 이야기를 들으면서 다함이는 깨달았다. 자신이 뢰제의 나라에서 살아 돌아온 것은 할아버지 할머니와 다예의 사랑 때문이라는 것을.

깨어난 다음에도 두 달 동안 병원에 더 있으면서 물

리치료를 받았고, 지금은 불편한 곳 하나 없이 건강하다. 그 또한 할아버지와 할머니와 다예의 사랑과 정성 덕분이고, 무엇보다 천랑이 제게 기를 넣어 준 덕분임을 다함이는 잘 알고 있다.

다함이가 병원에서 물리치료를 받고 있을 때, 시헌이와 시준이 형도 자주 문병을 왔다. 어느 날 시준이 형은 머리를 노랗게 물들이고 찢어진 청바지를 입은 친구를 데려왔다. 가수 지망생이라는 시준이 형 친구는 기타를 치며 노래를 불러 주었다. 위문 공연이라고 했다. 그 형이 어쩐지 저승사자 비두를 닮은 듯하여 다함이는 속으로 혼자 웃었다.

환지모 회원들과 권 선생님, 토요일 저녁마다 사랑채에서 공부를 하는 사람들도 몇 번 문병을 왔다. 다함이 덕분에 문화재 도둑을 잡았다면서 경찰 아저씨도 한 번 문병을 왔다. 그러는 사이에 여름 가을이 다 지나고 어느새 겨울의 한복판에 와 있다.

다함이는 추운 줄도 모르고 마당에 우뚝 서서 천랑성을 쳐다보았다. 뢰제의 나라가, 천랑이 생각났다. 아빠의 기억을 일깨워 준 천랑. 다함이의 믿음대로 천랑은 역시 멋진 하늘화랑이었다.

깨어난 다음, 다함이는 누구한테도 뢰제의 나라 이야

282

기를 하지 않았다. 어쩐지 그 이야기는 가슴 속에 혼자 간직하고 싶었다. 나중에 다예가 더 크면 다예한테만 살짝 얘기해 줄 작정이었다. 다함이가 기억해 낸 아빠 얘기도 함께……

눈부시게 빛나는 청백색 별, 천랑성. 그 별빛이 다함이의 마음 속까지 환히 밝혀 주는 것 같았다. 권 선생님은 세상이 망할 거라고 했지만, 다함이는 이제 알고 있었다. 세상이 아무리 어지러워져도, 변함없이 밝게 빛나는 천랑성처럼 희망은 늘 있다는 것을.

뢰제의 나라에서 겪었던 일 중에서 다함이의 머리에 가장 강하게 남아 있는 것은 네 마리 신수였다. 난폭하고 잔인한 백호가 의로움을, 아둔한 현무가 지혜를 되찾았다. 문 밖에서 잠이 들어서 청룡의 날뛰는 모습을 볼 순 없었지만, 아무튼 청룡도 본래의 인자한 마음을 되찾았다. 교만하고 허영심 많은 주작의 노래는 또 얼마나 아름다웠던가.

천랑은 그것이 잊고 있던 신성을 되찾았기 때문이라고 했다. 신성. 다함이에게는 아직 어려운 말이었지만 어렴풋하게는 그 뜻을 알 것 같았다. 신성이란 어두울수록 더 환히 빛나는 저 별 같은 것이 아닐까. 그래서 별을 바라보는 사람에게 길을 잃지 않게 해 주는 그 무엇이 아닐까.

엄마 아빠가 보고 싶은 것처럼, 천랑도 아로도 보고 싶었다. 아로가 말했다. 기억하는 한 사라지지 않는다고. 좋은 기억은 그리움이기도 했다. 그리움이 많다는 것은 가슴 아프기도 하지만 한편으로는 행복한 일이있다. 엄마에 대한 기억, 천랑이 되찾아 준 아빠에 대한 기억, 다예와 할아버지 할머니와 함께 만들어 가는 새 기억들. 무엇보다 뢰제의 나라에서 천랑과 함께했던 신비한 날들에 대한 기억…….

다함이는 웃옷 호주머니에 손을 대 보았다. 그 속에 부적 주머니가 들어 있어서 그런지 든든한 느낌이 들었다. 퇴원하고 난 다음에도 다함이는 잊지 않고 부적 주머니를 웃옷 호주머니에 넣고 다녔다. 그 부적에 할아버지와 식구들의 사랑이 깃들어 있는 것 같았고, 또 뢰제의 나라를 기억나게 해 주기 때문에 한시도 몸에서 떼어 놓고 싶지 않았던 것이다.

"오빠, 추운데 여기서 뭐해?"

다예가 다가왔다.

"넌 왜 나왔어, 추운데?"

"할머니가 오빠 안 들어온다고 나가보라고 하시잖아. 할머니는 오빠가 갓난아이인 줄 아나 봐."

다예가 종알댔다. 다함이는 슬며시 웃었다.

"어서 들어가자. 춥잖아."

"잠깐만, 다예야. 저기 좀 봐. 저 남쪽 하늘에 환하게 빛나는 별 말야. 저 별 이름이 뭔지 아니?"

"난 몰라. 저 별 이름이 뭔데? 저 별 정말 환하다."

"저 별이 바로 천랑성이야. 우리 나라에서 볼 수 있는 별 중에서 가장 밝은 별이래."

"천랑성? 무슨 뜻이야?"

"원래는 하늘늑대별이란 뜻이야. 별빛이 늑대의 눈처럼 푸르스름해서 그런 이름이 붙었대. 그치만 오빠 저 별이 하늘화랑 별이라고 생각해."

"하늘화랑별? 그건 또 뭔데?"

"네가 조금 더 크면 얘기해 줄게."

"피이. 나보다 두 살밖에 안 많으면서 맨날 혼자 다 큰 척해."

"그래서 기분 나빠?"

다함이가 웃으며 물었다. 다예가 짐짓 토라진 말투로 되물었다.

"오빠 같으면 기분 좋겠어?"

"그럼 가끔씩만 너보다 큰 척할게. 됐지?"

"알았어. 어서 들어가자, 오빠. 추워."

다예가 다함이의 손을 잡아끌었다. 잠깐 바깥에 있었
는데, 그새 다예의 손이 차가워져 있었다. 다함이는 다예
의 손을 꼭 잡고 안채로 들어왔다.

현관문을 닫으면서 다함이는 다시 한 번 남쪽 하늘을
쳐다보았다. 거기 크고 푸른 별 하나가 반짝이고 있었다.
밤이 깊을수록 더욱 휘황한 빛을 내뿜는 아름다운 별, 천
랑성이었다.

천랑성을 그리며

십여 년 전에 우리나라 선도(仙道)의 경전인 옥추보경(玉樞寶鏡)을 공부한 적이 있다. 모든 경전이 그렇듯 옥추보경에도 심오한 철학과 초월적인 세계에 대한 옛 사람들의 환상이 담겨 있는데, 특히 여러 신들이 등장하는 천상 세계가 나를 매혹시켰다.

우리 고대소설에서는 우주와 만물을 주재하는 하느님을 옥황상제라 하였는데, 옥추보경에는 '구천응원뢰성보화천존(九天應元雷聲普化天尊)'이라 하였다. 비록 그 표현은 달라도 다같이 하느님, 상제라는 뜻이다.

어쨌든 그 긴 이름에 우레 뢰(雷) 자가 들어 있는 것으로 짐작할 수 있듯이, 선도에서 우레는 무척 중요한 의미를 지닌다. 경전에 따르면 우레, 뇌성벽력은 천지만물을 잠에서 깨어나게 하는 소리이며, 상제인 '구천응원뢰성보화천존'은 우레로써 만물을 다스리는 분이다. 또한 상제를 떠받드는 많은 우레 신들이 있고, 그 신들은 뢰사호옹을 시켜 상제의 명령을 세상에 전한다고 한다.

말하자면 '구천응원뢰성보화천존'은 그 모든 우레 신들을 다스리는 우레의 황제 '뢰제'인 셈인데, 경전에 나오는 '뢰사호옹'과 경전 강의를 들으면서 떠올린 '뢰제'라는 두 낱말이 내게 뭉게구름 같은 환상을 불러일으켰다.

그러다 오 년 전쯤 종말론을 주제로 삼은 미국 영화 한 편을 보게 되었다. 흥행에도 크게 성공한 그 영화를 보면서 어느 순간 나는 '우리의 전통적인 천상 세계와 도가의 음양오행 철학을 합친다면 정말 멋진 얘기가 될 텐데.' 하는 생각을 했다. 영화 자체보다도 내 머릿속에 떠오른 생각을 따라가느라 영화 감상이 더 즐거웠던 기억이 지금도 생생하다. 그 생각이 늘 마음속에 담고 다녔던 '뢰제'와 '뢰사호옹'과 합쳐져 마침내『뢰제의 나라』를 쓰는 계기가 되었다.

작가는 쓰고 싶은 이야기를 쓸 때 가장 행복하다. 나 또한 『뢰제의 나라』를 쓰면서 내내 행복했고, 책으로 만들어져 독자를 만나려는 지금 새삼 설렘과 기쁨을 느낀다. 문득 천랑성이 그리워진다. 내가 가장 사랑하는 별 천랑성은 지금 어느 하늘을 비추고 있을까?

2003년 계미년 음력 오월에
강숙인

우리의 혼과 정서가 담긴 판타지

<u>신형건</u> 최근에 청소년을 위한 판타지 소설 『뢰제의 나라』(푸른
책들, 2003)를 펴내셨습니다. 『뢰제의 나라』는 이제까지 선생님
께서 보여 주셨던 작가적 관심과 역량이 총체적으로 반영된 작
품으로 스케일이나 깊이를 따져 본다면 이전의 모든 작품들의
집적물이라고 해도 손색이 없을 듯합니다. 이 작품을 계기로
선생님 작품 세계가 하나의 큰 매듭을 지었다고 생각되는데,
『뢰제의 나라』를 탈고하신 후 스스로 어느 정도 만족하셨는지
요?

<u>강숙인</u> 저는 장편을 쓸 때 특히 기쁘고 행복합니다. 제가 그리
는 허구의 세계가 글을 쓰는 동안에는 현실보다 더 절실한 현
실로 느껴지기 때문이지요. 말하자면 남들이 알지 못하는 다른
세상을 살아 보는 독특한 기쁨이라고 할 수 있는데요. 그와 함
께 자신이 처한 현실은 오히려 거리를 두고 객관적으로 바라볼
수 있어서 좋습니다. 또 평소에 무덤덤하게 지나가는 일들이
글을 쓸 때는 절절하고 선명한 느낌으로 다가옵니다. 평소에는
스쳐 지나가듯 살다가 장편을 쓰는 동안에는 이백 퍼센트 충전
된 상태로 사는 듯한 느낌이거든요. 『뢰제의 나라』를 쓰는 동

안에는 그런 느낌이 다른 작품 때보다 몇 배 강했습니다. 그래서 탈고했을 때도 더욱 만족했지요. 다른 작품의 경우 작품을 끝내고 나면 다시 일상의 감정으로 돌아오는데, 이번에는 아직 그 절실한 느낌들이 고스란히 남아 있어서 뿌듯합니다. 그리고 그 느낌들이 상상력을 불러일으키면서 쓰고 싶은 욕구를 부추기고 있습니다. 저는 조금 쉬고 싶은데 말이지요.

신형건 작가의 말을 보니 『뢰제의 나라』를 쓰기 위해 아주 오랜 시간 준비를 해 오셨더군요. '우리의 전통적인 천상 세계와 도가의 음양오행 철학을 합친다면 정말 멋진 얘기가 될 텐데' 하고 생각하셨다는데 처음 착상 단계에서부터 판타지를 염두에 두셨는지요? 또 서구 판타지와 변별되는 우리식 판타지의 가능성에 대한 남다른 생각이 있으시다면 듣고 싶습니다.

강숙인 네, 처음부터 판타지를 염두에 두었습니다. 역사와 함께 판타지는 제가 특별히 좋아하는 장르여서, 우리의 혼과 정서가 담긴 판타지를 꼭 쓰고 싶었습니다. 서구 판타지에 흔히 등장하는 마법사나 마녀와는 다른 우리만의 상상력과 정신 세계를 그리고 싶었지요. 사실 우리의 고대 소설이나 신화에는 뛰어난 판타지의 요소가 무척 많거든요. 그 요소들을 모티프로 삼아 우리의 정신을 우리의 상상력으로 표현하는 일이 우리식 판타지의 가능성이라고 생각합니다. 또 한 가지 꼭 말하고 싶은 것은 판타지일수록 철저한 리얼리티가 필요하다는 사실입니다. 특히 현실과 환상의 세계가 맞물리는 경우 단단한 리얼리티가 있어야만 그 판타지가 진정한 의미에서 삶에 대한 상징이 될 수 있다고 믿습니다.

신형건 『퇴제의 나라』에서 현재 우리들이 겪고 있는 현실적인 문제, 이를테면 고도화된 자본주의의 폐해와 과도한 문명의 이기로 인한 인간성 상실이라는 문제에 대한 적극적인 우려를 나타내신 것으로 보입니다. 그리고 이런 진지한 물음이 이 작품을 단순한 판타지로 머무르지 않게 하는 힘이 되는 듯하고요. 작품 속에서는 그것이 신들의 나라인 '퇴제의 나라'가 혼란스러워진 탓이라고 이야기하고 있지요?

강숙인 그것은 바로 이 작품의 주제이기도 한데요. 근본적인 원인은 우리가 우리 속에 깃든 신성(神性)을 잃어버렸기 때문이 아닐까 합니다. 작품 속의 네 마리 신수(神獸)가 신성을 잃어버리고 야수(野獸)로 전락했듯이 말입니다. 오늘날의 우리는 물질에 대한 지나친 탐욕과 이기심으로 우리의 영혼을 잃어버리고, 생의 신비를 꿰뚫어 보는 통찰력과 직관도 잃어버렸습니다. 잃어버린 우리의 신성을 되찾는 일, 그것만이 암담한 미래에 대한 우리의 희망이며 해법이 아닐까 싶습니다.

<u>신형건</u> 이전에 펴내셨던 『청아 청아 예쁜 청아』(푸른책들, 2002)와 같은 경우 우리의 고전 〈심청전〉에 나오는 '효녀' 심청이를 '사랑에 빠진 사춘기 소녀' 심청이로 재해석하여 많은 독자들의 호응을 얻은 바 있는데『뢰제의 나라』에도 다소 비중이 적긴 하지만 역시 사랑 이야기가 들어 있습니다. 특별히 남녀의 사랑 이야기를 즐겨 다루시는 이유가 있으신지요?
<u>강숙인</u> 인간을 구원하는 것은 결국 사랑뿐이라고 믿기 때문입니다. 남녀의 사랑은 모든 사랑의 원형이고, 이웃과 삶과 세상에 대한 사랑으로 승화될 수 있는 무한한 에너지를 가지고 있습니다. 그래서 남녀의 사랑 이야기를 즐겨 다루고 앞으로도 계속 다룰 작정이랍니다.

<u>신형건</u> 새로운 작품에서 독자들과 기쁘게 만나기를 기약하도록 하지요. 그리고 이번에 펴내신 선생님의 판타지 소설『뢰제의 나라』가 청소년뿐 아니라 모든 연령대의 독자들에게 두루 읽히기를 바랍니다. 감사합니다.

(동화읽는가족, 2003년 7월호)

〈강숙인 작가〉의 청소년 역사소설, 더 읽어 보세요!

강 숙 인

1953년 대구에서 태어나 서울예술대학 문예창작과를 졸업했다. 1978년 '동아연극상'에 장막 희곡이 입선되어 작가로 활동하기 시작했으며, 1979년 '소년중앙문학상'과 1983년 '계몽사아동문학상'에 동화가 당선되었다. 우리 역사와 고전에 대한 특별한 애정을 갖고 역사적 사건이나 인물을 새로운 시각으로 그려 내거나 고전을 재해석하는 작업을 꾸준히 해 오고 있으며, 제6회 '가톨릭문학상'과 제1회 '윤석중문학상'을 수상했다. 대표적인 작품으로 장편동화 『불가사리』, 『거울은 거짓말쟁이』, 『눈새』, 청소년소설 『마지막 왕자』, 『아, 호동 왕자』, 『청아 청아 예쁜 청아』, 『뢰제의 나라』, 『화랑 바도루』, 『초원의 별』, 『지귀, 선덕 여왕을 꿈꾸다』 등이 있다.

푸른도서관은 10대에서 20대까지 눈부신 성장을 거듭하는 푸른 세대를 위한
본격 문학 시리즈입니다.

*〈푸른도서관〉 시리즈는 계속 나옵니다!